봄볕청소년

초판 1쇄 발행 2020년 7월 6일
초판 2쇄 발행 2021년 9월 13일

지음 마이클 루벤스 **옮김** 장혜진
펴낸곳 도서출판 봄볕 **펴낸이** 권은수 **편집** 서현미 **디자인** 이하나 **마케팅** 성진숙
등록번호 제25100-2015-000031호 **등록일** 2015년 4월 23일
주소 서울특별시 서대문구 서소문로 37 1125호 (합동, 충정로대우디오빌)
전화 02-6375-1849 **팩스** 02-6499-1849
전자우편 springsunshine@naver.com **블로그** http://blog.naver.com/springsunshine
스마트스토어 https://smartstore.naver.com/shinybook
인스타그램 @springsunshine0423
ISBN 979-11-90704-05-2 43840

♪ 책값은 뒤표지에 있습니다.
♪ 봄볕은 올마이키즈와 함께 어린이를 후원합니다.

너의 플레이리스트

마이클 루벤스 **지음** 장혜진 **옮김**

봄볕

웃는 모습이 근사했던 나의 어머니,
도나 루벤스(1944~2014)에게

차례

난 문제를 찾아 나섰어요.♪ 문제도 나를 찾아 나섰어요.♬
아, 나와 문제. 우리는 길 가운데에서 만났어요.♩
악마가 보았다면 이 얼마나 근사한 장면일까요.♪

나는 게으르다. 게다가 겁쟁이다. 하지만 여자가 보고 있으면 물불 안 가리고 무슨 짓이든 한다.

바로 지금 여자애들 몇 명이 나를 본다. 그것도 진짜 예쁜 애들이. 아마 학교에서 제일 예쁜 애들일 거다. 적어도 금발의 치어리더 타입으로는 그렇다. 왜냐면 정말 치어리더들이니까. 앨리슨 존슨, 케이트 슈워츠, 패티 노드스트롬, 그리고 마시 우랜드. 모두 나를 향해 소리를 지르고 깔깔대며 나를 부추긴다.

그것이 내가 이 한심하기 짝이 없는 꼴통짓을 하는 이유다. 나는 지금 베네치아의 곤돌라 사공처럼 카누에 서서 이쪽저쪽으로 휘청대며 시더 호수를 건너고 있다. 여자애들이 죄다 비키니 입은 고양이처럼 나른하게 늘어진 호숫가를 향해 갈지자로 노를 저으며.

"잘 보라고, 숙녀분들! 이 몸이 가서 세레나데를 들려줄 테니!"

내가 소리치자 여자애들이 환호성을 지르고 까르르 웃으며 손뼉을 쳐

댔다.

와우. 배가 요동쳤다. 줄타기하듯 양팔을 버둥거리고 시소처럼 기우뚱대다가 가까스로 중심을 잡았다. 마리화나가 도움이 됐는지 해가 됐는지는 알 수 없었다.

"괜찮아! 걱정 마!"

나는 큰 소리로 외치며 계속 노를 저었다.

여기에는 몇 가지 종류의 멍청함이 들어 있을까? 서너 가지? 첫째, 당연한 말이지만 호숫가에 인기 최고의 치어리더들만 있을 리는 없기 때문이다. 잘나가는 치어리더들 곁에는 눈에서 이글이글 레이저를 쏘는, 덩치가 산만한 학교 대표 하키팀 남자애들 네 명이 있었다. 그리고 50미터 떨어진 곳에서도 곧 일어날 나의 방문을 여자애들만큼 반기지 않는다는 걸 알 수 있었다. 호숫가에는 찢어진 밀러 맥주 한 상자와 수북하게 쌓인 빈 캔들이 눈에 띄었다. 하키 선수들은 손에 캔을 하나씩 들고 있었다. 그들의 폭력성을 덜어 주는 데 딱 필요한 바로 그것, 맥주였다.

버드나무로 가로막힌 작은 만에서 데번과 앨릭스와 함께 세계 최악의 마리화나를 피운 다음 내가 카누에 올라타며 출발하려 하자 데번이 말했었다.

"인마, 저쪽에 토드 멀로이 있어."

토드 멀로이. 에디나 공립 학군이 배출한 전설의 괴롭힘 대장이자 대재앙. 나쁜 놈들 가운데 최고라고는 할 수 없지만 단연코 가장 못돼 먹은 인간. 뇌성마비 아이를 와락 밀쳐 버리는 그런 종류의 인간. 토드 멀로이가 실제로 한 행동이다. 직접 봤기 때문에 안다. 그리고 건성으로 끼어들려는 아이에게는 주먹을 날리는 그런 인간. 이것도 토드 멀로이가 실제 한 행동이다. 이 역시 내가 봐서 안다. 그것도 아주 가까운 거리에서. 왜냐면 내가 끼어들었으니까. 나는 그 노력의 대가로 눈가에 시퍼런 멍이 들었다. 쳐다보는 여자애도 없었는데 말이다.

카누를 떠밀기 직전 데번이 말했다.

"뭐 하는 거야? 저 여자애들도 네 플레이리스트에 추가할 작정이야?"

지금껏 내가 만난 여자애들을 두고 데번이 만든 말이다. 내가 쓰는 말은 아니다.

"네가 아주 죽으려고 용을 쓰는구나."

데번이 말했다.

"넌 낭만도 모험심도 없냐?"

"넌 죽을 일은 안 만들어야겠다는 생각도 없냐?"

"놔둬."

자는 줄 알았던 앨릭스가 말했다. 삐죽삐죽 탈색한 펑크록 머리가 모래밭에 짓눌려 있었다.

"저기까지 가지도 못해."

아마 정확한 말일 거다. 그게 바로 두 번째 멍청함이었다. 카누 안에서는 제대로 일어설 수도 없다는 걸 누구나 안다. 특히 마리화나 때문에 정신이 살짝 오락가락할 때는 말할 것도 없다. 그렇지만 정신이 살짝 오락가락한 상태는 당연히 그런 사실을 잊게 만든다. 나는 호수로 헤딩을 할 게 뻔했다. 그러고는 수영도 잘 못하니까 십중팔구 물에 빠져 죽은 다음 잉어 밥이 되겠지.

그건 사실 축복일지도 모른다. 내가 어깨에 만돌린을 걸치고 있으며(세 번째 멍청함에 해당한다.) 탁한 회녹색 물에 처박힌 뒤 만돌린이 살아남을 가능성은 나보다도 낮다는 점을 고려해 보면 그렇다. 그건 그냥 오래된 만돌린이 아니었다. 진짜 오래된 만돌린이자 아름다운 빈티지, 앤티크 블루그래스# 만돌린이었다. 빈티지 게다가 앤티크.

더더군다나…… 따지고 보면 내 만돌린도 아니었다.

엄밀히 말하자면 엄마의 남자 친구인 변호사 릭 아저씨의 것이었다. 릭 아저씨는 엄마가 자신을 물들이고 있으며 자기도 엄마처럼 재미있는 사람이 되는 법을 배우고 있다는 걸 엄마에게 보여 주려고 만돌린을 샀다. 와! 엄마의 원대한 프로젝트에 황송해 어쩔 줄 모르는 실험실 쥐 같은 꼴이라니. 엄마의 프로젝트란 '릭의 똥꼬에서 노잼 뽑아내기'였다. **얼른, 릭! 스윙 댄스 수업 듣자! 어서, 릭! 서커스 보러 가자! 빨리! 가서 열기구 타자! 응? 당신도 취미가 있어야지! 와아아!**

그렇게 릭 아저씨는 만돌린을 사서 엄마를 깜짝 놀라게 했다. 다만 얼마나 자주 연주하는지를 묻는다면? 손도 안 댄다. 그렇다면 전에 몇 번 튕겼을 때는 어땠을까? 개판이었다. 만돌린은 그저 릭 아저씨가 수집하는 또 하나의 값비싼 물건일 뿐이었다. 제일 비싼 시계를 사야 하고, 아우디 TT 승용차와 사 놓고 한 번인가 탔던 탄소섬유 자전거와 미니애폴리스 중심가 아파트에 걸린 빌어먹을 72인치 평면 티브이를 가져야 하는 것과 마찬가지였

#블루그래스 : 미국 서부 산악 음악을 전기악기를 쓰지 않고 전통 민속 악기만으로 현대화한 형태의 음악.

다. 물론 릭 아저씨의 아파트는 펜트하우스다.

릭 아저씨는 6개월 전쯤 엄마와 파자마 파티(엄마는 둘이 섹스하려고 할 때를 이렇게 부른다.)를 하던 어느 날 우리 집에 그 만돌린을 가지고 와서 그대로 두었다. 내 생각엔 일종의 자랑질이었다. **내 새 장난감 좀 볼래?** 이런 식이랄까. 왜냐면 릭 아저씨는 알고 있으니까. 악기 연주와 노래 비슷한 것을 만드는 걸 좋아하면서도, 내게는 25달러짜리 키보드랑 동네 중고 장터에서 건진 우쿨렐레 말고는 태어나기도 전에 죽은 아빠가 남긴 형편없는 기타밖에 없다는 사실을.

파자마 파티라니. 그냥 붕가붕가 타임이라고 부르든가. 난 열아홉 살이다. 나도 알 건 다 안다.

나는 엄마에게 끊임없이 친아빠에 대해 묻곤 했다. 누구였어요? 무슨 일을 했어요? 어떤 사람이었어요? 그때마다 피하고 피하고 또 피하던 엄마는 급기야 어느 날 저녁 식사 자리에서 폭발해 버렸고 포크를 탁 내려놓으며 말했다.

"개자식이었어, 됐어?"

여덟 살 때였다. 나의 질문은 그때가 마지막이었다.

어쨌든 다시 만돌린 얘기를 하자면, 릭 아저씨는 만돌린을 우리 집에 두면서도 내게는 손대지 말라고 했다. 마치 날 놀리듯이. 아닌 게 아니라 릭 아저씨는 엄마한테 나에게 이렇게 전하라고 했다.

"릭은 자기가 지켜볼 때만 네가 만돌린을 다루었으면 한대."

이 만돌린 소리가 얼마나 아름다운지 다들 알아야 한다. 찍찍대며 귀를 긁는 소리가 아니다. 풍부하고 따뜻하고 사랑스러운, 담배와 꿀과 여름날 밤

♪♫ 🎧

하늘에 반짝이는 별과 같은 소리다.

그런 사랑스러움을 딱딱한 상자 속에 가둬 두고 소리도 못 내게 하는 건 애석한 일 같았다. 그래서 나는 엄마가 네일숍에서 돈 많은 에디나 사모님들 손톱을 손질하며 시간당 12달러를 버는 동안 만돌린을 꺼내 인터넷을 뒤지며 내내 연습을 하기 시작했다. 사실 나는 쓰레기다. 어디 보자…… 모든 일이 그렇네. 인생이 전반적으로 쓰레기다. 정말로. 그렇지만 노래는 부를 줄 알고 악기도 다룰 수 있다. 기타랑 우쿨렐레는 꽤 잘 치고 키보드도 그렇게 거북하지 않을 만큼 연주한다. 그리고 크리스 틸 급은 아니지만 이제 이 아름다운 만돌린을 연주할 정도는 된다.

그리하여 오늘 데번이 곧 주저앉을 것 같은 스바루 승용차를 덜덜거리며 몰고 와 호수에 가서 카누를 빌려 타지 않겠냐고 물었을 때, 나는 이렇게 대답했던 것이다. 잠깐만. 뭐 좀 가져가자.

그렇게 꼴통짓은 시작됐다.

♩　♩　♩

여자 때문에 내가 벌인 꼴통짓에는 또 뭐가 있을까?

초등학교 3학년 때는 마사 마인케가 보고 있길래 학교 운동장 구름사다리 위를 걸어서 건넜다. 구름사다리 한가운데서 슬쩍 춤을 추었더니 마사가 즐거워했다. 그러곤 떨어져서 팔이 부러졌다.

대니카 모건 덕분에 이가 부러지고 뇌진탕을 일으키기도 했다. 가파른 내리막과 썰매와 점프와 떡갈나무가 연루된 일이라고 해 두겠다.

켈리 하몬을 우리 엄마 차에 태우고 동네를 한 블록 돈 적도 있는데 이 일로 인해서는 차도 탄 사람도 털끝 하나 다치지 않았다. 하지만 나는 왕창 깨졌다. 당시 내가 열다섯 살이었던 까닭이다. 2주 동안 외출 금지, 티브이 금지, 달콤한 시리얼 금지, 만화책 금지, 인터넷 금지였지만 그만한 가치가 있는 일이었다. 켈리에게 받은 키스를 생각하면.

이후에는 상황이 훨씬 복잡해졌다.

나는 사만다 우 때문에 달리기를 시작했다. 달리기는 3일간 계속되다 한 차례 오바이트를 끝으로 마무리됐다.

스페인어 수업도 들었다. 애니 나르키소스가 록 밴드 더 클래시의 노래 〈머물러야 하나 가야 하나(Should I Stay or Should I go)〉의 배경에 깔리는 스페인어가 무슨 뜻인지 궁금하다고 지나가듯 한마디 했던 까닭이다. 그 일은 한 학기 동안 지속되다 D 마이너스를 받으며 끝났다.

잠깐이었지만 엮이지 말았어야 할 정말 기이한 에피소드도 있다. 제니퍼 비크매니스 때문에 복음주의 교회 모임에 들어간 일이다.

나는 그레첸 올슨 때문에 담배를 시작했다. 그리고 애비 윈터 때문에 담배를 끊으려고 했다. 트레일 하이킹은 제시카 클리프트 때문에, 페타#는 엘리자베스 코너 때문에, 천문학(천문학이라면 한밤중 아닌가. 별빛 아래 음탕한 장난이 무수히 벌어지는 그런 응응?)은 라라 덴튼 때문에 했다. 또 팔뚝에는 집에서 제멋대로 하다 만 문신 자국이 지저분하게 남아 있는데 이건 에린

#페타 : PETA, 윤리적 동물보호 단체.

발티모어를 위해 시작한 일이었다.

또 뭐가 있을까?

아, 맞다. 진짜로 쪽팔린 기억은 딱 이거 하나다. 헤일리 벤슨에게 잘 보이려고 몇 달 동안 EDM #을 좋아하는 척했던 일.

드디어 오늘의 모험이 시작된다.

"거기 숙녀들, 끝내주는 구경 할 준비됐나?"

"준비됐어!"

"당연하지!"

다시 환호성과 함께 웃음이 터져 나왔다. 비여성들은 다시 험악한 눈빛을 쏘아 댔다. 이제 나는 호숫가에서 20미터쯤 떨어져 있다.

내가 말했던가? 모든 꼴통짓 중에서도 단연코 지금 여기서의 일만은 하지 말았어야 했다. 왜냐면 애초에 나는 이곳에 있으면 안 되니까. 내가 있어야 할 곳은 여름 학기 첫 수업이다. 수학 수업. 나는 수학이 특히 문제다. 이 문제를 극복해야만 한다. 안 그러면 11학년을 한 번 더 다녀야 한다. 그래서 월요일 아침은 여름 학기 수업을 듣기로 되어 있었다. 그런데 오늘 아침 날씨가 너무 좋은 거다. 그래서 생각했다. 다음 주부터 나가면 되겠지. 인생 뭐 있어? 카르페 욜로. #

10미터 남았다. 토드 멀로이는 이제 꼿꼿이 허리를 펴고 앉아 도끼눈을

#EDM : Electronic Dance Music, 일렉트로닉 댄스 뮤직.
#카르페 욜로 : 카르페 디엠(Carpe Diem : 오늘을 즐겨라)과 욜로(YOLO : You Only Live Once, 인생은 한 번뿐)를 합친 말.

뜨고 나를 노려보고 있었다. 토드의 불편한 심기는 한 손으로는 자기 허벅지를 다른 한 손으로는 앨리슨의 빵빵한 엉덩이를 툭툭 두드리는 뒤숭숭한 리듬에서도 확연히 드러났다. 토드 멀로이에 관한 희한한 사실 하나가 있는데, 그건 바로 그가 재능 있는 드러머라는 것이다. 적어도 과거에는 그랬다. 토드는 학교 밴드에서 연주했었는데 열다섯 살 때는 고등학생들까지 와서 학교 콘서트 연주를 부탁하곤 했다. 토드와 내가 음악으로 하나 된 동지라고 생각할지도 모르겠다. 하지만 아니다. 어느 순간 토드는 어둠의 길로 접어들더니 운동광이 되었다. 그리고 우리 학교 운동광들은 악기를 다루지 않는다. 악기 다루는 애들을 두들겨 팬다.

나의 항해는 예상과는 달리 안전하게 끝나고 있었다. 나는 무릎 깊이의 물로 폴짝 뛰어내린 다음 모래사장 위로 카누를 끌었다.

"안녕하십니까, 숙녀 여러분!"

프랑스 귀족처럼 허리 숙여 인사하며 소용돌이치듯 손을 휘두르자 여자애들이 박수를 쳤다.

"여러분을 즐겁게 해 드리러 이 자리에 왔습니다! 신사분들도 마찬가지고요!"

여자애들 중 제일 예쁜 앨리슨이 말했다.

"안녕, 오스틴!"

토드가 말했다.

"등신아, 꺼져."

"토드!"

앨리슨이 토드를 찰싹 때렸다.

"계속해. 연주해 줘. 한 곡 퉁겨 봐!"

앨리슨이 도도하게 박수를 쳤다.

"한 곡을 퉁겨? 내빼다가 오줌이나 지리겠지."

토드가 말했다.

"좋아. 그런데 먼저 사실관계를 좀 바로잡아도 될까? 나 오줌 지린 적 없다고. 그럼, 혹시 신청곡 있어?"

"그래도 쫄아서 꽁무니 뺀 건 맞잖아, 안 그래?"

"정상 참작이 가능한 상황이란 것도 있어."

"그렇지, 네가 정상 참작 가능한 쫄보인 것처럼."

이 이야기는 나중에 설명하기로 하자. 쪽팔려 죽을 뻔한 일이었다는 것만 밝혀 두겠다. 지금 이 순간 나는 기분이 둥실둥실 떠오르는 데다 앞에 여자애들까지 있으니 설명은 일단 미루도록 하겠다. 이해해 주셔서 감사하다.

"음, 그때는 이렇게 사랑스러운 관객들이 없었으니까."

말해 두겠는데, 진짜로 금방 설명한다니까.

"그럼 신청곡 있는 사람?"

"꺼져 줄래는 어때?"

토드가 제안했다.

"멋진 노래지만 신사, 숙녀분들이 있는 자리에서는 저절하지기 않은데!"

내가 명랑하게 대꾸했다. 그러고는 앨리슨을 똑바로 바라보며 싸구려 라운지 음악 가수 같은 목소리로 말했다.

"특별한 숙녀분을 위한 특별한 노래는 어떨까?"

앨리슨도 내게 미소를 보냈다.

"옛날 노래지만 여전히 좋은 엘비스 코스텔로 노래를 들려주지. 누구 엘비스 코스텔로 아는 사람? 아무도 없어? 좋아. 노래 제목은……."

나는 잔뜩 뜸을 들여 극적인 효과를 내며 앨리슨을 향해 슬로모션으로 엉큼하게 윙크를 날렸다.

"앨리슨."

"어우-우-우!"

여자애들 모두 탄성을 내뱉자 토드가 말했다.

"너 이 자식, 당장 안 꺼지면 네 대가리에다 그 빌어먹을 우쿨렐레를 박살 내 버린다."

"아니, 못 할걸. 왜냐면 이건 우쿨렐레가 아니니까. 이건 만돌린이거든!"

내가 여전히 깐죽대며 대꾸하자 여자애들이 키득거렸다. 나는 코드를 하나 튕겼다.

"소리 정말 죽이지?"

토드가 벌떡 일어섰다. 이 만돌린이 자아내는 섬세한 어쿠스틱 배음의 진가를 토드 녀석이 알 리가 없지.

"경고했다."

토드는 '주먹이 모든 걸 해결한다'라고 쓰인 셔츠를 입고 있었다.

"토드!"

앨리슨이 소리치더니 "계속해!" 하고 내게 말했다.

"고마워."

나는 만돌린을 연주하며 첫 번째 벌스[#]를 부르기 시작했다.

"어우우우!"

여자애들이 죄다 다시 소리쳤다.

그르륵! 토드가 내게 와락 달려들어 만돌린의 목을 꽉 움켜쥐며 숨통을 조이자 만돌린에서 이런 소리가 났다.

"워, 워, 워! 아직 코러스 근처도 안 갔다고. 코러스에 가야 나오지. '애애 애앨리슨……'"

"토드, 그만해!"

앨리슨이 소리쳤다.

토드가 만돌린을 확 잡아당기자 만돌린 바닥의 못에서 어깨끈이 툭 떨어졌다.

"어…… 그거 돌려줄래?"

"경고했잖아!"

이 상황에서 지능 있는 인간이 보일 반응은 공포일 거다. 하지만 그럴 순 없지. 마리화나에 취하고, 토드 때문에 열이 받은 데다, 여자애들이 다 지켜보지 않는가. 나는 맥박이 빨라지고 얼굴의 웃음이 미치광이처럼 변하는 게 느껴졌다.

"잘 들어. 넌 그거나 계속 붙들고 있어. 난 아카펠라로 노래를 마무리할

#벌스 : verse, 노래의 절.

테니까."

　"장난인 것 같냐?"

　"오, 애애애앨리슨……."

　쾅! 으드득!

　릭 아저씨와의 괴로운 대화가 펼쳐지겠구나.

♯ 잘못된 선택

난 사고 때문에 불타는 게 아니에요. ♪
충돌도 안 했는데 이미 불이 붙었죠. ♪
1등은 출발도 안 했는데 3등으로 끝났어요. ♪
질 게 뻔하죠. ♬ 그들이 날 공격하기도 전에. ♬

내 머릿속에는 이런 음악들이 가득하다.

주로 밤중에 들린다. 내가 곡을 쓰는 것 같지가 않다. 이런 음들이 들리면서 점점 또렷하게 인지하는 것 같다. 나는 누워서 음악에 귀 기울이며 황홀경에 빠진다. 음악과 달콤한 공기는 기쁨을 선사할 뿐 상처를 주지 않는다. 수천 개의 윙윙대는 악기들은 칼리반♯의 귓가에서 허밍을 하고 그는 잠에서 깨어나 다시 꿈꾸게 해 달라고 울부짖는다. 나는 노래를 붙잡고 싶지만 잡으려 할 때면 마치 구름을 끌어안는 것 같다.

종종 낮 동안에도 이런 일이 생긴다. 어렸을 때는 음악이 들려오면 멍하니 허공을 바라보며 맥 빠진 얼굴로 그 자리에 얼어붙었다. 엄마는 나를 전문의에게 데려가 발작 장애가 있는 건 아닌지 알아보았지만 아무 이상이 없었다.

♯칼리반 : 셰익스피어의 희곡 《폭풍우》에 나오는 등장인물. 마녀와 악마 사이의 자식으로, 사악한 본성과 음침한 본능을 의인화한 인물.

가사도 등장한다.

수많은 단어, 가사들이 느닷없이 떠오른다. 멈추지 않는 단어의 컨베이어 벨트가 돌아가다가 가사가 툭 굴러 떨어지면 닥치는 대로 종이에 끼적이고 전화기에 메모를 한다. 앞서 나타난 가사를 완성할 틈도 없이 새로이 등장한 노래의 토막들한테 정신을 빼앗긴다.

데번은 나를 반쪼가리 오스틴이라고 부른다.

뭐라도 하나 끝맺는 데 집중하지 그래. 데븐이 넌지시 말했다.

아니면 한 무더기씩 합치면 어때? 그럼 공연할 만한 노래가 열 개쯤은 나올걸. 앨릭스가 말했다.

공연? 저 자식 무대에 서지도 못해. 데번이 딴죽을 걸었다.

맞는 말이다.

내게는 일종의 정신적 장애가 있다. 내 앞에 사람들이, 그러니까 여남은 명만 넘게 있으면 그들은 관객이 된다. 그러면 나는 할 수가 없다. 그냥 못 하겠다. 늘…… 문제는 있었다. 일은 생기는 법이니까. 실제 관객 앞에서 공연할 기회가 생길 때마다 난 어떻게든 모조리 망치거나 날려 버렸다.

★ 진 살리타네 집 뒷마당에서 열린 대규모 파티 : 직전에 마리화나
　를 하고 정신을 놓음

★ 캘훈 커피숍에서 열린 자유 무대 : 실종됨

★ 캘훈 커피숍 두 번째 자유 무대 : 날짜를 착각함

★ 캘훈 커피숍 세 번째 자유 무대 : 또 마리화나를 피움

★캘훈 커피숍 네 번째 자유 무대 : 멍청한 소리. 네 번째가 어디 있
  나요. 삼진 아웃이란 제도가 있답니다, 여러분.

진짜로 다 실수였다니까, 내가 데번에게 말했다.

그래, 그렇겠지, 데번이 대꾸했다.

진짜건 아니건 이 일은 모두 내 인생의 걸작에 비하면 새 발의 피다. 인생
작 얘기가 나왔으니 이제 아까 약속한 그 설명을 하기로 하자.

제니퍼 도널드슨은 합창단원이었다. 그리고 난 그녀에게 강렬한 인상을
남기고 싶었다. 제니퍼를 본다면 누구라도 그럴 거다. 그래서 난 합창단 오
디션을 봤다. 그런 다음 일주일 만에 그만두었다. 〈카르미나 부라나〉#라니
진심이야? 그런데도 합창단 지도 교사 피터슨 선생님은 호시탐탐 나를 다시
끌어들이려고 했다.

"문은 항상 열려 있단다, 오스틴!"

그리고 몇 주 전의 일이었다. 합창단의 학년 말 연주회가 열리는 날 늦은
오후였다. 레너드 코헨의 〈할렐루야〉를 독창하기로 한 아이가 장염에 걸렸다.
공황 상태에 빠진 피터슨 선생님이 전화를 했다.

"오스틴! 비상 상황이야! 너 그 노래 알아? 안다고? 잘 들어, 규정에 어긋
나는 일을 해야 할 것 같아. 네가 합창단원은 아니니까. 그런데……."

#〈카르미나 부라나〉 : 작곡가 오르페의 장대한 성악곡.

나는 거절했다. 피터슨 선생님은 추가로 학점을 주겠다며 맞섰다. 엄마까지 끼어들어 압력을 가했다. 나는 방으로 들어가 불법 약물을 피웠다. 생각이 바뀌었다. 잘못된 선택을 한 것이다.

내가 도착했을 때는 이미 연주회가 시작됐다. 리허설 따위를 할 시간은 없었고 황급히 몇 가지 지시 사항만 전달받았다. 피터슨 선생님은 내 양어깨를 꽉 움켜쥐며 말했다.

"오스틴, 고맙다."

다섯 곡이 지나가고 드디어 때가 됐다. 밴드가 즉흥 반주를 하자 합창단은 무대 계단에 서서 음……우…… 하고 허밍을 했다. 표가 매진된 객석은 쥐 죽은 듯 조용히 기대에 부풀어 있었다. 이제 오스틴 메순이 무대 옆에서 걸어 나와 스포트라이트가 쏟아지는 마이크 앞에 서서 청아한 목소리로 모든 이의 가슴을 찢어 놓을 순간이었다.

다만 문제는 오스틴 메순이 등장하지 않았다는 점. 오스틴은 다른 일로 바빴다. 그 시각 소품실에서 에밀리 샌더슨이란 어떤 선배와 시간 가는 줄도 모르고 있었다.

변태적 고등학교 서열 체계를 생각해 보면 이 일로 내가 영웅의 지위에 등극했으리라 짐작할지도 모르겠다. 하지만 난 이 일로 아무런 명성도 얻지 못했다. 에밀리가 단단히 못을 박았기 때문이다. 만일 내가 누군가에게 이 사실을 말한다면 첫째, 그녀는 아니라고 딱 잡아떼서 나를 한심한 거짓말쟁이로 만들 것이며 둘째, 에밀리의 남자 친구가 내 수명을 조정해 줄 것이라고 했다. 길어 봐야 남자 친구의 주먹이 내 얼굴에 날아올 때까지의 시간이 남을 거라고. 나는 데번에게도 앨릭스에게도 말할 수가 없었다. 무덤까지 가져가겠노라 맹세를 해 봤자 한 시간이나 갈까 하는 녀석들이니까. 그리하여 내가 쫄아서 내뺐다는 것은 정설이 되어 버렸다. 쪽팔리고 괴로웠다. 으으으. 생각하기도 싫었다. 토드가 그렇게 상스럽게 말할 때도 내 자신에게 말할 수 있었다. 그럴 만한 상황이 있었고 나는 내빼지 않았다고. 그렇지만……

나는 내뺐다.

명백한 자기 방해#다.

여자애가 보고 있으면 무슨 짓이든 한다고 내가 그랬지. 그건 정말이다.

다만 한 가지 정말, 정말 할 수 있기를 바라는 그 일만은 빼고.

한 번은 앨릭스가 내게 말했다.

"아마도, 아마도 네 영혼의 짝이 봐 줘야 할지도 몰라."

데번이 말했다.

"야, 반쪼가리, 넌 곡 하나를 끝맺기를 해, 공연을 하기를 해, 그렇다고 인터넷에 올리기를 해……"

"사람들이 댓글 다는 거 못 봤어?"

"됐어. 다 됐고, 네 엄청난 비밀 계획은 어떻게 돼 가냐?"

엄청난 비밀 계획이란 이렇다. 고등학교를 졸업하는 순간 난 뉴욕으로 갈 거다. 제프 트위디나 레트 밀러 또 셰인 타일러 같은 싱어송라이더가 될 거

#자기 방해 : 문제를 일으켜서 자신을 힘들게 만드는 것.

다. 그리고 사람들이 생각하고 느끼는 노래를 만들어서 성공하고 유명해질 거다. 성공하고 유명해지면 그런 사람들이 그렇듯이 머나먼 궤도에서 살 거다. 숨 막히는 중력의 끌어당김, 모든 사람을 단조로움과 슬픔과 패배로 끌어내리는 그 끌어당김으로부터 자유로운 곳에서 누구도 가닿지 못하는 자유를 느끼며 살 거다.

아직 엄마한테는 이 계획을 알리지 않았다.

난 엄마를 사랑한다. 엄마는 정말 멋진 사람이다. 하지만 감정의 변화가 더럽게 심하다. 이를테면 내가 옛날 노래를 부르거나 웃긴 가사를 지어내서 연주하면 엄마는 즐거워한다. 그러다가 느닷없이 슬픔에 빠져 이렇게 말하는 거다. "됐어. 이제 그만해." 한 번은 이런 일도 있었다. 내가 대학에 안 가겠다는 생각을 슬쩍 내비치자(왜냐면 아무짝에도 소용이 없으니까) 엄마가 내게 다가와 기타를 뺏어 들더니 말했다.

"한 번만 더 그딴 소리 입 밖에 내면, 다리몽둥이 부러질 줄 알아."

엄마라면 정말 그러고도 남는다. 3주 전 나는 셰인 타일러 시디를 틀고 〈안전거리를 유지하면 재미있는 사람〉을 듣고 있었다. 엄마의 시디 더미 속에서 뿌옇게 먼지를 뒤집어쓰고 있던 것이었다. 갑자기 엄마가 꺼 버리라고 소리소리 질렀다. 나는 끄지 않았다. 엄마는 쿵쿵대며 아래층으로 내려오더니 트레이에서 시디를 끄집어내 사라졌다. 그러더니 자동차 열 대가 충돌하는 듯한 끔찍한 소음이 났다. 으드득으드득 펑펑 끼익 끼익 기어가 폭발하는 듯했다. 음식물 쓰레기 분쇄기에 시디를 억지로 욱여넣은 소리였다.

그리고 엄마의 기분이 침울해졌다.

발작 장애가 일어날 것 같았다. 제기랄. 난 그냥 음악이 듣고 싶었을 뿐이다. 내 마음 알지, 그치?

ᛉ ᛉ ᛉ

음악이라.

토드가 만돌린으로 나를 후려친 순간 내 머릿속에선 음악이 폭발했다. 장대한 오케스트라와 합창단이 조율을 하는 듯한 불협화음이 터지고 눈꺼풀 뒤로는 불꽃놀이가 벌어졌다. 코 뒤쪽 어디에선가 다들 '우!' 하고 떠드는 소리가 들렸다. 나는 정신이 아득해져서 손을 위로 올린 채 휘청거렸다. 오케스트라와 합창단이 서서히 잦아들고 시야가 걷히자 나는 정신을 가다듬고 벌어진 일들을 재구성해 보았다. 토드가 방금 나를 때린 게 맞나? 바로 그때 모래밭에 널브러진 조각난 만돌린이 눈에 들어왔다. 너무 형편없이 부서져 등이 부러진 백조 같았다.

나는 나지막이 내뱉었다.

"이런, 젠장."

툭 무릎이 꺾여 멍하게 만돌린을 바라보고 있자니 어렴풋하게 다른 아이들 역시 '이런, 젠장' 하고 똑같이 웅성거리는 소리가 들렸다. 치어리더들의 경우 놀라움과 실망감의 표현이었지만, 하키 선수들은 순수한 기쁨 그 자체였다. 하키 선수들은 깨소금 맛이라는 듯 낄낄대며 서로 손바닥을 마주쳤다.

"토드! 토드!"

앨리슨이 소리치며 토드를 철썩 때렸다.

"제기랄, 저 자식한테 경고했다고!"

토드가 나를 향해 말을 이었다.

"내가 분명히 경고했지!"

그렇게 말하면 내 머리를 내리친 게 정당해진다는 듯한 말투였다. 나는 만신창이가 된 만돌린을 주워 살살 모래를 털었다. 떠오르는 말이라곤 "야, 이건 너무 쿨하지 않잖아. 너무 쿨하지 않아."뿐이었다. 나는 이 말을 계속해서 뇌까렸다. 이성이 있는 사람이라면 누구라도 동의하리라. 물론 저 하키 선수들은 아니겠지만. 그들은 몹시 쿨하다고 생각할 게 뻔하다. 지금껏 본 가장 쿨하고 가장 재미난 일이라고.

이런 상황에도 좋은 건 치어리더들의 반응이었다. 치어리더들은 내 주변으로 모여들어 달콤한 말을 속삭이며 누에고치처럼 나를 감쌌다. 엄마처럼 나를 다독이며 괜찮다고 안심시키면서도 틈틈이 새된 소리로 운동광들을 꾸짖었다. 앨리슨은 유독 세심하게 배려해 주었는데 정말이지 끝내줬다.

"오스틴, 진짜 괜찮아? 아우 딱해라. **토드, 이 나쁜 자식!** 어머, 어떡해! 피 나!"

앨리슨의 관심은 당연히 토드를 더더욱 열 받게 했다.

"메순, 그 빌어먹을 벤조 챙겨서 당장 꺼지는 게 좋을 거다. 아니면 또 얻어터지는 수가 있다."

"**토드, 닥쳐. 이 나쁜 놈아! 털끝 하나 건드리기만 해!** 어디 머리 좀 봐, 가

여워라."

나는 엄살을 피우며 응석받이 놀음에 한껏 취했다. 사실 좀 지나치다 싶게 상황을 몰고 간 것도 같다. 이런 행동은 특이나 그랬다. 베네딕트 컴버배치 급 연기를 선보이며 앨리슨에게 "세상에, 넌 정말 아름다워."라고 말하고는 내 사랑을 만천하에 알린 것이다. (여자애들은 다시 어우우우! 소리를 질렀다.) 그것도 모자라 나는 앨리슨에게 내 전화번호를 알려 주고 몇 번이나 전화해 달라고 부탁했다. 이 말은 분위기를 한층 더 몰아갔고, 물론 나는 은혜를 입는 처지였으며, 급기야 앨리슨이 토드를 향해 소리를 질렀다.

"우리 **이제 끝이야!**"

쿵! 극적이고도 얼떨떨한 침묵이 흘렀다. 치어리더들은 입을 떡 벌린 채 눈을 동그랗게 뜨고 맙소사 하는 표정을 주고받았다. 토드는 한 대 얻어맞은 것처럼 몸을 돌려 휘청했다. 영락없이 리얼리티 쇼의 명장면 모음이었다.

순간 다들 나를 돌아보았다. 모두 깨달았기 때문이었다. 별안간 토드를 차 버렸으니 앨리슨은 더는 어떤 식으로든 토드와 토드의 행동에 대해 이래라저래라 할 수 없다는걸. 그것은 나 역시 토드에게 아무런 영향력을 행사할 수 없다는 의미였다. 그리고 이제는 가야 할 때라는 걸 의미하기도 했다. 바로 지금.

나는 카누를 향해 전속력으로 달려가 한 손에는 박살 난 만돌린을 쥔 채 카누를 물에 띄웠다. 그런 다음 1센티미터쯤 물이 고인 카누 바닥에 만돌린을 집어 던지고는 내 몸도 대자로 던졌다. 허둥지둥 어설프기 짝이 없는 동작으로 팔다리, 손가락, 발가락을 쿵쿵 찧으며 가까스로 똑바로 서서 노와

씨름을 하며 필사적으로 앞으로 나가기 시작했다. 토드와 그 친구들은 내게 젖은 모래 덩이와 나뭇가지 따위를 던져 댔고 반쯤 차 있는 맥주 캔 중 하나가 이미 흠집 난 내 머리를 하마터면 아주 쪼개 버릴 뻔했다.

호숫가에서 충분히 멀어지자 나는 뒤돌아 앨리슨을 향해 외쳤다.

"전화해! 사랑해!"

또 맥주 캔 하나를 휙 피해야 했다.

♪ ♪ ♪

만으로 돌아오자 데번과 앨릭스가 기다리고 있다가 호수로 첨벙첨벙 걸어 들어와 호숫가로 카누 끄는 일을 도와주었다. 엉망이 된 만돌린과 머리에서 얼굴로 피가 줄줄 흘러내리는 걸 보고는 놀라서 어쩔 줄 몰라 했다.

데번이 입을 열었다.

"인마, 도대체 어떻게 된 거야? 내가 말했지……."

나는 조용히 하라는 듯 한 손을 들고 데번의 말을 막았다.

"아주 잘 했다. 노래 하나 또 나오겠네."

앨릭스가 빈정댔다.

아닌 게 아니라 정말 그랬다. 나는 카누를 타고 돌아오며 만든 노래 한 단락을 들려주었다.

난 밤처럼 검은 물을 건넜어요.

어둡고 성난 바다를 건너

당신에게 말했어요. 사랑한다고.

그리고 물었어요. 날 사랑하냐고.

데번이 말했다.

"응. 그러다 죽도록 깨졌지."

Ψ Ψ Ψ

데번의 차를 타고 집으로 돌아왔다. 데번은 내 쓰레기 같은 행동에 넌덜 머리가 난다고 했다. 그리고 그날 오후를 망치고 마리화나 값은 한 번도 내 는 법이 없는 데다 자동차 의자에 피까지 묻혀 놓았다고 나를 나무랐다. 데 번은 이렇게 덧붙였다.

"반쪼가리, 난 이해가 안 가. 너 그 여자애들한테 세레나데를 불러 주러 갔잖아. 가면 박살이 날 걸 알면서도. 그런데 무대에 올라가서 공연은 못 한 단 말이야? 빌어먹을 쓸모없는 자식."

"괜찮아. 격려하려고 애쓸 필요 없어."

그런데 다음 문제. 만돌린은 어떻게 하나?

데번이 말했다.

"없애 버려. 만약에 없어진 걸 들키면 시치미를 떼야지. 도둑맞았다고 하 던가. 알 게 뭐야."

31

앨릭스가 말했다.

"사고 난 척해. 만돌린 들고 계단에서 굴렀다고. 다친 척하는 거야. 동정심을 불러일으켜야지."

"그냥 자백할까 봐."

내가 말했다.

"맞아."

"그래. 자백해."

모두 곰곰 생각에 잠겨 잠시 침묵이 흘렀다.

"사고 난 척할까?"

내가 물었다.

"사고 난 척해."

다들 맞장구쳤다.

내 생각엔 다음 주쯤 릭 아저씨가 올 것 같다. 그러면 만돌린을 가져다주겠다고 하는 거다. 그런 다음 우르릉 쿵 쾅 나는 계단에서 굴러떨어진다. 그러고는 '아, 안 돼! 내가 무슨 짓을 한 거야!' 이런 식?

틀림없이 잘 먹힐 거다.

나는 집에 만돌린을 내려놓은 다음 전혀 믿음직스럽지 않은 내 오토바이를 타고 슈퍼마켓에 가서 식료품 포장 전문가로서의 내 근무 시간을 채웠다. (비닐봉지 드릴까요? 종이봉투 드릴까요?) 일을 하는 내내 시나리오의 여러 요소가 잘 어우러지는지 살펴보며 세부 사항을 구상했다. 집에 오는 길에도 마무리 손질을 덧붙이며 현관 앞길을 걸어 집으로 들어갔다. 그리고……

엄마와 릭 아저씨가 거실의 갈색 소파에 앉아 있었다. 그 앞 탁자 위에는 만돌린이 놓여 있었다.

"오스틴, 얘기 좀 할까?"

릭 아저씨가 말했다.

내가 말했지. 정말 괴로운 대화가 기다릴 거라고.

Ꙋ   Ꙋ   Ꙋ

"내가 만약 아직 검찰청 소속 검사라면 법정에서 이렇게 발언할 거다. '악기의 가치를 고려했을 때 이러한 행동은 중범죄 절도의 요건을 구성한다고 명백하게 주장할 수 있습니다.'"

"세상에! 릭."

엄마가 말했다.

상상했던 것보다 훨씬 더 괴로운 대화였다.

우리는 거실에 앉아 있었다. 엄마와 릭 아저씨는 소파에 나란히 앉고 나는 일인용 의자에 앉았다. 우리 앞의 나지막한 탁자 위에는 증거물 제1호, 빈티지 깁슨 만돌린이 놓여 있었다. 만돌린의 섬세한 아치형 뒤판은 찌그러져 엉망이 되었고 쪼개진 상처의 굴곡은 내 머리통의 모양과 어느 정도 일치했다. 게다가 증거도 있었다. 내 이마에 붙은 큼지막한 일회용 반창고였다.

"릭, 오스틴이 만돌린 값 변상할 거야."

엄마가 말하더니 검지를 내게 겨누었다.

"릭 아저씨 만돌린 값 물어내!"

릭 아저씨가 손을 내저으며 단번에 거절했지만 엄마는 고집을 부렸다.

"아니야, 갚을 거야!"

"제가 갚을게요."

내가 기어들어 가는 소리로 말했다. 몇 주 동안 식료품을 포장할 생각을 하니 벌써부터 끔찍했다. 그런데 얼마를 벌어야 하나? 몇 백 달러?

릭 아저씨가 말했다.

"오스틴이 갚긴 힘들 것 같은데. 한 4,000달러쯤 옆에 굴러다닌다면 또 모를까."

이런 제에에엔장!

"세상에!"

엄마가 또다시 이렇게 말했다.

♩ ♩ ♩

어떡해야 할까? 만돌린은 아직 축축한 데다 모래도 묻어 있었다. 그러니 사실대로 말할까? 만돌린을 빌려서 목가적 풍경을 배경으로 연주하려 했다고. 토드가 내 머리에 대고 두더지 잡기를 했다는 말은 절대 안 한다. 발을 헛디뎌 넘어졌는데 마침 바위가 있었던 거다. 이상 끝. 내가 토드 얘기를 일러바칠 거로 생각하나? 그래서 온 학교에 소문나라고? 턱도 없는 소리. 지금도 충분히 괴롭다.

♪♫♪ 🎧

"오스틴."

릭 아저씨가 저속 모드로 전환하며 말문을 열었다. 무언가 중요한 얘기라는 신호를 보낼 때 사용하는 다분히 의도적인 말투였다.

"내가 만약 이걸, 표현하지 않는다면, 직무유기라고, 느낄 것 같구나. 나의 이…… 깊은 실망감을, 말이다."

릭 아저씨는 말을 하는 내내 나를 쳐다보지 않았다. 대신 앞에 놓인 탁자 위 어딘가 고정된 한 점을 향해 못마땅한 심경을 전달했다. 양쪽 손가락을 뾰족탑처럼 모으고는 주요 음절마다 툭툭 손을 떨구며 강조했다. 아저씨는 '실망감'이란 단어를 말하고 난 뒤에야 비로소 시선을 돌려 나를 바라봤다. 비난의 무게가 온전히 느껴졌다.

난 시선을 돌렸다. 지금 이 순간 나는 릭 아저씨가 싫다. 그냥 싫다. 나는 아저씨가 싫고 아저씨의 금발 머리와 유명 브랜드 안경과 골프 티셔츠와 프라다 신발과 마흔네 살의 나이와 엄마보다 여덟 살 많은 것이 싫다. 나는 아저씨가 더더욱 꼴 보기 싫다. 왜냐하면 내가 아저씨에게 부모 노릇 할 기회를 또 한 번 내주었기 때문이다. 1년 전 아저씨가 우리 앞에 등장한 이후 그 기회는 슬금슬금 으스스한 양상으로 빈도가 증가했다. 릭 아저씨는 나를 박물관과 영화관과 음악회에 데려갔다. 아저씨는 내 생일에 선물을 사 주었다. 아저씨는 내 노래를 듣고 싶어 했다. 아저씨는 내게 인생살이에 필요한 조언을 해 주었다. 엄마는 말했다. 릭은 진짜로 네가 특별하다고 생각해. 릭은 네가 대단하대. 릭은 진심으로 널 사랑해. 그런데 그거 알아? 나는 릭 아저씨를 증오한다.

무슨 말을 해야 하는지는 나도 알았지만 입이 안 떨어졌다.

엄마가 내 오른쪽 정강이를 걷어찼다.

"죄송해요."

내가 우물거리자 엄마가 다그쳤다.

"뭐라고?"

"죄송해요."

난 다시 한 번 말했다.

모두 꼼짝도 하지 않았다. 엄마가 말문을 열었다.

"릭, 그럼 이제 우리끼리……?"

고개를 들어 보지는 않았지만 아저씨가 의자에서 일어나는 소리가 들리고 아저씨의 발과 다리가 내 시야의 틀 밖으로 성큼성큼 사라지는 게 보였다. 그러고는 아저씨가 내 왼쪽을 지나 문밖으로 나가 현관으로 걸어가는 소리가 들렸다.

"오스틴, 오스틴 나 좀 봐."

고개를 들자 얼굴이 확 달아오르고 심장이 쿵쾅거렸다.

"오스틴, 오늘 여름 학기 수업에 안 갔다고 하더구나."

"네, 죄송해요."

내가 갈라진 목소리로 조그맣게 대꾸했다.

엄마가 고개를 끄덕였다. 그러더니 앞의 탁자에 놓인 대문짝만 한 책의 한 귀퉁이를 들어 밑에 깔린 광택 용지 안내 책자를 꺼냈다. 엄마는 말없이 안내 책자를 내 쪽으로 향하게 놓았다.

메리마운트 사관학교라고 쓰여 있었다.

표지 사진에는 포토샵으로 넣은 성조기를 배경으로 제복을 입은 내 또래 남자아이들이 경직된 차려 자세를 한 채 일렬로 늘어서 있었다.

나는 입이 떡 벌어져서 엄마를 바라보았다.

"이미 연락해 봤어. 장학금도 준대. 네 사촌 에디 기억나지?"

전설적인 사촌 에디. 엄마와 나, 우리 2인 가족 사이에 전해 내려오는 전설 속에서 명성이 자자한 인물로 열일곱 살에 털사의 한 편의점에서 권총 강도 짓을 저지른 바 있다. 나는 계속 입을 다물지 못했다.

"에디가 거기 다녔어. 그 녀석은 너보다 더 개차반이었는데도, 뭐 둘이 막상막하지만, 아무튼 걔도 새사람이 됐다는구나."

"엄마, 그러시면 안 돼요."

비로소 내가 더듬더듬 말을 꺼냈다.

"아니, 돼. 되게 할 거야. 맹세할 수 있어. 오스틴……."

엄마의 목소리가 나지막이 작아졌다.

"엄마는 널 사랑해. 하지만 너 때문에 너무 겁이 나. 넌 여름 학기를 마쳐야 해. 졸업해야 한다고. 철도 들어야지. 제발 좀. 그런데 이런 짓을 저지르다니. 오스틴. 난 이제 못 하겠어…… 할 수가 없어…… 정말이지……."

그 순간이 다가오는 것이 보인다. 나는 잔뜩 움츠러들며 마음을 단단히 먹는다. 그리고 이제 때가 되었다. 엄마가 감정을 주체 못 해 허물어지고 눈물이 그렁그렁한 채로 말이 어수선하게 앞뒤가 맞지 않는 그런 때.

"……직장에서 잘릴지도 모르고…… 릭하고 망치긴 싫어…… 감당 못

해…… 감당 못 해…….”

이제 이해가 가겠지? 어떻게 어떤 엄마가 아이의 절친인 데다 재미있고 웃기고 생기발랄하고, 아이를 열기구 타는 곳이나 폴카 댄스 추는 곳에 데려가고 싶어 하고, 또 그런 기운 덕분에 릭 같은 사람을 반하게 만들면서 동시에 이 모양일 수 있는지. 이렇게 쉽게 부서질 수 있는지 말이다.

엄마가 이렇게 행동할 때면 나는 무너지고 만다. 사관학교에 보내 버리겠다는 협박보다 훨씬 힘들다. 차라리 소리를 지르거나 나를 무시해 버리거나 음식물 분쇄기에 시디를 갈아 버리거나 내 머리에 시리얼 그릇을 집어 던지면 좋겠다. 실제로 한 번 집어 던진 적도 있다. 하지만 이렇게 나오면 방어할 방법이 없다. 그저 바라는 것이라곤 엄마를 멈추게 하고 좋게 마무리하는 일뿐이다.

“죄송해요, 엄마. 죄송해요.”

나는 말하고 또 말했다. 버려질 거란 두려움, 릭 아저씨가 떠날지도 모른다는 엄마의 두려움이 느껴졌다. 난 릭 아저씨가 싫어도 엄마를 떠나는 일은 바라지 않는다는 걸 깨달았다. 게다가 그 위풍당당한 메리마운트 사관학교 사병 대열에 끼고 싶은 마음은 눈곱만큼도 없었다. 이제 나는 저지른 일을 모조리 바로잡으려고 물불을 가리지 않을 거다. 이제부터는 완전히 새로운 오스틴이다. 일도 열심히 하고, 사고도 치지 않으며, 엄마에게 스트레스가 되는 일도 없을 거다.

"고칠게요. 엄마. 내가 고칠게요."

엄마를 끌어안으며 말하자 엄마가 뭔가 알아들을 수 없는 말을 했다. 가서 릭 아저씨한테도 같은 말을 하라는 뜻 같았다.

그래서 그렇게 했다.

현관으로 나가자 아저씨는 기대에 찬 표정으로 고개를 갸웃했다. 그래, 얘야. 무슨 일이지? 하는 얼굴이었다. 나는 악 소리를 지르고 싶은 충동을 간신히 눌렀다. 대신 이렇게 말했다.

"아저씨, 죄송해요. 정말이에요. 제가 바보였어요. 갚을게요. 일하는 데서 큰돈을 벌진 못하지만 어떻게든 해 볼게요. 약속해요."

아저씨는 점잔을 빼며 고개를 끄덕였다.

"책임을 진다니 고맙구나. 네 엄마와 이 문제를 의논해 봤다. 네 학점하고 여름 학기 문제도. 그것도 더하진 않지만, 똑같이 중요한 문제다. 그래서 말인데 오스틴, 내 생각에는 우리가 이 문제를 다 해결할 수 있을 것 같구나. 내가 해결책을 하나 제안하고 싶은데."

개인 교사 조지핀

난 당신에게 돌을 던져요.♫
당신이 알아챌 때까지♩ 당신의 마음을 찢어 놓아요.♪
당신이 내 마음을 고칠 수 있도록.♫ 당신을 뿌리치고 떠나요.♪
당신이 더 가까이 다가올 수 있도록.♩
난 당신의 안티 발렌타인이 돼요.♫

여름 동안에는 학교의 냄새가 다르다. 소리도 다르다. 텅 빈 메아리 같은 공허한 소리. 들릴 듯 말 듯 냉난방 환기 장치에서 나는 쉬익쉬익 바람 소리. 나는 이런 걸 좋아한다. 파문 없이 고요한 감각, 서늘하고 조용한 인적 드문 실내. 그리고 나는 복도의 광택 화강암 위로 끽끽거리는 내 발목 운동화 소리를 의식한다.

오토바이를 타고 도착했을 때 주차장에는 차가 몇 대 있었다. 하지만 아직 나 말고 다른 사람은 보이지도 들리지도 않았다. 나는 5번 문으로 그냥 들어갔다. 문이 열려 있어서 깜짝 놀랐다. 그러고는 적막 속을 걸어 수학 개인 교사를 만나기로 한 교실로 향했다.

릭 아저씨가 수학 개인 교습을 받도록 주선해 놓았다.

만돌린에 대한 죗값을 치르는 속죄 행위 제1부였다. 다시 말해 나는 월요일 아침에 듣는 여름 학기 수업을 보충하기 위해 매주 수요일 교습에 참석해야 한다.

♪♫♪🎧

짜증 나는 일이었다. 그렇지만 세2부에 비하면 댈 것도 아니었다. 제2부는 내가 끽끽 소리를 내며 복도를 지날 때 입고 있던 티셔츠에 드러나 있다. 파란색 깃이 달린 폴로 티셔츠였다. 왼쪽 가슴에는 '릭의 잔디 관리 서비스'라고 쓰여 있다.

변호사 릭 아저씨가 변호사 일만 할 거라 생각했나? 이런, 천만의 말씀.

변호사 릭은 사업가여서 잘나가는 사업체 몇 개의 투자자이자 공동소유자였다. 하나는 식당이고 또 하나는 클라우드 데이터 어쩌고 컴퓨터 회사 같은 거다. 그리고 세 번째가 바로 그 이름도 독창적인 '릭의 잔디 관리 서비스'다.

그래서 거의 매일 그리고 여름 학기와 개인 교습이 있는 날은 반나절씩, 나는 계약직 잔디 관리 직원이 되어 미니애폴리스시 교외의 양로원과 산업단지 구내 잔디를 손질했다. 식료품을 봉지에 담는 일보다 돈도 많이 받고 시간도 오래 걸리는 일이었다. 여름이 끝날 무렵이면 만돌린 값의 절반쯤 갚을 만한 돈이 모일 것이다.

남은 빚은 없애 주기로 했다. 만약에, 만약에 내가 여름 학기 수업과 개인 교습을 전부 착실하게 듣고 대수학 과목을 통과한다는 전제하에.

실제 계약서에 사인까지 했다.

계약서는 엄마의 아이디어였다.

"좋은 생각인데!"

릭 아저씨는 변호사답게 한 20분 만에 계약서 하나를 뚝딱 만들었다. 그러고는 맹세하건대, 진짜로 에디나 중심가 은행에 가서 **계약서를 공증받았**

다. 나는 릭 아저씨와 엄마와 허름한 양복을 입고 능글맞게 싱글거리는 대머리 아저씨가 지켜보는 가운데 계약서에 서명했다. 릭 아저씨가 공동 서명을 했다. 내 운명은 돋을새김 스탬프로 봉인됐다.

그런 다음 릭 아저씨는 미소 띤 얼굴로 서 있는 엄마 곁에서 나와 악수를 하며 다른 손으로는 내 등을 툭툭 쓰다듬었다(아저씨가 내 몸에 손을 댈 때면 온몸에 소름이 끼친다). 그러곤 이렇게 말했다.

"축하한다, 오스틴. 새 출발을 향하여!"

아저씨 불알에 돋을새김을 하고 싶었다.

그런데 말이지. 의외로 괜찮았다. 오늘은 정말 낙관적인 기분이 들었다. 건전한 느낌이었다. 자기 일에 책임을 지고, 피할 수도 있는 어떤 일을 할 때 느끼는 미리 뿌듯한 감정이랄까. 인정한다. 이런 건 내게 그다지 익숙한 감정은 아니다. 그리고 또 인정한다. 다 계약으로 의무를 지운 일이다.

그렇지만 오늘 아침 나는 올바른 길을 걷고 있다. 오늘 아침, 나는 개인 교사와 마주 앉을 것이며 우주를 여는 열쇠인 수학 실력을 향상시키는 데에 매진할 것이다. 그렇게 지적 발전을 이룬 후에는 가서 잔디 깎기 첫날을 시작하여 신체적으로, 재정적으로 발전을 이룰 거다. **신체적으로, 재정적으로.** 길을 걸으며 계속 중얼거렸다. **신체적으로, 재정적으로.**

작년에 영어 수업을 들었던 교실을 지나쳤다. 난 영어 선생님인 젠슨 선생님이 좋다. 선생님은 나이가 예순 살쯤 되었는데도 여전히 F학점 폭탄을 투하하고 사과 따위는 하지 않는 그런 선생님 중 하나다.

"넌 네가 어떤 애인지 아니?"

언젠가 선생님이 이렇게 물었다. 또다시 과제를 제때 마치지 못한 후였다.

"어…… 선생님께서 알려 주실 것 같은데요."

"그래, 내가 알려 줄게. 넌 똑똑머저리야."

"똑똑머저리라면 똑똑한데……."

"무슨 말인지 알 텐데."

"그런 말씀 하셔도 되는 거예요?"

"당연히 안 되지. 그런데 너를 설명하는데 그 이상의 말이 떠오르지 않는 구나. 넌 대부분의 다른 애들보다 똑똑해. 그런데 게을러터져서 뭘 끝까지 하질 않잖니. 네가 늘 책을 끼고 있는 걸 봤다. 너 그거 읽는 거지, 그렇지?"

내가 최근에 들고 다녔던 《끝없는 농담(*Infinite Jest*)》을 가리키는 말이다. 인정하건대 얼마간은 과시용이다.

"아니면 그냥 잘난 척이냐?"

"읽고 있어요."

이 말은 사실이었다. 첫 챕터 반을 몇 번째 다시 읽고 있으니까.

"다행이구나. 슬슬 네가 기능적 문맹은 아닌가 생각하던 참이었는데. 다른 건 또 뭘 읽었니?"

선생님과 나는 체크리스트를 작성하듯 하나하나 확인했다. 어니스트 헤밍웨이, 커트 보니것, 존 스타인벡, 잭 케루악, 토머스 핀천…….

"흠, 그럴 리가."

"아니에요. 진짜예요. 최소한 시도는 했어요."

"그런데 왜 망할 놈의 과제는 못 내는 거냐? 도대체 뭐가 문제야? 딱 들는 약도 없다니?"

나는 몇 년에 걸쳐 받아 온, 결과가 의심스러운 갖가지 복잡한 약물과 치료 요법을 설명했다.

"그리고 요즘은 새로운 것도 시도하고 있어요. 인생에서 좀 더 건강한 남성의 지도를 따르는 거죠. 중요한 일 같아서요."

"남성의 지도라."

"네."

그것은 엄마가 루저 톰 아저씨와 헤어지고 난 직후이자(그전엔 왕 루저 필 아저씨, 또 그전엔 대왕 루저 크리스 아저씨를 만났다.), 변호사 릭 아저씨를 만나기 직전의 일이었다. 엄마는 빅브라더 같은 멘토 프로그램에 나를 가입시켰다. 일주일에 한 번씩 남자 한 명이 찾아오는 프로그램이었는데 그 남자는 우리가 함께할 이상적인 활동이 야구라고 결정했다. 이런 걸 두고 관객의 마음을 잘못 읽었다고 하는 거다.

"남성의 지도라."

젠슨 선생님은 같은 말을 되풀이했다.

"네."

"헛짓거리 그만하고 네 문제가 뭔지 들여다보기나 하렴."

심하긴 했지만 맞는 말이었다. 그게 젠슨 선생님이다.

선생님은 이렇게 말하며 대화를 마무리했다.

"언젠간 너도 네 문제가 뭔지 알게 될 거다. 그리고 어어어쩌면 뭔가를 이룰 수도 있겠지. 지금은 자신에게 호의를 베푼다 생각하고 똑똑한 부분에 더 집중하도록 노력하려무나. 머저리 부분에는 관심을 덜 두고. 알았지?"

머저리 부분에는 관심을 덜 둔다. 이 말을 되새겼다.

오늘 그리고 앞으로는 똑똑한 부분이 전부다. 머저리 부분은 없다. **똑똑하고 머저리는 아닌. 신체적으로, 재정적으로. 똑똑하고 머저리는 아닌.**

나는 교실로 향했다. 열린 출입문 밖에서 잠시 멈췄다. 교실 안쪽 사람의 시선에 걸리지 않는지 확인하며 책가방을 고쳐 메고 월요일에 여름 학기 수업을 빼먹은 것에 대한 변명 혹은 사과를 리허설 한 다음 안으로 들어갔다.

그러고는 멈춰 섰다.

교실에는 여자애 한 명이 있었다. 내 또래이고 금발이었다. 여자애는 교실을 압도하는 크기의 회의용 탁자 저편에 서서 가방에 책을 집어넣느라 여념이 없었다.

나의 뇌에는 얄팍한 부위가 있다. 그래, 뭐 대체로 얄팍하긴 하다. 어쨌든 특별한 부위인데 내게 매력적인 여자애들의 존재를 알려 준다. 그리고 그 부위가 말했다. 오, 등장했음.

그러자 다른 부위가 냉큼 말했다. **진심이야?** 왜냐면 그 여자애는 내가 보통 관심을 두는 그런 타입이 전혀 아니었기 때문이다. 못생겼다거나 그런 건 아니다. 내가 봤을 땐 몸매도 제법 괜찮았다. 특히…….

바로 그 순간이었다. 여자애가 나의 존재를 감지한 듯 고개를 들었다. 헐.

눈이 마주쳤다. 우리는 둘 다 꼼짝도 하지 못했다. 여자애는 기방에 책을 넣다 말았다. 여자애의 눈빛에는 뭔가가 있었다. 그 눈빛에 나는 꼼짝없이 붙들린 느낌이었다. 스포트라이트 아래에 선 도둑처럼 죄책감이 밀려들었다. 나는 사과를 하고 싶은 급작스럽고도 견딜 수 없는 충동에 휩싸였다.

그때 여자애가 다시 책으로 관심을 돌리더니 마저 가방에 밀어 넣었다. 그렇게 그 순간이 끝났다.

"막 가려던 참이었어."

여자애가 중얼거렸다. 그러고는 지퍼를 잠갔다.

"아."

이제 여자애가 누군지 기억났다. 나랑 같은 학년이고 우등생 무리 중 하나였다. 학생회와 토론 팀과 수학 클럽에 다 들어 있는. 다른 곳에서도 이 여자애를 본 것 같은 느낌이 들었다. 제시카였나? 제럴딘이었나?

여자애는 다시 내게 그 엑스레이 같은 눈빛을 고정했다.

"그게 다야? '아'?"

"어……."

아, 별 희한한 애도 다 있네.

"갈 필요까진 없는데……?"

내가 조심스럽게 말했다.

"너 30분 넘게 늦었어."

난 몹시 어리둥절했다.

"난 여기 9시 30분에 개인 교습을 받으러 왔는데."

"아니, 9시 예정이었어."

"네가 어떻게 알아? 너도 교습을 받으러 왔어?"

"그럼, 그렇지. 그럴 줄 알았어."

이 아이에게선 강한 비꼼의 포스가 느껴지는군.

"알았어, 그래, 9시였다고 쳐도 아직 선생님도 안 왔잖아."

"내가 선생님이야!"

여자애는 소리를 지르다시피 했다.

이메일을 더 꼼꼼히 읽었어야 했다. 아마도 정확한 시간과 내 개인 교사가 또래라는 사실도 쓰여 있었을 거다. 그러자 데번이 했던 농담이 떠올랐다. 데번도 작년 여름에 같은 프로그램을 들었던 까닭이다. '또래 돕는 또래(Peers Helping Peers)'라는 이름이었는데 데번은 줄여서 '딸딸이(PHaP)'라고 불렀다. 난 가서 딸딸이나 쳐야겠다 할 때 그 딸딸이.

그렇게 난 첫 딸딸이 수업에 지각한 채 여기 서 있고, 내 또래는 자신의 또래를 도우려는 열정이 눈곱만큼도 없어 보였다.

"늦어서 정말 미안해."

여자애는 고개를 저으며 한숨을 내쉬더니 과장된 몸짓으로 가방의 지퍼를 열어 교과서를 꺼낸 다음 탁자 위에 쿵 내려놓았다. 그러고는 다시 한 번 극적인 한숨을 뱉으며 앉았다. 자기가 열 받았다는 사실을 내가 모르기라도 할까 봐.

"나는 오스틴이야."

"알아."

여자애가 교과서를 펼치며 대꾸했다.

나는 여전히 선 채로 물었다.

"이름이 뭐야?"

"조지핀."

"조지?"

"조지핀."

"미안. 알았어. 예쁜 이름이……."

"그만 시작할까? 24분밖에 안 남았어. 끝나고 일하러 가야 해."

조짐이 아주 좋았다.

나는 앉았다. 조지핀이 공책과 교과서를 획획 넘기는 사이 나도 준비를 했다. 마음이 허둥지둥 갈피를 못 잡았다. 나는 다짐했다. '절대 주절대지 마.'

바로 그때 조지핀이 번쩍 고개를 들더니 말했다.

"너 방금 담배 피웠어?"

"그런데?"

"피우지 말아 줄래?"

"어, 그래, 그런데……."

나는 귀를 긁적였다. 아, 제발, 오스틴, 입 열면 안…… "문제는 말이지, 사람들이 아주 교묘한 방법으로 이 니코틴이란 걸 담배에 넣어 놨거든?"

오스틴, 제발 입 좀…… "그래서 언젠가는 너도 이럴 수 있어. 나도 저 불타는 막대기를 한번 입에 대 볼까? 완전 쿨하잖아. 그러면 너도 마케팅과 또래 집단 압력이 주는 위험성에 관한 한심한 실례가 돼서 방금 만난 사람한테 설교나 듣게 되는 거지."

잘한다. 잘해. 난 당장 나갈 테니까 이제 네가 알아서 해.(저벅저벅, 쾅!)

"알았어. 그런데 나 만나기 전에는 그 불타는 막대기 좀 건너뛰어 줄래? 나 알레르기 있어. 담배 냄새 맡으면 토해."

"토해? 냄새 좀 맡는다고? 담배 냄새 맡는다고 토하는 사람이 어디 있어?"

"여기 있어. 증명해 줄까? 기꺼이 보여 줄 수 있는데."

"아니, 믿을게. 내가 알아야 할 다른 알레르기라도?"

"응, 글루텐 알레르기."

조지핀이 대꾸하더니 개미만 한 소리로 들릴 듯 말듯 웅얼거렸다.

"그리고 머저리도."

"차라리 '개자식'이라고 하지 그래."

"뭐?"

"'머저리'보다는 '개자식'이 더 웃기잖아."

"웃기려고 한 말은 아니지만. 알았어. 개자식."

"훌륭해. 잘했어."

조지핀이 슬쩍 눈을 흘겼다. 이전에 느꼈던 낙관적인 감정은 이미 사라진 지 오래였다. 나는 손가락으로 탁자를 두드렸다. **두구두구 둥둥.**

"그래, 넌 어떤 음악 좋아해?"

내가 묻자 조지핀이 나를 쳐다봤다.

"장난이야. 긴장 풀어야 할 때 사람들이 이런 질문 하는 거 아닌가? '어떤 음악을 좋아하세요……'"

조지핀이 눈썹을 치켜세웠다.

"아니야."

"그래, 그럼……."

"윌코는 어때? 파이스트? 더 내셔널? 다 아니야? 그럼 테건 앤드 세라?"

조지핀은 표정에 변화가 없었다.

"셰인 타일러? 셰인 타일러 좋아해?"

"누군지 몰라. 이제 우리……."

"진짜? 요즘 내 최애야. 한번 들어 봐."

"그렇게."

"셰인 타일러. 에스 에이치 에이……."

"알았어."

"플레이리스트 만들어 줄 수도 있는데, 네가 원한다면."

조지핀이 눈을 가늘게 떴다.

"왜?"

"아무것도 아니야. 이제 좀……."

"일은 어디서 해?"

"이제 시작할까?"

"그냥 물어보는 거야. 나? 나로 말하자면 급성장 분야인 잔디 관리 일을 하고 있지."

로고가 잘 보이도록 양손으로 티셔츠를 펼치며 내가 말했다.

"사실 이제 시작이긴 한데 느낌이 아주 좋아. 나한테 엄청난 일이 생길 것 같아. 엄청난 일이."

"어련하시겠어. 이제 약 22분 남았어."

"진짜, 진짜 늦어서 미안해. 9시 30분인 줄 알았다니까."

"알았다고. 그런데 9시 30분이라고 쳐도 늦었어."

"알아들었어. 네 말이 맞아. 오토바이도 시동이 안 걸리더라고. 그래서 몇 분 늦은 거야."

"좋아. 수업 시간에는 뭘 공부했어?"

"어…… 그래. 수업 시간이라. 솔직히 말해야겠지. 나 수업 안 들었어."

다시 뚫어져라 쏘아보는 통에 나는 내심 움찔했다.

조지핀은 다분히 의도적으로 물었다.

"뭐라고?"

"안 들었다고."

"땡땡이쳤구나."

"그래. 맞아. 넌 땡땡이 한 번도 안 쳐 봤어?"

차라리 노숙자를 죽여서 먹어 봤냐고 물어볼 걸 그랬다.

"아니라는 뜻으로 알아들을게. 그럼 약속에 늦어 본 적도 없겠네."

"안 늦으려고 노력해."

"정말 미안하게 됐네. 넌 절대 실수도 안 하고 규칙을 어기는 법도 없어?"

조지핀이 빤히 쳐다봤다.

"없겠지. 당연히 없겠지."

"21분 남았어."

"알았어. 미안해. 시작하자."

"좋아. 그럼……."

"그럼, 신호등이 빨간불인데 차가 한 대도 안 보여. 아예 차가 없어. 그래도 안 건너?"

"아의! 알았어, 알았다고. 너는 오토바이 타고 다니는 반항아인 데다 너무 쿨해서 수학 같은 건 안 하지? 왜냐면 오토바이를 타면서 오토바이 탄 반항아 짓이나 하고 다닐 거면 수학 따윈 필요 없을 테니까."

"워워. 잠깐만. 고작 175CC짜리야. 오토바이라고 하기에도 뭐하다고. 여기서 'CC'는……."

"배기량이잖아. 나도 알아."

"오, 오토바이에 대해 좀 아나 본데?"

"아니, 수학에 대해 알아. 그게 우리가 하기로 한 일이고."

"잭 화이트나 라이언 애덤스나 코너 오버스타도 수학을 잘할 것 같진 않은데."

"대단하네. 그런데 어디 보자, 그중에 누가 여기 있을까? 어머! 아무도 없네! 너랑 나 둘뿐인 것 같은데."

"음, 난 그 사람들처럼 될 거야."

"너의 그 대단한 잔디 관리 일은 어쩌고?"

"음, 해야지. 당연히. 잔디 깎는 일을 몇 달 하다 보면 몇백 만 달러는 모일 테니까. 그런데 사실은 말이야. 내가 비밀 하나 알려 줄까?"

"음…… 아니."

"내 계획은, 실은 비밀인데, 싱어송라이터가 되는 거야."

"싱어……"

"송라이터. 그래."

"공연하는 사람이 된다고?"

"응."

"무대에서?"

"응."

"사람들 앞에서?"

"그래!"

조지핀은 차분하게 나를 바라보았다. 그러곤 시선을 돌려 어떻게 말해야 할지 아니면 아예 말을 할지 말지를 고민하는 듯 입술을 달싹였다. 조지핀은 고개를 절레절레 흔들더니 말했다.

"행운을 빈다."

어디서 조지핀을 봤는지 이제 기억났다.

합창단.

조지핀은 합창단이었다. 내가 딴짓하느라 바빴던 동안 무대 계단에 서서 끝도 없이 우우우 허밍을 하며 서 있던 아이들 중 한 명이다.

얼굴이 확 달아올랐다.

"그럼, 수업 시간에는 어느 장을 공부했어? 몰라?"

"몰라."

"그럴 줄 알았어. 어딜 공부하고 싶어? 이차방정식? 다항식? 인수분해?"

"모르겠어. 아무거나. 다 괜찮아. 시작하자. 시작!"

"그래, 그럼."

조지핀이 책을 탁 덮더니 일어섰다.

"안 되겠어."

﹀ ﹀ ﹀

책을 가방에 욱여넣고 교실을 걸어 나가며 조지핀은 한마디도 더 하지 않았다. **어우, 야. 제발, 다시 하자.** 내가 떠드는 소리는 들은 척도 안 했다. 아니다, 이건 부정확한 말이다. 조지핀이 한마디를 하기는 했다. 자신에게.

"이게 무슨 바보짓이람."

"나 계약서에 사인했단 말이야! 넌 몰라! 난 이거 해야 해! 그렇게 그냥 가면 안 된다고!"

조지핀은 그냥 가 버렸다.

조지핀이 운동화를 끽끽거리며 복도에서 멀어져 가는 소리가 들렸다. 나는 짝 하고 박수를 치며 텅 빈 교실에 외쳤다.

"환상적이야! 좋았어! 가서 릭 아저씨 빚을 갚아 버리겠어!"

하지만 난 릭 아저씨 빚을 못 갚을 거다. 빚을 갚기는커녕 일을 망쳐 버리고 죽어 버릴 거다.

사람들이 나를 발견했을 때면 난 미소 짓고 있을 거예요. ♩
왜냐면 난 다 잊어버렸으니까요. ♫

나는, 곧, 무시무시하고, 사방에 피를 튀기는, 영화 같은 죽음을 맞이할 거다. 상업용 잔디깎이와 스스로의 어리석음이 빚어낸 죽음을.

그리고 조지핀. 조지핀에게도 최소한 약간의 책임은 있다.

운동화 아래 자갈밭 위로 드르륵 소리를 울리며 나는 지옥을 향해 조금씩 미끄러져 내려가고 있다.

"살려 주세요."

나는 비명을 질렀다. 하지만 이미 한계에 다다른 데다 숨이 차서 더는 큰 소리를 낼 수가 없었다. 그렇게 중요한 일은 아니다. 기계가 으르렁대는 소리 탓에 잔디 깎는 팀 누구에게도 내 목소리가 들릴 것 같지 않았다. 모두에게 주어진 큼지막한 사격 연습장용 귀마개를 쓰지 않았더라도 마찬가지였을 거다.

나는 몹시 가파른 비탈에 서 있다.

내 바로 밑은 좁다란 옹벽 꼭대기다.

옹벽 바로 밑은 천 길 낭떠러지였다.

내 바로 위에는 나를 옹벽과 허공과 죽음을 향해 무자비하게 밀어붙이는 무게 180킬로그램의 보행형 잔디깎이가 울퉁불퉁한 바퀴를 쓸데없이 빙빙 돌리며 잘못된 방향으로 슬금슬금 미끄러진다.

스으으윽. 지금 내 발 앞쪽은 옹벽 위에 있고 나는 뒤로 미끄러진다. 옹벽이 끝나면 잔디깎이와 나는 벼랑으로 떨어진다. 혹시나 떨어져서 죽지 않는다고 해도 잔디깎이의 무게와 사나운 이중 칼날이 나를 죽일 거다.

얄궂은 상황이란 생각이 들었다. 릭 아저씨에게 진 빚을 갚도록 아저씨가 내게 마련해 준 일이 도리어 아저씨의 돈을 잡아먹게 되다니. 내 유해를 치우려면 하얀색 방호복을 입고 물 청소용 진공청소기로 무장한 유해 물질 처리반을 고용해야 할 테니까. 죄송해요. 릭 아저씨.

"자, 중요한 사항을 말씀드리죠. 대형 잔디깎이는 가파른 비탈에서 사용하면 안 됩니다. 손으로 미는 소형 기계를 사용하세요. 알겠습니까?"

켄트의 지시 사항이었다. 내가 새겨들었어야만 했던. 켄트는 직원들을 관리하는 정말 건강한 외모의 로스쿨을 준비하는 대학생인데, 환상적인 치아와 믿기 힘든 머릿결과 말도 안 되게 긍정적인 태도와 카리스마를 지녔을 뿐아니라 거짓말 안 보태고 역대 모든 교회 청년부 회장들의 정화된 결정체로서, 친근한 열정으로 상대를 의로움과 예수의 삶으로 인도하는 그런 종류의사람이다. 딱 릭 아저씨가 고용할 법한 그런 남자. 내가 도착하자 켄트는 얼굴 가득 미소를 지으며 다가와 하나님 판매원다운 손아귀 힘으로 내 오른손 뼈를 으스러뜨리며 다른 손으로는 내 어깨 근육을 쥐어짰다. 우두머리

수컷의 악수, 알지? 그러고는 말했다.

"올라, 아미고#! 릭 사장님이 넌 특별히 잘 지켜보라고 했는데. 일단은 좀 엄한 사랑이 필요하겠는걸. 지각이야."

"네? 내 생각엔……."

"지금은 11시 26분이고, 넌 여기 11시까지 오기로 돼 있어."

켄트가 내게 시계를 보여 주며 말했다.

"죄송합니다. 길을 잃었어요, 그리고……."

"설명은 됐어. 내일은 8시 30분까지 와서 팀 회의에 참석하도록 해, 알았지?"

"팀 회의요?"

"물론이지. 매일 아침에 해. 그날의 목표를 살펴보고 팀에 활력을 불어넣지. 그런데, 오스틴. 내일도 늦을 거면, 이제 오지 마."

켄트가 내 볼을 토닥토닥 쓰다듬으며 말했다.

"좋아. 바모스.# 다른 사람들은 벌써 시작했어."

켄트는 광활한 배후지를 향해 손짓했다. 저 멀리 잔디를 깎는 형체 몇몇이 눈에 들어왔다. 양로원 부지는 넓어도 너무 넓어서 나는 지구의 굴곡도 보일 거라 믿어 의심치 않았다.

켄트는 내게 곧 나를 죽일 예정인 보행형 잔디깎이를 소개해 주며 연료 넣기, 시동 걸기, 작동법 등을 알려 주었다.

#올라, 아미고 : 스페인어로 '안녕, 친구!'라는 말로 친근하게 인사할 때 쓴다.
#바모스 : 스페인어로 '가자!'라는 뜻의 말.

"오스틴, 일직선으로 걸을 줄 알지? 앞뒤로 왔다 갔다."

"네, 알아요. 켄트 형."

"좋았어, 오스틴. 저쪽에 가서 그걸 하도록 해. 그런데 뭘 하면 안 된다고?"

"비탈에서는 대형 기계를 쓰면 안 됩니다."

"그렇지. 그럼 뭘 사용해야 할까?"

"손으로 미는 소형 기계를 써야 합니다."

"훌륭해. 이제 가 봐."

나는 켄트가 일러 준 들판으로 가서 앞뒤로 왔다 갔다, 왔다 갔다 했다. 한 번 왔다 갔다 할 때마다 몇 세기가 걸렸다. 죽도록 지루했다. 양로원에 사는 사람들에게 이렇게 넓은 땅이 왜 필요한지 알다가도 모를 지경이었다. 넓은 땅을 응시하고 남북전쟁 당시의 젊은 날을 회상하면서 잔디와 나무와 조경이 몇 헥타르씩 펼쳐진 평화로운 땅을 거니는 건가. 모조리 깎고 다듬어야 하지만 이내 살 떨리는 사고의 현장이 되어 버릴 바로 그 땅을.

일하면서 나는 조지핀과 말다툼을 벌였다.

소리소리 질렀지만 내 귀에도 내 말이 안 들렸다. 미친놈이 따로 없었다. 앞뒤로 왔다 갔다 하면서 허공에 대고 말싸움을 하다니.

말싸움은 조지핀이 내게 했던 말들을 재생하고 되받아칠 새로운 방법들을 생각해 내면서 시작됐다. **오, 진짜?**

하지만 이내 환상 속의 조지핀이 주도권을 쥐고 현실의 조지핀은 하지 않았던 전혀 새로운 말들을 했다. 나와 내 삶, 나의 엄청난 비밀 계획, 내 모든 것을 비난하며 나는 길을 잃었고 방향키도 없다고 했다. 그리고 설령 방향키가 있다 해도 도움이 안 될 거야. 왜냐면, 우리 솔직해지자, 넌 지도도 심지어 엔진도 없잖아.

알았어, 조지…….

조지핀이라니까.

그래. 안 물어봤다고.

조지핀은 왜 그렇게 내게 못되게 굴었을까? 대체, 뭐 하는 애야?

조지, 넌 그냥 그런 애야. 절대 지각하는 법도 없고 땡땡이도 안 치고 빨간불에 길 건너는 사람을 보면 어른처럼 못마땅하게 인상을 찌푸리는 애. 네가 날 어떻게 생각하건 상관없어, **조지**.

정말이다. 조지핀이 어떻게 생각하는지는 상관없다.

계속 되뇌었다. 하지만 실랑이는 이어졌다. 난 최선을 다해 막아 내고 반격했다. 그리고 나 혼자서 싸움의 양쪽 역할을 다 하긴 했지만 조지핀이 이겼다. 나를 가루가 되도록 박살 내며.

그게 바로 조지핀이 나를 바라보는 방식이었다. 마치 죽었다 깨어나도 난 조지핀을 속일 수 없다는 그런 식.

네 평소 허튼수작 따위 나한테는 안 통해, 오스틴 메순.

시간이 흐르며 다툼은 뜨겁게 달아올랐고 나는 숲이 우거진 비탈의 가장자리를 따라 잔디를 깎고 있었다. 손으로 미는 소형 기계를 쓰도록 정해진 곳이었다.

웬일인지 그 규칙도 내 인생의 다른 모든 장애물 중 하나로 변해 버렸다.

만돌린, 릭 아저씨, 계약서, 켄트와 마찬가지로 느껴졌다. 그러자 이런 생각이 들었다. 규칙 따위 개나 줘 버려. 본때를 보여 주마. 바로 그때 머릿속에서 설교 조의 조지핀 목소리가 툭 튀어나왔다. 바보 같은 짓 하지 마!

"그냥 좀 닥쳐 줄래!"

나는 고래고래 소리를 치다 비탈길을 향해 확 좌회전해 버렸다.

순식간에 잔디깎이가 미끄러지기 시작했다.

공황 상태가 되었다.

기계 앞머리를 위로 돌렸다. 계속 미끄러졌다. 순간 켄트의 지시 사항이 끔찍하도록 똑똑히 떠올랐다.

그러게 내가 뭐랬어.

"입 다물어, 조지!"

조지핀이라니까.

"으으으!"

이제 내 몸은 일직선을 그리고 있다. 팔을 머리 위로 쭉 뻗어 죽을힘을 다해 기계를 붙잡았다. 몸이 앞으로 확 기울어 20도 경사의 비탈길 바닥에서 코가 고작 60센티미터 정도 떨어졌고 덜덜 떨리는 몸은 바닥과 예각을 이루었다. 아니, 둔각인가? 어떤 게 뾰족하고 좁은 각이야?

이러니까 네가 여름 학기를 듣는 거야!

"그래, 알았다고, 참 고맙구나!"

바위에 걸려서 바퀴가 빙빙 헛돌았다.

너도 알겠지만, 네 인생에 정말 꼭 들어맞는 비유다.

"닥치라고!"

잔디에서 배어 나온 즙으로 발이 미끄러웠다. 나는 뒤로 미끄러져 내려가고 있었다. 옹벽 가장자리까지 15센티미터 남았다. 12센티미터. 10센티미터.

그때 그가 눈에 들어왔다. 애초에 내가 내려오지 말았어야 할 그 능선의 꼭대기였다. 새파란 여름 하늘을 배경으로 가스 충전식 예초기로 무장한 채 근처 나무 가장자리를 다듬는 데 집중하는 잔디 관리팀원 한 명의 윤곽이 보였다. 구원의 손길이여!

"살려 주세요! 살려 주세요!"

내가 외쳤다.

그가 내 목소리를 들은 건지 아니면 순전히 우연이었는지는 모르겠다. 어쨌든 그가 고개를 돌려 비탈 아래를 내려다보고는 나를 발견했다. 뒤편 하늘이 너무 환해서 그가 잘 보이지는 않았다. 그는 나를 향해 비탈길을 몇 걸음 걸어 내려와 어른거리는 나무 그늘 속으로 들어갔다. 그가 노란색 눈 보호용 고글을 벗더니 나와 내가 처한 곤경을 빤히 바라보았다. 그리고 그 순간 토드 멀로이와 나는 서로를 알아봤다.

"도와줘, 도와줘!"

토드의 얼굴에 환한 미소가 번졌다.

순간 발이 주욱 미끄러지더니 나는 가장자리 밖으로 밀려났다.

이중 칼날 잔디깎이가 바로 몇 센티미터 뒤에서 돌진해 오는 가운데 내리막길을 마구 구르고 있다면 이런 생각이 들 거다. **악세상에이렇게죽는구나!!** 나도 같은 생각을 했다. 거기에 더해 이런 생각도 들었다. **악세상에토드멀로이가나랑같은팀이라니!!!**

그런데 이런, 나는 죽지 않았다. 하지만 속단은 이르다.

약 1,000분의 1초 전 상황 : 발이 미끄러졌다.

나는 옹벽에서 휙 뒤로 떨어졌다. 알고 보니 옹벽은 30미터까지는 안 되었다. 한 1.5미터쯤?

내가 발을 디딘 땅에는 이끼가 잔뜩 끼어 있었고 저 위 옹벽보다 훨씬 더 가파른 비탈이었다. 그 말은 발이 땅에 닿기 무섭게 인정사정없이 뒤돌아 공중제비 돌며 내리막길 아래로 마구 굴렀다는 뜻이다. 그렇게 목숨을 부지한 것도 잠시였다. 잔디 깎는 기계가 바로 뒤따라 내려오며 내가 직전에 닿았던 딱 그 장소를 덮치고 있었으니까.

정통 액션 영화가 펼쳐졌다. 살기등등한 잔디깎이와 마약쟁이 얼간이가 출연하는 액션 영화.

고개를 거꾸로 처박고 굴러떨어지는데 잔디깎이가 바로 뒤에서 쫓아왔다. 어찌 된 일인지 잔디깎이는 이제 바퀴를 땅에 붙이고 똑바로 서서 내려왔다. 가까스로 일어나 휘청휘청 필사적으로 앞을 향해 내려가고 죽음의 기계는 그 뒤를 바짝 뒤쫓았다. 우리 둘은 나뭇잎으로 뒤덮인 울창한 더블블랙

다이아몬드 슬로프(스키 최상급자용 슬로프)를 따라 50미터를 질주했다. 나무 뿌리! 구덩이! 나뭇가지! 바위! 토드 멀로이가 나랑 같은 팀이라니!

바닥 바로 앞쪽에 얕은 개울이 나타났다. 개울을 향해 온몸을 확 던졌다. 으아아악! 풍덩! 때맞춰 몸을 틀어 쳐다봤다. 잔디깎이는 나를 향해 질주하다가 숨어 있던 둔덕에 퉁 부딪혔다. 그러더니 진로를 바꾸어 앞머리를 나무에 들이받고는 쾅 엔진이 멈췄다.

별안간 사방이 고요해졌다. 새들이 지저귀고 머리 위 나뭇가지에 산들바람이 불고 마음을 달래주듯 졸졸 시냇물 흐르는 소리가 들렸다. 그리고 저 위에서 토드 멀로이가 발작하듯 웃어 재끼는 소리가 들렸다.

어쩌면 죽는 편이 나았을지 모른다.

상황은 더 꼬여 버렸다.

나는 버둥대지 않아요.♪ 난 물에 빠지지 않아요.♩
난 두려움도 느끼지 않죠.♩ 난 여기 없으니까요……♫

"오스틴, 드디어 왔구나. 얘기 좀 하자."

!!!

아, 이런. 알고 있다. 엄마와 릭 아저씨는 조지핀도 잔디깎이도 켄트 얘기
도 다 알고 있고, 내가 이미 계약을 위반했으며 그다음 조치를 해야 한다는
것도 알고 있다. 그다음 조치란 내가 제복을 입는 걸 의미할 테지.

상황이 훨씬 심각하다. 두 사람이 화를 안 내기 때문이다. 엄마와 릭 아
저씨는 서로 팔을 두른 채 내게 미소를 지었다. 아니, 활짝 웃었다. 대문을
열자 엄마와 릭 아저씨, 둘 다 문 바로 앞에 서 있었다. 안으로 들어가려다
말고 "억!" 소리를 질렀다. 상황이 뒤바뀐 것 같았다. 마치 내가 안에서 문을
열었더니 현관 앞에 두 사람이 인생을 뒤바꿀 전단지를 나눠 주려고 찾아온
사람들처럼 으스스하고도 명랑한 얼굴로 서 있는 것 같았다. 아니면 이런
말을 하거나. 안녕하십니까, 이제 저희는 기쁜 마음으로 당신을 밴까지 에스
코트하겠습니다. 재활 치료 병동으로 모실 예정이죠. 저항은 꿈도 꾸지 마세

♪♫ 🎧

요. 우리에겐 전기 충격기가 있답니다.

"이러쿵저러쿵해서 샤워를 해야 하는데 어쩌고저쩌고."

내가 말하자, 아니 말 비슷한 걸 지껄이자 둘이 싱긋 웃으며 대꾸했다.

"그럼, 그럼!"

그러고는 내가 지나갈 수 있도록 스윙도어처럼 휙 자리를 내주었다. 릭 아저씨는 지나가는 내 어깨를 주먹으로 툭 쳤다.

나는 허둥지둥 전속력으로 계단을 올랐다. 만신창이가 된 몸뚱이에는 공기의 저항이 고통스럽게 느껴졌다. 욕실로 들어가 문을 닫고 문에 기대어 숨을 헐떡였다. **생각하자. 생각!** 사고를 쳤는데 부모님이 웃는다. 그렇다면 진짜 망한 거다. 부모님이 어떤 처벌을 계획했건 간에 그것은 너무도 음흉하고 무시무시한 것이어서 부모님은 생각만으로도 즐거운 것이다.

수습책을 찾아야 한다. 어떻게 하지? 개인 교습! 개인 교습 일을 바로잡아야 한다!

샤워기를 틀어 소리를 차단한 다음 조지핀에게 전화를 걸었다.

"싫어."

조지핀의 첫 마디였다.

"조지……."

"조지핀."

"조지핀, 제발. 오늘 일은 진짜 미안해. 내가 정말 머저리 같이 굴었어. 난 너를……."

"오스틴, 난 네 개인 교사 못 해. 내가 실수했어. 네 문제가 아니라, 내 문제야."

"저기, 여자들은 꼭 그렇게 말하더라."

"좋아. 내 문제가 아니라, 네 문제야. 난 네 개인 교사 하기 싫어. 콕 집어서 너 말이야."

"조지핀, 난 그냥……."

"미안. 끊을게."

조지핀이 전화를 끊었다.

샤워를 하는데 눈물이 났다. 온몸에 멍이 들고 살갗이 벗겨져서 지독히 아픈 것도 이유라 할 수 있겠다. 하지만 그냥 다 눈물이 났다. 사실 이건 앞서 몇 차례 쏟은 눈물의 후속편일 뿐이다. 첫 번째 눈물 바람은 몇 시간 전 물에 빠진 생쥐 꼴을 하고 계곡 바닥에 주저앉아 여기저기 멍이 든 채 피를 흘리며 시동이 안 걸리는 상업용 잔디깎이를 끌어안고 있을 때 일어났다. 한 시간이나 아무 소득 없이 시동 거는 줄을 잡아당기다가 손에는 물집이 잡히고 팔에선 힘이 빠져서 그만두게 된 후의 일이었다. 만일 이것이 인생의 바닥이 아니라면 무엇이 바닥일지 가늠할 수 없었다.

이번 거는 더 꼭 들어맞는 비유네.

알았어, 조지핀, 고마워.

기계를 발로 걷어찼다. 엔진을 꼭 껴안고 상처 입은 동물인 양 쓰다듬으며 애처롭게 중얼거렸다. 노래도 몇 곡 불러 줬다.

그래, 누군가 묻는다면 난 잔디 깎는 기계와 키스해 봤다고 대답할 수 있다. 왜? 한바탕 눈물을 쏟은 뒤, 살살 어루만지며 노래를 부르고 난 뒤 한 번 슬쩍 당겨 보았더니 마침내 잔디깎이가 그르렁 소리와 함께 되살아났으니까. 그러고는 한동안 치욕으로 인상을 쓰며 옆길을 따라 올라가 일을 계속했다.

드디어 일을 다 마치자 켄트가 나를 잘랐다.

켄트는 시계를 확인하며 픽업트럭 옆에서 나를 기다리고 있었다. 가까이에는 토드 멀로이와 브래드 졸러가 기대에 부푼 얼굴로 밝게 웃으며 차에 기대어 서 있었다. 브래드는 이 끈끈하고도 손발이 척척 맞는 잔디 관리 서비스 팀의 세 번째 직원이었다. 브래드에 대해 가장 선명하게 떠오르는 기억은 헤비메탈 티셔츠를 좋아했다는 것과 점용접기를 능숙하게 다뤘다는 점이다. 브래드는 삼각형 금속판 두 개를 녹여 붙여 별 모양 표창을 만들었다. 8학년 기술 시간의 일이었다. 기술 시간은 브래드 능력의 한계가 어디까지인지를 알려 주었다.

"오스틴! 말했다시피 우린 6시까지 일을 끝내야 해. 그리고 지금은 6시 20분이고. 그 말은 넌 해고라는 뜻이야."

다시 눈물이 와락 쏟아졌다. 눈물 콧물 범벅을 한 채 계약이 어쩌고 개인 교사가 어쩌고 횡설수설하며 제발 자르지 말라고 매달렸다. 토드와 브래드는 서로 붙잡고 쓰러졌다. 너무 웃겨서 감당이 안 되는 모양이었다.

"제발, 제발, 제발, 제발."

켄트는 팔짱을 끼고 서서 한마디도 하지 않았다.

"제발요."

나는 다시 부탁했다. 폭. 오른쪽 콧구멍에서 콧물 방울이 풍선처럼 부풀

다가 터졌다.

침묵이 흘렀다. 잠시 후 켄트가 고개를 끄덕였다.

"축하한다. 통과다."

"뭐, 뭐라고요?"

나는 엉엉 목 놓아 울었다.

"오스틴, 나는 네가 지금 보여 주는 이 열정을 우리 팀에 헌신하겠다는 증거로 받아들이겠다."

도대체 이런 말투는 어디서 배우는 건가요?

"진심으로 헌신할 거지?"

"네."

"우리 팀을 위해 헌신할 준비가 됐지?"

"네. 우리 팀을 위해 진심으로 헌신하겠습니다."

"그럼 팀원들한테 사과할 수 있겠어? 실망을 끼치고 늦게까지 기다리게 했으니."

으아아아아악.

"팀원 여러분, 실망을 끼치고 늦게까지 기다리게 해서 정말 죄송합니다."

"훌륭해. 좋았어, 오스틴. 우리 팀을 위해 진심으로 헌신할 거라면, 한 번 더 기회를 주겠어. 한 번 더."

그래, 내 호들갑이었다. 켄트는 날 해고하지 않았다. 굴욕적인 충성심 시험을 하느라 가짜 해고를 했던 거다.

나는 여전히 코를 훌쩍이며 켄트의 픽업트럭에 연결된 평상형 트레일러

위로 손으로 미는 잔디깎이를 실었다. 기계를 막 싣고 나자 컨버터블 벤츠 한 대가 쓱 지나가다 멈추더니 덮개가 내려갔다.

"오스틴! 안녕!"

이런 제길. 앨리슨이었다. 그럼 그렇지. 토드는 운전을 시작한 지 3개월 만에 동네 떠들썩하게 면허가 정지됐다. 음주운전이었다. 앨리슨은 토드를 데리러 온 게 뻔했다.

"잘 지내?"

"음, 엉망이야."

토드가 어깨를 툭 부딪치며 지나갔다. 그러더니 뒤를 돌아 몇 발짝 걸어 왔다.

"오래는 못 버틸 거야."

토드가 말하며 한쪽 눈을 찡긋했다. 그러더니 빙그르 뒤로 돌아 슬렁슬 렁 앨리슨의 차를 향해 가던 길을 마저 갔다. 그러고는 차 문을 휙 뛰어넘어 조수석에 앉아 나를 똑바로 바라보더니 앨리슨의 고개를 손으로 돌려 키스 했다. 지나치게 길게.

알았어, 알았다고. 너네 다시 사귄다고.

ㅐ   ㅐ   ㅐ

샤워를 마치고도 최대한 오래 방 안에서 뭉갰다. 마리화나를 몇 모금 길 게 빨아들였다가 창밖으로 뿜어내며 오늘 하루의 이 난장판과 내 인생의 더 큰 난장판을 돌아봤다.

내 엄청난 비밀 계획의 진짜 비밀을 알려 주겠다. 그 비밀이란 바로 나조차도 그 계획이 장난이란 걸 안다는 거다. 난 장난 같은 놈이다. 난 뉴욕에 안 갈 거다. 사람이 생각하고 느끼는 노래를 쓰지도 않을 거고 무대에서 그런 노래를 연주도 못 할 거다. 난 아무 데도 못 갈 거다. 계곡 바닥에 주저앉아 아무도 없이, 아무짝에 쓸모도 없이, 내 인생의 잔디깎이에 시동도 못 걸고 처박혀 있을 거다. 그리고 그 상황은 절대 변하지 않을 거다.

아래층으로 내려가자 엄마와 릭 아저씨는 이미 식탁에 앉아 있었다. 두 사람은 동시에 고개를 돌려 내게 소름 끼치는 미소를 지었다.

"얼른 와, 음식 식어."

엄마가 말했다.

나는 의자 속으로 조심조심 몸을 옮기며 앉았다. 신선한 샐러드와 빵 그리고 릭 아저씨가 만든 조개 소스 링귀니 파스타가 커다란 그릇에 담겨 있었다. 엄마가 제일 좋아하는 요리였다. 나는 잽싸게 훑어보며 가까이에 날카로운 칼이라도 있는지 확인했다.

"파스타?"

"네."

내가 대꾸하자 엄마가 덜어 주었다.

"샐러드?"

"네."

"빵?"

"네."

엄마와 릭 아저씨는 각자 음식을 덜며 슬쩍 눈빛을 교환했다. 르네상스 축제에서 산 큼지막한 도기 머그잔에 담긴 엄마의 차에서 이국적인 허브 향이 훅 끼쳤다. 엄마의 담당 기 치료사이자 주술 숭배자이며 씨방 마법 심령술사인 테리 아줌마가 처방해 준 마음을 가라앉히는 묘약이었다. 효과가 있는 게 분명했다. 지금 이 순간 엄마는 기이할 정도로 몹시 느긋해 보였다.

"그래, 일은 어땠니?"

릭 아저씨가 물었다.

난 아저씨를 빤히 쳐다보다가 대꾸했다.

"진짜 좋았어요. 진짜." 나는 살짝 주먹을 휘둘렀다. "좋았어요."

릭 아저씨는 웃으며 고개를 끄덕거렸다. 내가 육체노동의 미덕이 주는 귀중한 인생 교훈을 얻고 있다는 사실에 흡족한 듯했다.

"그럼 개인 교습은?"

엄마가 물었다.

두 사람은 날 가지고 놀고 있었다.

"정말 대단했어요. 정말, 정말 대단했어요."

"잘됐구나. 오스틴, 우리는……."

"엄마, 알아요. 나도 알아요. 그건 그냥……."

초인종이 울렸다.

모두 서로 바라보았다.

"내가 나갈게요."

나는 그야말로 의자에서 펄쩍 뛰어올랐다.

살려 주세요, 살려 주세요, 살려 주세요.

택배 배달인가. 그렇다면 나는 배달원 곁을 쏜살같이 지나쳐 전속력으로 잔디를 가로지른 다음, 택배 트럭에 뛰어든다. 그러곤 새 삶을 찾아 애리조나주 유마시를 향해 부릉부릉 길을 떠난다.

사이비 종교집단인가. 그럼 나는 대답한다. 네. 전부 다요. 어디다 사인하면 돼요? **당장 가요. 지금, 당장!**

쿠키 팔러 온 걸스카우트인가. **서둘러! 나랑 옷 좀 바꿔 입자! 네가 집 안으로 들어가!**

하지만 그 어느 것도 아니었다.

세상 모든 일 가운데 일어날 가능성이 가장 낮은 일, 내 머릿속에서 생각이란 생각은 모조리 몰아내고 오직 **마리화나 끊어야 할까 봐.** 하는 생각만 드는 일이 벌어졌다. 마리화나가 뇌를 망가뜨려서 환각이 보이는 게 분명했다.

문 앞에 서 있는 사람은 셰인 타일러였다.

♩ ♩ ♩

싱어송라이터 셰인 타일러, 그 셰인 타일러였다. 〈블루 림보 블루스〉의 셰인 타일러, 〈안전거리를 유지하면 재미있는 사람〉의 셰인 타일러. 음식물 분쇄기에 처박힌 시디 속의 셰인 타일러. 그 셰인 타일러가 우리 집 문 앞에서 있었다.

나는 눈이 휘둥그레져서 그를 바라보았다. 말문이 턱 막혔다.

셰인 타일러는 물 빠지고 찢어진 청바지 주머니에 손을 찔러 넣은 채 어깨는 구부정하게 구부리고 얼굴은 반쯤 우거지상으로 구기고 있었다. 나쁜 소식을 듣고 기분 상할 준비를 할 때의 얼굴이랄까.

쭈뼛쭈뼛 헛기침하더니 셰인 타일러가 말했다.

"어…… 안녕?"

"헐……."

난 눈을 더 동그랗게 뜨고 셰인 타일러를 쳐다봤다.

"음……."

여기까지 찾아와 하려고 했던 그 질문을 해야 하나 말아야 하나 고심하는 눈치였다. 셰인 타일러는 안절부절못하고 잠시 시선을 먼 곳으로 돌렸다 다시 나를 봤다. 나는 저녁 무렵 귀뚜라미 소리가 얼마나 큰지 깨달았다.

"음……."

셰인 타일러가 다시 말하더니 머리를 긁적이며 숨을 깊이 들이쉬었다. 마음속에 붙인 반창고가 무엇이든 남자답게 확 뜯어 버리기로 결심한 것이 분명해 보였다.

"귀찮게 해서 미안한데. 케이티 메순이 여기 사는 거 맞니?"

"케이티요? 아닌데요."

질문이 아슬아슬하게 과녁을 빗나간 것에 당황하며 나도 모르게 대답이 튀어나왔다.

"아……."

셰인 타일러가 대답했다. 어쩐지 안도하는 듯한 느낌이었다.

문득 어떤 생각이 머리를 스치자 확실히 깨달았다.

"잠깐만요, 혹시 케이-디 말하는 거예요? 켈리 딘 메슨?"

"뭐? 그래, 맞아, 켈리."

셰인 타일러는 생기를 되찾았다.

"나는…… 켈리 친구야. 시내에 일이 있어 왔는데, 내 생각엔……."

"오스틴, 누가 왔어?"

안쪽에서 엄마 목소리가 흘러나왔다. 엄마 목소리를 듣자 셰인 타일러의 표정이 확 바뀌었다. 막 아드레날린 정맥 주사라도 맞은 것 같았다.

"오스틴."

내 뒤로 다가오며 엄마가 또 말했다.

"누구냐니……."

엄마는 입을 다물었다. 셰인 타일러는 나를 건너 엄마를 바라보았다. 얼굴에는 희망과 반신반의하는 표정이 엇갈렸다. 선물을 준비했는데 어떻게 받아들일지 확신이 없는 표정이랄까. 그러더니 이내 셰인 타일러의 얼굴에 미소가 피어올랐다.

"안녕, 케이디. 잘 지냈, 아얏, 악! 아, 아, 아! 왜 이래?"

정신없이 머리를 털고 얼굴을 닦아내며 셰인 타일러가 비명을 질렀다. 엄마가 델 정도로 뜨거운 허브차를 확 끼얹어서 티셔츠와 목과 오른쪽 뺨이 다 젖었기 때문이었다. 나는 어안이 벙벙해져서 말문이 막힌 채 놀란 토끼

눈으로 셰인 타일러를 쳐다봤다. 그는 현관 위를 펄쩍펄쩍 뛰고 욕을 하면서 화상을 피하려고 김이 나는 까만색 티셔츠를 가슴팍에서 잡아당겼다.

"케이디! 정신이 어떻게 된……."

여기까지 말하자 엄마의 묵직한 머그잔이 셰인 타일러의 이마를 찧고 다시 튀어 올랐다. 셰인 타일러의 고개가 뒤로 확 꺾였다. 그의 몸 나머지 부분도 탄력을 받아 발뒤꿈치가 현관 가장자리를 헛디디다 허공을 맴돌았다. 셰인 타일러는 팔을 마구 휘저으며 관목 울타리에 엉덩방아를 찧고는 끙 신음을 내뱉었다.

"엄마! 이 사람 누군지나 알아요?"

내가 마침내 가까스로 말했다.

"누군지 알다마다! 빌어먹을 네 아버지야!"

십자가 교차로에서 정거장을 잘못 내렸어요.♫
그리고 길을 잃었죠.♪
빛이 너무 밝아 길이 보이지 않아요.♫

"죽었다, 그랬잖아요!"

"그런 말 한 적 없어!"

"왜 이래요, 엄마! 엄마가 그랬잖아요. 나 여섯 살 생일에 그 망할 놈의 자연보호구역에 갔을 때. 아빠는 교통사고로 죽었다고!"

"오, 세상에, 오스틴. 말도 안 돼. 테리 말이 딱 맞았어. 이번 달은 드라마틱한 일로 가득할 거라 그러더니. 테리가 그랬어. '다음 달에는…….'"

"엄마, 설명 좀 해……."

"마리화나 있어?"

"엄마!"

시간은 밤 12시 30분이었고 우리는 부엌에 있었다. 그리고 맹세컨대 **나의 아빠가 안 죽고 살아서** 현관에 나타난 이후로 우리는 내내 이렇게 옥신각신했다. 엄마는 작은 식탁에 팔꿈치를 올리고 손으로 얼굴을 감싸고 있었다.

"너 마리화나 있는 거 다 알아, 오스틴."

♪♫ 🎧

"엄마가 설명해 줬으면 좋겠어요. 어떻게 그렇게 오랜 시간 동안……."

"내놓으라고. 좀. 마리화나."

"엄마, 그러면 안 돼……."

"안 되는 건 술이야, 오스틴. 그리고 지금은 술이든 빌어먹을 마리화나든 하나는 해야겠어. 좀 가져와."

ㅓ　ㅓ　ㅓ

저러다가 성대가 찢어져서 입 밖으로 튀어나오지 않을까, 걱정될 정도의 분노와 볼륨으로 누군가가 다른 사람에게 악을 쓰는 장면을 본 적이 있는 가? 그런데 그 악을 쓰는 사람이 우연히도 당신의 엄마라면? 게다가 일관성 이라고는 눈을 씻고 찾아봐도 보이지 않는 슈퍼 발악이 당신의 집 앞마당에 서 벌어지며, 동네방네 다 몰려나와 신이 나서 본다면? 바로 오늘 밤 내가 목격한 일이다. 엄마가 멀쩡히 살아 있는 아빠에게 머그잔 속의 내용물을 퍼붓고 그다음엔 머그잔을 던지고 그다음엔 주먹과 발을 휘두른 다음 이어 서 현관 장작 더미에서 통나무 하나를 집어서 던지려고 하자 그는 몸을 가 리며 허둥지둥 잔디밭으로 뒷걸음질 쳤다.

엄마는 통나무를 들어 올려 죽지 않은 나의 아버지에게 던질 준비를 했다 (이것은 토드가 내게도 했던 일이다). 그제야 나는 비로소 마비 상태에서 빗어나 엄미 뒤로 날려가 팔을 붙들어 지금껏 살아 있는 아버지가 앞으로도 살아갈 수 있도록 했다. 그때까지 나는 어안이 벙벙해서 말 한마디 못 하고 엄마가 셰인 타일러에게 신체적, 언어적 공격을 퍼붓고 입에 담기 어려운 단어들이 섞여 "나가! 가라고! 다시는 찾아오지 마!" 따위의 말을 외치는 것을 지켜보고만 있었다.

내가 엄마와 몸싸움을 벌이며 엄마 손에서 통나무를 빼앗으려는 동안 릭 아저씨가 집 밖으로 달려 나와 말했다.

"무슨 일이야? 대체 무슨 일이야?"

"안으로 들어가!"

엄마가 나한테인지, 릭 아저씨한테인지, 아니면 둘 모두에게인지 모르게 소리를 빽 지르더니 내 손의 통나무를 홱 낚아채 셰인 타일러를 뒤쫓아 갔다. 셰인 타일러는 여전히 게걸음으로 주춤주춤 물러나고 있었다. 상대적으로 안전한 장소인, 갓돌 앞에 주차된 파란색 빈티지 레인지로버를 목표로 하는 듯했다.

그러는 동안 릭 아저씨는 엄마를 쫓아가며 말했다.

"자기…… 자기야……"

릭 아저씨가 머뭇머뭇 엄마 어깨에 손을 올리자 엄마는 거칠게 떨쳐 냈다. 셰인 타일러는 차까지 달려가 조수석 문을 와락 열고 뛰어들어 엄마가 그를 향해 홈런 스윙을 휘두르는 순간 문을 쾅 닫았다. 사이드미러가 깔끔하게 뜯겨 15미터짜리 반원을 그리며 엘로프슨네 집 앞마당으로 날아갔다. 셰인 타일러가 마침내 차에 시동을 걸고 끼익 소리와 함께 집 앞 블록을 벗어나자 엄마는 딴 사람들에게 분노의 화살을 돌리며 트레일러 파크# 스타일로 악다구니를 쳤다.

"뭘 봐, 구경났어?"

❧ ❧ ❧

"네 아버지는." 푸르스름한 연기를 후 내뿜고는 엄마가 말을 이었다. "안 죽었어."

"말도 안 돼."

나는 엄마가 쥔 마리화나를 향해 손을 뻗었다.

엄마도 나도 식탁에 앉아 있었다. 이제 상황이 조금은 진정된 상태였다. 릭 아저씨는 오늘 밤 펜트하우스 아파트 자기 집에 머물 거다. 엄마가 보냈다. 개인 교습 사건 따위의 다른 문제들은 모두 관심 밖으로 밀려났다.

"우리 아빠가 셰인 타일러라니. 그 셰인 타일러라니."

"그래, 그래서 뭐. 그게 무슨 대수야. 그 사람이 네 아빠인 건 맞아. 그러니까 그 사람이랑 내가……."

"알았어요."

무슨 말인지 알았다고요.

"하지만 그 사람은 진짜 아빠, 아빠라 할 수 있는 아빠가 아니야."

엄마가 마리화나를 가져가 뻐끔뻐끔 빨았다.

"아빠라면 제 자리에 있어야지, 어? 그게 아빠지. 제기랄, 정말 맛데기리

#트레일러 파크 : 주택을 구하기 어려운 저소득층이 이동식 간이 주택에 모여 사는 공원.

없네."

나는 '도대체 뭘 기대한 거죠?'라는 뜻으로 손바닥을 천장으로 향한 채 어깨를 으쓱해 보였다.

"있잖아, 이거 정말 나빠."

"뭐요? 엄마한테 속아 산 거요?"

"아니, 그러니까, 맞아. 미안해. 미안하다니까. 마리화나가 해롭다고."

엄마는 한 모금 더 길게 들이마시며 그 점을 강조했다. 내가 왜 이 모양인지 알겠지?

"엄마는 어쩌다가…… 그러니까 어떻게……."

나는 정확히 어떻게 이 문제를 얘기해야 할지 고심했다.

"어떻게 된 거냐고? 난 열아홉 살이었어. 그 사람은, 음, 스물셋이었나?"

"그러니까 거기……."

"맞아, 텍사스 오스틴에 살 때였어. 내가 우리 아버지랑 지낼 때. 그러다 네가 태어났고 아버지가 돌아가신 다음엔 엄마랑 살려고 널 데리고 이리로 왔어. 네가 네 살 때였지."

이 집은 옛날에 외할머니 집이었는데 할머니가 돌아가신 다음 엄마가 물려받았다. 안 그러면 우리가 무슨 수로 부자 동네 중의 부자 동네 미네소타 에디나에서 살 수 있겠는가? 어림없는 소리지. 나를 가진 다음 엄마는 대학 문턱도 밟지 못했는데.

"우리 아버지가 네 이름을 지어 주셨어. 알고 있지?"

"네, 엄마가 몇 번 말한 것 같아요. 또 바비큐랑 빈티지 자동차를 좋아하

셨고 엄마를 스키트 사격장에도 데리고 갔다고. 참 좋은 할아버지네요. 그런데 엄마가 잊어버리고 말 안 한 건 다른 일이죠. 그러니까 뭐였더라, 아, 맞다. 내 아빠가 멀쩡히 살아 있다는 것."

"대체 몇 번을 사과하라는 거니?"

"그런데 도대체 왜 그랬어요? 왜 거짓말했어요?"

"미안해. 그러면 안 되는데."

엄마를 향한 왜라는 질문이 창고 하나를 가득 채웠다. 하지만 나는 우리 엄마를 잘 알았고 어떤 대답도 듣지 못할 거란 사실도 잘 알았다. 내게는 다른 질문들도 넘쳐났다. 죄다 펄쩍펄쩍 뛰면서 손을 흔들어 대는 통에 어느 것부터 처리할지 분간이 안 됐다.

"마지막으로 그 사람하고 얘기한 게 언제였어요?"

이야기를 시작하기에 적절한 질문인 것 같았다.

"네가 세상에 나오기도 전이었어. 그 사람은 도망가 버렸고 그 후로 난 완전히 연락을 끊었어. 그 사람한테선 일절 한 푼 안 받았어. 그러기 싫었어. 지금도 싫고. 눈곱만큼도 관심 없어. 그 사람이 내 인생에 또 네 인생에 다시 끼어드는 게 싫어. 됐다 그래. 잘 가. 필요 없어."

"그래서 그런 거죠? 그 사람이 가수라서. 그래서 내가 음악을 하는 거 안 좋아하는 거죠?"

"내가 좋아하는 건 네가 대학을 나와서 인생에서 다양한 선택을 하는 거야. 그래서 개인 교습이 잘 되고 있다는 소리에 내가 기뻐했던 거고. 그 남자애는 도움이 좀 되니?"

엄마는 모르는구나. 엄마는 몰라!

"아, 여자앤데요, 네, 도움 돼요. 엄청."

"다행이다. 약속해 줄래? 열심히 공부하고 노력해서 그 과목 통과하겠다고?"

"네."

"일도 열심히 하겠다고 약속해 줄래?"

"네."

"손가락 걸까?"

엄마가 새끼손가락을 들었다. 달리 무슨 선택이 있을까? 새끼손가락을 걸자 엄마 얼굴에 흡족한 미소가 번졌다. 그러더니 엄마가 일어서며 말했다.

"이리 와, 친구."

엄마가 나를 끌어안을 수 있도록 나도 일어섰다. 친구. 엄마와 나는 서로를 그렇게 불렀다. 그리고 잠시나마 나는 다시 일곱 살배기가 되어 안락함과 포근함을 느끼며 그 상태로 머물고 싶었다. 엄마와 나, 두 친구끼리 세상에 맞서던 그때로 돌아가고 싶었다.

"사랑해, 알지?"

"알아요. 저도 사랑해요."

엄마와 나는 자리에 앉은 채 말이 없었다. 내가 입을 열었다.

"셰인 타일러가 다시 오면 어떡하죠?"

엄마는 마리화나를 또 한 모금 훅 빨아들였다.

"다시 와? 어떡하긴, 그럼 그날로 그 인간 관 뚜껑에 못질하는 거지. 네가

♪♫♪ 🎧

그 인간이랑 말 안 했으면 좋겠어. 그 인간은 나쁜 영향을 끼친다고."

엄마가 꽁초를 쥔 손으로 마침표를 찍는 시늉을 했다.

잠시 침묵이 흘렀다. 그러다 엄마도 나도 피식 웃어 버렸다.

"오스틴, 진짜야. 그 인간은 말만 번드르르하지 쓰레기야. 입만 열면 거짓 말인 사기꾼 사생아 같은 놈이라고."

"따지고 보면 나도 사생아 아닌가?"

"무슨 말인지 알면서 저러네. 어쨌든 너, 오스틴, 너도 그 사람 찾아가면 안 돼. 알아들어? **그 사람 절대 찾아가면 안 돼.**"

ㅕ ㅕ ㅕ

"당연히 찾아가고말고!"

"음……."

전화기 너머 데번이 대꾸했다.

"야, 무슨 말인지 알겠어? 셰인 타일러가 우리 아버지라고!"

"음……."

데번이 같은 말을 되풀이했다.

엄마와의 대화가 끝나기 무섭게 나는 문자 폭탄을 퍼부어 데번의 휴대 전화를 폭파시켰다.

셰인 타일러가 우리 아빠래!

오늘 우리 집에 왔어.

엄마가 그 사람을 죽도록 팼어.

셰인 타일러가 우리 아빠라니까!!!

결국 데번이 답을 보냈다.

이 자식이, 지금 새벽 2시야. 무슨 개소리야.

나는 전화를 걸었다. 음성 메시지로 넘어가서 두 번이나 끊었지만 받을 때까지 다시 걸었다.

"오스틴, 2시라고!"

"2시 뉴스야!"

나는 죄다, 모조리 이야기했다. 셰인 타일러의 갑작스러운 등장부터 우리 엄마, 머그잔, 통나무를 이용한 살인미수, 릭 아저씨 이야기까지, 몽땅 숨도 안 쉬고 떠들었다.

"와우."

"그렇지?"

"이제야 말이 되네."

"뭐가 말이 돼?"

"너 말이야."

그러더니 데번은 말을 이었다.

"오스틴, 평생 들어 본 말 중에 제일 놀라운 사건이다. 정신이 하나도 없네, 진짜."

"그렇다니까!"

"나 이제 자도 될까?"

나는 그러고도 한 시간을 더 깨어 있었다. 노래, 비디오, 가사, 인터넷에서 셰인 타일러에 관한 건 모조리 찾았다. 위키피디아는 거의 기본 구성이 다였다. 짤막한 설명에 적힌 생년월일로 보아 그는 서른아홉이었고, 음반 목록은 10년 전에 마지막 앨범이 발매되었다는 사실을 알려 주었다. 그 이후로 그가 무슨 일을 했는지, 지금은 무얼 하는지 업데이트된 내용이 없었다. 개인적인 정보도 없었다. 오스틴 메순이란 이름의 열여덟 살짜리 아들에 관한 내용은 눈 씻고 찾아봐도 없었다.

음악에 관한 리뷰들도 눈에 띄었다. 잡지 《롤링 스톤》에 10년 전 제법 괜찮은 기사가 실렸는데 제프 트위디나 제프 버클리 또 레트 밀러보다도 낫다는 평가였다. 사람들은 셰인 타일러를 음악인들의 음악인이라 불렀다. 한 옛날에 만들어진 팬 사이트도 있었다. 자유게시판에는 셰인 타일러에게 무슨 일이 생겼냐? 죽었냐? 아니다, 애틀랜타주에서 오디오 엔지니어로 일한다, 아니다, 내슈빌에 있다더라, 아니다, 로스앤젤레스다, 음악을 아예 그만뒀더라, 말들이 많았다. 그러다 최근 몇 달 사이 내용을 찾으려고 새로운 검색어로 검색해 봤더니 뭔가가 나타났다. 음악 사이트 〈피치포크〉에 하나, 〈스테레오검〉에 또 하나가 있었다. 둘 다 이제는 인간이라기보다 신화가 된 셰인 타일러를 둘러싼 소문들을 언급하며 그가 10년간 베일에 싸였던 공백을 깨고 스튜디오에서 녹음 중이라고 전했다. 전설적인 프로듀서 배리 펄먼이 작업을 지원하고 있다고 했다. 어디에서 녹음 중인지 자세한 내용은 밝히지 않았지만, 그가 미니애폴리스에 있다는 기사가 있었다.

내게 임무가 생겼다! 파고들어야 할 목표가 생긴 것이다!

나는 미니애폴리스 지역 녹음 스튜디오를 검색해서 휴대 전화에 전화번호를 입력한 다음, 전략을 짜고 잠자리에 들었다.

그러고는 다시 일어나서 조지핀 린달을 검색했다.

페이스북 계정은 없었지만 조지핀이 태그된 사진이 몇 장 있었다. 하나는 에디나 고등학교 학생회 사진이었고, 트로피를 들고 있는 토론 팀 사진도 있었다. 오, 그래! 조지핀이 봉사활동을 하는 양로원에서 직원들과 포즈를 취한 사진도 있었다. 어련하시겠어. 조지핀이 영국 왕가 플랜태저넷 가문에 관해 쓴 리포트도 찾았다. 그 밖에는 별것 없었다. 나는 뒤로 돌아가 좋아하지도 않는데 자꾸만 생각나는 이 여자애의 사진들을 클릭했다.

다시 침대에 누워 아버지의 재출현과 나의 새 임무에 집중하려고 애썼다. 까무룩 잠이 드는데 머릿속에서 음악이 들려왔다. 처음에는 수줍은 듯 시작했지만, 악기들이 부드럽게 도착을 알리며 하나둘 합류해 서로 얽히면서 내 마음을 달래고 더 깊이 어루만졌다. 그러다가 별안간 겁먹은 사슴처럼 뿔뿔이 흩어지더니 나는 다시 정신이 또렷해졌다. 엄마가 꺽꺽 흐느끼는 소리에 잠을 깼다.

그런 소리를 알까? 모든 게 다 괜찮지 않고, 앞으로도 괜찮지 않을 거라 말하는 소리.

그 소리는 나를 공포에 떨게 한다.

엄마가 이 정도 강도로 울었던 건 내가 열다섯 살 적에 엄마는 멀리 떠나야 하고 나는 데번네 집에서 3주 동안 지내야 했을 때가 마지막이었다.

엄마는 게임을 하는 것처럼 보인다. 막대기를 하나씩 쌓아 올리는 게임. 구조물은 높이 더 높이 올라가고, 새로운 막대기를 추가할 때마다 더 심하게 흔들린다. 그러다 급기야 막대기 개수가 너무 많아지면 모조리 무너지고 만다. 내 생각에 셰인 타일러의 등장은 거대한 막대기였다. 나까지 막대기를 보태지 않도록 확실히 해야 한다. 더구나 메리마운트 사관학교에는 다음 학기 나를 기다리는 자리도 있다.

그 말은 내가 셰인 타일러를 찾는다는 걸 엄마가 몰라야 한다는 뜻이다. 또 다른 교사를 구하든지 조지핀이 돌아오도록 설득하든지 둘 중 하나는 해야 한다는 뜻이다. 덧붙여 불쑥 일을 때려치워서도 안 된다는 뜻이다. 토드가 같은 팀에서 일한다 할지라도. 토드 자식, 엿이나 먹으라 그래. 토드가 같은 팀이라는 바로 그 이유 때문에 난 일을 계속하기로 마음먹었다. 절대로 토드 자식이 날 그만두게 만들도록 놔둘 순 없다. 진짜다. 제가 뭘 어쩌겠어?

와서 말해 봐.♪ 해 보시든지, 해 보라고. ♩
난 아무렇지도 않아.♬ 이런 내 모습에 놀라고 말걸.♬

"네 불알 두 쪽을 싹둑 잘라 주마."

토드가 거대한 가지치기 가위를 철컹 닫으며 협박에 생기를 더했다. 토드는 그러고도 남는다.

"토드, 난 그냥 이 빌어먹을 잔디를 깎으려는 것뿐이야."

토드와 나와 가지치기 가위는 높다란 잔디 언덕 끝자락에 있었다. 뒤쪽 사무실 건물은 언덕에 가려 보이지 않았고 켄트 역시 우리를 볼 수 없었다. 나의 보행형 잔디깎이는 토드가 내 아랫도리를 가지치기할 작정이란 건 꿈에도 모른 채 엔진을 윙윙대며 내 옆 잔디밭에 참을성 있게 앉아 있었다.

"왜 그래, 오스틴? 쫄았냐? 땀나는 것 같은데?"

브래드가 토드 뒤에 서서 말했다.

"어…… 토드가 가지치기 가위로 내 불알을 잘라 버리겠다고 겁을 줘서 말이지. 어, 좀 불안하긴 하네."

브래드가 킬킬 웃었다. 이런 장면, 딱 브래드 스타일이다.

상황은 이랬다. 점심시간이 다가올 무렵이었다. 나는 내 문제에 골몰하고 있었다. 고개를 숙인 채 주차장 옆 인도를 따라 잔디를 깎고 깎고 또 깎으며 어떻게 하면 내일 하루 휴가를 내서 셰인 타일러를 찾으러 갈 수 있을까 생각했다. 그러다 고개를 들었는데, 누가 있었을까? 앨리슨이었다. 앨리슨이 바로 앞에 서서 웃으며 손을 흔들고 있었다. 기계 소리 때문에 들리지는 않았지만, 입 모양으로 내 이름을 부르는 걸 알았다.

"오스틴! 오스틴!"

길가에 주차된 앨리슨의 차가 보였다. 앨리슨은 갈색 종이봉투를 쥐고 있었다. 토드의 점심. **앨리슨이 토드의 점심을 가져왔다.** 마치 엄마처럼. 나는 앞으로 나가던 기계를 세우고 기계 옆으로 돌아가 앨리슨을 맞이했다.

"안녕!"

엔진 소음 너머로 앨리슨이 말했다. 아니 소리쳤다.

"안녕."

내가 대꾸했다. 아니 소리쳤다.

"잘 지내?"

앨리슨은 더 없이 밝고 명랑하게 물으며 나를 꼭 끌어안았다. 잠깐만. 바로 그때 시야에 토드가 들어왔다. 더 없이 밝고 명랑한 얼굴은 아니었다.

찰나의 순간, 영광의 불꽃 속으로 몸을 던져 춤추듯이 앨리슨의 허리를 확 꺾은 다음 입술에 키스할까 하는 생각이 번뜩 머릿속을 스쳤다. 그러나 나는 계속 살아야겠다고 마음먹고 빛의 속도로 앨리슨을 밀어냈다.

"어잘지내만나서반가워나이만가볼게!"

나는 뒤로 돌아 퀵스텝을 밟으며 잔디깎이로 돌아가 끼끼대며 기계를 다른 방향으로 몰았다. 그러고는 뒤도 돌아보지 않고 시속 5킬로미터의 속도로 탈출하는 데 성공했다.

장면을 바꿔 다시 1분 전으로 가 보자. 나무들 가장자리에서 잔디를 깎고 있는데 별안간 쿵! 나는 잔디밭으로 떠밀렸다. 허둥지둥 일어서자 철컹 철컹 철컹 토드가 집채만 한 가위를 들고 나를 뒤쫓기 시작했다.

가위 입을 쩍 벌린 채 토드가 나를 향해 다가왔다.

"토드, 그거 내려놔. 우리 남자답게 해결할 수 있잖아?"

"좋아."

토드가 가위를 툭 내려놓았다.

"근데 그거 좀 빌릴 수 있어?"

내가 말하자 브래드가 큭큭 웃었다.

"난 네가 마음에 안 들어, 메순."

토드가 말했다.

"정말? 난 우리 둘이 잘 지낸다고 생각했는데."

"여긴 왜 왔어?"

"여긴 왜 왔냐……. 설마 땅을 사랑하고 풀 냄새랑 휘발유 냄새를 사랑해서 왔을까. 여긴 왜 왔냐니 몰라서 물어? 당연히 일자리가 필요해서지, 토드. 그리고 그거 알아? 내가 지금 여기 있는 건 따지고 보면 네 탓이야. 인과응보라고나 할까?"

토드의 얼굴에 어리둥절한 경비견 같은 표정이 스쳤다.

"우리 팀에서 나가라."

"나가라고? 잘 들어, 대장. 여기는 잔디 관리 서비스지 전투기 조종사 부대가 아니야. 빌어먹을 팀 회의만 아니면 서로 말 섞을 필요도 없고 상대할 필요도 없다고."

켄트가 이끄는 회의 말이다. 마지막에 다 같이 가운데로 손을 모으고 시합 직전처럼 '파이팅!' 따위를 외치는 그런 회의.

"그런데 어쩌냐, 메순. 난 네 얼굴만 봐도 구역질이 나는데. 그러니까 네가 그만둬야겠다."

"아니, 난 안 그만둬. 치고 싶으면 치시든가."

"좋아."

"야! 그냥 말이 그렇다는 거지! 진짜로 치면 안 되지. 알면서, 안 그래? 또 때리는 순간엔 켄트한테 말하고 경찰도 부를 거야. 그리고 필요하면, 제기랄, 엄마한테도 말할 거고. 한 발짝만 더 가까이 와 봐. 손바닥에 똥을 싸질러서 발라 줄 테니."

토드가 머뭇거렸다. 눈썹을 다시 치켜세우는 것으로 보아 동굴 곰 수준의 기본적 인식 과정이 일어나고 있는 모양이었다.

"아, 그냥 얼른 손 봐 버려."

브래드가 말했다.

"좋아."

토느가 대꾸하며 나를 향해 다시 성큼성큼 발걸음을 옮겼다.

"어이!"

새로운 목소리였다. 위엄 있고 권위 있는 목소리에 토드가 멈춰 섰다. 순간 빰빠라밤 극적인 트럼펫 소리가 울렸다. 그리고 나의 구세주 켄트가 태양을 등지고 황금빛 머리칼을 흩날리며 그의 애마, 심플리시티 코발트 32마력 탑승형 잔디깎이에서 일어섰다.

"무슨 일이야! 가서 일들 해!"

켄트가 우리를 내려다보며 소리쳤다.

토드는 가서 가지치기 가위를 주워 들었다. 브래드는 예초기를 컸다. 나도 내 잔디깎이 쪽으로 갔다. 가는 길에 토드 곁을 지나쳐야만 했다.

"관두게 될 거야."

나는 내 머리의 헤드폰과 브래드의 예초기를 가리키며 말했다.

"뭐라고? 안 들리는데."

ᖾ ᖾ ᖾ

"무슨 일이지?"

"어…… 집을 잘못 찾았나 봐요."

다음 날 아침이었다. 나는 에디나 서쪽 지역의 으리으리한 저택 현관 앞에 서 있었다. 그곳이 조지핀의 집인 줄 알았는데, 그런 줄 알았는데, 문 앞에 서서 나를 이리저리 재는 사람은 말도 안 되게 예쁜 여자애였다. 이제 그녀가 누군지 떠올랐다. 그녀는 학교 선배로 내가 신입생일 때 치어리딩팀에 있었다. 우리는 다들 그녀를 두고 불순한 생각을 품었었다. 이름이 뭐였더라……? 재클린. 재클린…… 린달. 헐. 여신급 초미녀 재클린 린달이 조지핀 린달의 언니인 모양이었다.

"어, 그래, 잘 가."

재클린이 문을 닫으려 했다.

"잠깐만, 여기가 조지핀 린달네 집 맞아?"

재클린은 잠시 뜸을 들이더니 재미있다는 듯 호기심 가득한 눈길로 다시 나를 요모조모 뜯어보았다. 그야말로 머리부터 발끝까지, 다시 발끝에서 머리끝까지 쓱 훑더니 내 손에 든 것에 특별한 관심을 보였다. 그 순간 난 조지핀이 조금 이해가 됐다.

"조지핀 **친구**야?"

재클린이 말했다. 그러더니 다시 한 번 재미있어 죽겠다는 경멸의 눈빛을 보냈다. 이런 생각 중인 것 같았다. **남자**라니. 내 못난이 여동생을 보러 진짜 **남자애**가 찾아왔네.

"응."

내가 대꾸했다. 그러곤 덧붙였다.

"남자 친구."

여자들이 어떤 식으로 역겹다는 투의 오, 마이, 갓! 소리를 내는지 알고 있겠지. 눈썹 치켜세우기와 입 벌리고 비웃기를 한 세트로 장착한 채 기침처럼 짧게 내뱉는 그 소리, 난 지금 그 소리를 들었다. 덧붙어 반복되는 전신 훑어보기까지.

"조지핀 집에 있어?"

"잠깐만."

나는 현관에 서서 안절부절못하고 기다렸다. 여길 찾아오는 게 시간 낭비일 수도 있다. 하지만 직접 얼굴 보면서 최후의 노력 한 번은 해 볼 만하다는 생각이 들었다.

남자 친구 어쩌고 하는 말은 하지 말았어야 했다. 그런 말은 조지핀을 열받게 할 뿐, 개인 교사가 돼 달라고 설득하려는 나의 노력에 재를 뿌리고 말 테니까. 왜 그랬는지 나도 모르겠다. 아니, 사실이 아니다. 내가 그런 말을 한 건 재클린이 나를 바라보던 눈빛 때문이었다. 재클린이 표정으로 그녀와 조지핀에 대해 알려 준 것 때문이었다.

나는 주변을 두리번거렸다. 진입로에 반짝반짝 빛나는 새 포드 픽업트럭이 주차돼 있었다. 농장으로 물건을 나르는 용도인가 하는 생각이 들었다. 트럭의 옆면에는 플라스틱 팻말이 붙어 있었다. 미소 짓는 잘생긴 은발 신사의 사진이 들어 있었다. 티브이 연속극에서 미소 짓는 잘생긴 은발 정치인역의 배우 같은 얼굴이었다. 팻말에는 이렇게 쓰여 있었다. **제럴드 린달을 주상원의원으로.** 아하. 명심해야 할 점이 추가되었군.

아무리 기다려도 조지핀은 나오지 않았다. 나의 똑똑지 못한 똑똑함이 일을 다 망쳐 버렸다. 그때 집안 어디에선가 소리가 들렸다.

"남자 친구 **아니라니까!**"

내가 조지핀을 열 받게 한 게 맞았다. 하지만 적어도 목소리가 점점 커지는 것으로 보아 나를 향해 다가오고는 있었다. 그리고 몇 초 뒤, 벌컥 조지핀이 문을 열었다.

"왜 그런 소릴 했어?"

조지핀이 따졌다.

"무슨 소리?"

모르겠는데! 내가 거짓말을 했다고? 아냐.

"네가 내 남……."

조지핀은 되풀이하기도 싫은 듯 입을 다물었다. 조지핀은 짜증스러운 얼굴로 뒤를 돌아봤다. 언니가 놀릴 거라 생각하는 게 뻔했다.

조지핀이 다시 내게로 고개를 돌렸다. 그러고는 기쁨이라곤 먼지만큼도 묻어나지 않는 말투로 말했다.

"세상에. 그건 또 뭐야?"

그것이란 내 손에 들린 부케로서, 양로원 장식 화분에서 있는 정성 없는 정성을 다해 한 송이 한 송이 골라낸 특 모둠 꽃다발이었다.

"어…… 내 생각엔 이건 아이리스, 이건 금어초 또 이건 뭔지 잘……."

"오스틴……."

"조지핀, 미안해. 정말 미안해. 나는 지각도 했고 나쁜 놈이야. 미안해. 내가 여기 온 건 미안하다고 사과하고 너한테 부탁하고, 애원하고, 간청하고 싶어서야. 제발. 다시 내 개인 교사가 돼 줘."

"오스틴, 우린 잘 안 맞는 것 같아. 학교에 연락해서 다른 교사를 알아봐."

"시간 되는 사람이 없어. 그리고 우리야말로 찰떡궁합이지! 너는 똑똑하고, 나는 멍청하고. 완벽하잖아!"

"이것 봐. 넌 매사가 장난이지."

"진지해질게! 세상에서 제일 훌륭한 교습 대상? 교습생? 아무튼 뭐든지 간에 될게. 맹세해. 여기. 냄새 맡아 봐."

나는 내 셔츠 깃을 조지핀 쪽으로 끌어당겼다. 조지핀은 수상쩍다는 얼굴로 나를 보았다.

"나 오늘 담배 한 대도 안 피웠어, 조지핀. 와, 죽을 뻔했네. 너 때문에 몇 시간 동안이나 니코틴을 끊었다고."

"고마워. 나 일하러 갈 준비해야 해."

문이 닫히기 시작했다.

"잠깐만. 너 어디서 일하는데? 나한테 말 안 해 줬잖아."

"따분해 죽을 것 같은 데 있어. 갈 수밖에 없는 곳. 그것도 지금."

문이 다시 닫히려고 했다.

"기다려 봐!"

조지핀은 기다렸다. 난 뭐라도 생각해 내려고 했다.

"어…… 아까 그 사람, 너희 언니야? 응?"

"와우. 딱 알아맞혔네."

"나 혼자서 알아낸 거야. 어때? 나한테도 희망이 있지? 그런데 너희 언니 말이지……."

조지핀이 도끼눈을 뜨며 말했다.

"끝내주지."

동시에 내가 말했다.

"끔찍해."

"알았다고. 우리 언니 끝내주는 거 나도 알고, 남도 알고. 다 알아, 됐어?"

조지핀이 계속 말했다.

"나는 끔찍하다고 했는데. 너희 언니 무시무시하다고. 그러니까, 맞아. 너희 언니 예뻐. 그런데 어우……. 너희 언니랑 살다가는 한꺼번에 악몽을 다섯 개씩 꾸는 기분일 것 같아."

2초쯤 지나자 조지핀이 조금 누그러졌다. 아마도 조지핀을 웃긴 것 같았다.

"다섯 개는 모르겠고 최소한 세 개는 돼."

"그럴 거야. 그래서 말인데…… 다시 개인 교사 해 줄래?"

이번에는 조지핀이 웃었다. 고개를 저으며 웃는 둥 마는 둥 했지만.

"걱정하지 마."

내가 말했다. 그러곤 조지핀이 대화를 중단할 틈을 주지 않고 번쩍번쩍 빛나는 팻말이 붙은 트럭을 가리켰다.

"너희 아빠 주 상원의원 출마하시나 봐?"

조지핀은 팻말을 물끄러미 바라보며 인상을 쓰더니 어설프게 표정을 감췄다.

"또 딱 알아맞혔네."

"놀랍지, 그렇지? 우리 엄마 심령술사가 그러는데 내가 직관이 아주 뛰어나대."

"엄마 심령술사? 너희 엄마는 심령술사도 있구나."

"음, 엄밀히 말하자면 그 사람은 자기를 주술사라고 부르지. 허브랑 터키

옥이 여기저기 널려 있고, 뭐 그런 거 있잖아."

"주술사에 대해선 잘 모르지만 무슨 말인지 알겠어."

"원한다면 드림캐처# 하나 갖다줄 수 있어."

"안 그래도 될 것 같아."

"그래, 한 사람이 몇 개씩이나 가져서 뭐 하겠어?"

"어, 지금도 방이 꽉 찼어."

난 다시 트럭을 가리켰다.

"저 픽업트럭, 훌륭한 선택이야. 소박한 사람. 서민을 위한 정치인. 프롤레타리아."

조지핀은 슬쩍 놀란 눈치였다.

"뭐? 프롤레타리아? 내가 수학을 못해서 그렇지 책 읽는 건 좋아해. 나 토마스 핀천 읽는 남자라고. 감동받으라고 한 얘긴데."

"감동받았어. 난 그런 뜻이 아니라……."

"괜찮아. 날 멍청이라고 생각하는 게 맞아. 내 입으로 그렇게 말했잖아."

내가 왜 단념하지 않고 조지핀을 여기 잡아 두려고 용쓰는지 나도 모르겠다. 아마도 두 번에 걸친 우리의 대화를 덮어쓰기 위한 것일지도 모르겠다. 교실에서 있었던 실제 대화와 잔디를 깎으며 나눴던 가상의 대화.

"난 저 픽업트럭이 농장에 물건을 나를 때 유용하겠다 생각했지. 닭 젖도 짜고 할 때 말이야."

#드림캐처 : 아메리카 원주민이 만든 전통 주술품으로 악몽을 잡아 준다고 여긴다.

"하늘 아래 닭 젖 짜는 사람은 아무도 없을 것 같은데."

"그럼 돼지?"

"그게 더 가까운 것 같긴 하네. 저기, 저런 트럭을 사고 이런 집에 사는 게 내가 선택한 일이라고 생각해?"

"그렇다곤 안 했는데. 그리고 우리 솔직해지자. 이 집은 사실 저택이란 말로도 모자라잖아. 안 그래?"

"화장실만 여섯 개니까 그래 뭐, 맞는 말이야."

조지핀이 다시 시계를 확인했다.

"그런 건 어떤 기분이야?"

내가 황급히 말했다.

"화장실이 여섯 개 있는 거? 줄 설 필요는 없지."

웃음이 터졌다. 문득 조지핀이 무표정한 얼굴로 농담하는 모습이 떠올랐다. 먼지처럼 건조한 저녁 식사 자리에 가족과 함께 둘러앉아 그녀 말고는 아무도 즐겁지 않은 농담을 툭 던지는 그런 모습.

"아니, 아빠가 상원의원 나가고 막 그러는 거. 재미……있나?"

조지핀은 잠시 나를 바라보더니 뒤를 돌아 듣는 사람이 없는지 다시 확인했다. 그러고는 현관으로 걸어 나오며 문이 닫히게 두었다.

"'재미'있냐고? 선거 유세 소품 노릇하는 거? 부모님이랑 언니 옆에 서서 그 자리에 있는 게 행복한 척 웃는 거? 누가 나한테 불을 지르는 게 차라리 나은 거? 그거라면 아주 좋아 죽겠어. 그 사람들한테 나는 그런 존재니까. 아빠에게 소중한 걸 얻는 데 필요한 소품. 왜냐면 아빠는 돈 많고 잘나가는

지지자들을 모았고 그건 아빠가 상원의원이 될 만한 자격이 있다는 뜻이니까."

"와…… 대단히 재미있네."

"맞아, 대단해. 내가 어디서 일하는지 알고 싶다고 했어? 난 선거 운동 본부에 가서 온종일 전화통을 붙들고 재수 없는 사람들한테 돈을 달라고 할 거야. 아빠를 위해."

"린달 후보님은 너한테는 표를 기대하면 안 되겠는데."

"내가 지금 투표권 있는 나이라면, 아빠 상대 후보한테 투표할 거야, 두 번 할 거야. 내가 너한테 왜 이런 얘기를 하고 있는지 모르겠네."

"아빠 사랑해?"

조지핀이 이상하다는 듯 쳐다봤다.

"무슨 질문이 그래?"

"몰라. 나쁜 질문. 우리가 친구는 아니라는 걸 까먹었어. 눈치챘겠지만 난 가끔 입에서 아무 말이나 튀어나와."

조지핀은 대꾸하지 않았다.

"그래서…… 너희 아빠……."

"사랑하냐고?"

조지핀은 어깨를 으쓱했다.

"아빠잖아. 그러면 좋아하지 않아도 사랑하는 이유가 되지 않아?"

"그래, 맞아. 중요한 말이네."

"넌 너희 아빠 사랑해?"

"몰라. 엄마는 사랑해. 좋아하기도 하고. 욱할 때만 빼면. 주로는 내 잘못이지만……. 근데 아빠라, 아빠는 내가 태어났을 당시 이미 돌아가셨어."

"아, 미안해."

"괜찮아. 이젠 살아났어."

난 다시 웃음이 터졌다.

조지핀이 가만히 나를 살피더니 말했다.

"자세히 말해 줄래?"

"아, 복잡한데."

"그런 것 같네."

다시 조지핀도 나도 말이 없는 시간이 왔지만 조지핀이 도망치려는 기색은 보이지 않았다. 우리는 말하자면 친구가 된 것 같았다.

"너희 가족이 이렇다니 믿기 어렵다."

내가 말했다.

"나도 그래."

조지핀이 나지막이 말했다.

"난 대학 갈 날만 손꼽아 기다려."

"어디 가고 싶은데?"

"컬럼비아 대학교. 거기가 1순위야."

"뉴욕에 있잖아, 맞지? 나도 뉴욕 갈 건데. 가서 만나면 되겠다."

나는 덧붙였다.

"우리가 진짜 친구가 되면."

"그래."

조지핀은 다시 한 번 시계를 힐끔거렸다.

"나 진짜 가야 해."

"알았어. 그래도 꽃은 가져가지?"

"어……."

"아무 말 하지 마. 꽃 알레르기로 하자."

"그래, 그 말을 깜빡했네."

"그럼, 그럼. 그러니까 담배, 글루텐…… 그리고 꽃 알레르기."

"꽃 알레르기, 맞아."

"개자식 알레르기도 있고."

"그것도 맞아."

"알았어. 신경 쓰지 마, 그럼."

나는 어깨너머로 꽃다발을 휙 던졌다. 뒤편 잔디밭 위로 꽃들이 흩어지며 떨어지는 소리가 조그맣게 들렸다. 그러자 조지핀이 좀 지겹다는 듯 한숨을 내쉬었다. 하지만 보일 듯 말 듯한 미소를 다시 지었다.

"걱정 마. 내가 치울게. 잔디 관리 전문가가 있잖아."

"잘됐네."

"그럼 학교에서 보는 건가? 아니면 뉴욕?"

"넌 뉴욕에 왜 가는데?"

"알잖아."

나는 기타 치며 노래 부르는 시늉을 했다.

"아, 맞다. 너의 대단한 음악 인생."

다시 침묵이 흘렀다. 이번엔 전혀 다른 침묵이었다.

"왜 그래?"

조지핀이 물었다.

"근데, 지난번에 네가 한 말이 맞아. 그런 일은 절대 안 일어나."

내가 말했다.

나는 계단을 세 개 내려가 조지핀네 현관에서 차도로 이어지는 길로 향했다. 도로에는 내 오토바이가 주차돼 있었다. 흩어진 꽃들은 신경 쓰지 않았다. 조지핀이 아직 나를 지켜보고 있는지 뒤돌아보지도 않았다.

나의 아버지를 찾아서

당신이 인사를 건네기도 전에 난 작별을 고했어요.♪
그러면 당신이 떠나는 걸 안 봐도 될 테니까요.♬

너의 대단한 음악 인생

조지핀이 나를 진짜 어떻게 생각하는지 알려 주는 말이었다.

진짜 내가 누구인지 알려 주는 말이기도 했다.

조지핀네 집 앞에서 난 대체 무슨 짓을 한 건가? 내가 조지핀에게 **반했다 하더라도**, 조지핀이 격 떨어지게 나 같은 애하고 사귈 리 없지 않은가.

다 잊어버리자. 계약도 잊어버리고, 잔디 깎는 일도 잊어버리고, 개인 교습이니 수학이니 토드니 다 잊어버리자. 조지핀은 영원히 잊어버리자. 왜냐면 내겐 임무가 있고 그 임무가 내게 오래도록 가져보지 못했던 무언가를 주고 있으니까. 바로 희망.

나는 시내에 있다. 조지핀에게 쓸데없이 헛발질하고 난 다음 곧장 오토바이로 달려왔다. 오늘 오후엔 잔디 깎는 일도 없으니까 마음 놓고 내 임무를 끝마칠 수 있다. 난 셰인 타일러를 찾을 거다.

나의 아버지를 찾을 거다.

미니애폴리스 시내는 그다지 잘 알지 못한다. 더군다나 창고지구라면 아예 깜깜이다. 그래서 숫자가 매겨진 도로와 길들을 보자 눈앞이 핑핑 돌았다. 어떤 길은 뻗어 나가다 끝나 버리고 철길에 가로막히기도 했다. 그러다 마침내 그 건물을 찾아냈다. 그리고 몇 분이나 외부를 샅샅이 훑은 끝에 산 처리된 조그마한 금속 간판이 걸린 문을 발견했다. 양장본 책보다 작은 크기의 간판에는 스튜디오의 이름을 알려 주는 글자가 새겨져 있었다. 낡아빠진 산업용 문은 잠긴 상태였다. 인터폰 단추가 보이기에 눌러 보았다. 두 번을 누른 다음에야 희미하게 부산스러운 소리가 들리더니 문이 철컥 열렸다.

미니애폴리스에는 녹음 스튜디오가 별로 많지 않다. 나는 한 군데씩 전화를 돌렸다.

"저, 저희 레이블에서 셰인 타일러 씨에게 물건을 보내려고 하는데, 내일 거기 계실까요?"

두 번은 "누구요?" 하는 대답을 들었고, 또 두 번은 "셰인 타일러? 여기서 녹음 안 합니다."라는 답이 돌아왔다. 그리고 다섯 번째 전화를 걸었을 때 수화기 너머로 심드렁한 "네." 소리가 들려왔다. 지금 나는 그 스튜디오에 와 있다.

복도는 벽돌이 노출되고 바닥엔 널따란 널빤지가 깔린 창고지구다운 모습이었다. 복도를 따라가니 현대식 안내 데스크가 등장했다. 리모델링 공사가 덜 끝난 듯한 장소 한가운데에서 어울리지 않게 툭 튀어나왔다. 데스크 뒤에 아무도 없는 줄 알았는데 가까이 다가가니 로커 녀석 하나가 몸을 한껏 뒤로 기댄 채 다리를 쭉 뻗고 의자에 앉아 있는 게 보였다. 데스크의 깔끔한 선들보다 창고 스타일이 더 잘 어울리는 남자였다. 긴 머리에 꾀죄죄하게 수염을 기르고 밴드 신 리지 투어 공연 빈티지 티셔츠를 입고 있었다. 로커 녀석은 잡지 《기타플레이어》를 읽고 있었는데 내가 데스크로 다가가 바로 앞에 설 때까지 눈을 떼지 않았다.

"저기요."

로커 녀석이 나를 힐끗 쳐다봤다. 잠시 뒤 그는 눈썹을 찡긋 치켜세우며 고개를 까딱거렸다. **뭔데? 할 말 있으면 얼른 하든가**라는 뜻의 만국 공통어였다.

"셰인 타일러 씨를 만나기로 돼 있는데요."

어떻게 접근하는 게 최선인지 생각해 봤다. "셰인 타일러 씨 계신가요?" 어쩐지 수상한 기운을 풍긴다. "셰인 타일러 씨를 만나러 왔는데요." 이것 역시 수상쩍다. "셰인 타일러 씨를 만나기로 돼 있는데요." 결정은 딴 사람이 내리고 나는 단지 과제를 수행하러 온 느낌이다. 적어도 그렇게 받아들여지기를 바랐다.

로커 녀석이 나를 빤히 쳐다봤다. 전에 전화를 받았던 그 심드렁한 목소리의 주인공이란 생각이 들었다. 숨을 죽였다. 그 순간 로커 녀석이 다시 한 번 울화가 치미는 얼굴로 **왜 그러고 서서 '당신이 반드시 알아야 할 윙베 말름스텐의 기타 솔로 다섯 곡' 읽는 걸 방해하는 거지?**라는 뜻의 만국 공통어 눈썹 찡긋과 고개 까딱을 해 보이더니 다시 잡지로 시선을 돌렸다.

"감사합니다."

나는 그를 지나쳐 복도를 걸었다. 정확히 어디로 가야 하는지 몰랐지만 멈추기는 싫었다. 혹시라도 로커 녀석이 연구를 마치고 자신의 본분을 다하기로 마음먹을지도 모르니까. 복도 벽은 엉성한 석고보드였는데 기사와 밴드 포스터 액자가 줄줄이 걸려 있고 드문드문 금빛 레코드판도 보였다. 나는 복도 끝까지 가서 왼쪽으로 틀었다. 복도는 다시 5~6미터쯤 이어지다가 길이 끝나는 곳에 굳게 닫힌 문이 나타났다. 페인트칠을 하지 않은 금속 문이었다. 나는 문 앞에 이르러 어찌할 바를 모른 채 잠시 머뭇거렸다. 그때 목소리가 들렸다. 커다란 목소리. 화가 나서 커다랗게 고함을 치는 소리였다. 목소리는 점점 커졌다.

나는 뒤로 물러섰다. 다행이었다. 그 순간 발로 걷어찬 것처럼 내 쪽으로 문이 벌컥 열렸기 때문이다. 문 버팀쇠가 벽에 쾅 부딪히고 튕겨 나와 문이 반쯤 닫혔다. 이윽고 문이 다시 뻥 걷어찬 듯 열렸다. 순간 나는 벽에 착 달라붙어 단단한 베이스 기타 케이스에 배가 뚫리지 않도록 피했다. 어떤 남자가 케이스를 든 채 고개를 돌려 떠들어 대며 내 코앞으로 쿵쾅쿵쾅 걸어왔기 때문이다.

"어, 그래, 그거 알아? 나도 이런 쓰레기 필요 없어!"

남자는 뒤쪽 누군가를 향해 말하고 있었다. 그러더니 내 쪽으로는 눈길 한 번 주지 않고 내 옆을 저벅저벅 스쳐 갔다.

"롭! 롭! 잠깐만!"

여자 목소리가 들리더니 어떤 여자가 문밖으로 뒤쫓아 나왔다. 20대 초반쯤 되었을까. 밝은 갈색 머리에 티셔츠와 청바지를 입은 무척 예쁜 여자였다. 롭이 걸음을 멈추더니 그녀를 향해 돌아섰다.

"에이미, 미안해. 못 하겠어. 널 죽을 만큼 사랑하지만 이건 아니야."

"롭, 제발. 우리가 같이 해결할 수 있어."

"아니, 못 할 것 같아."

"할 수 있어."

"아니, 우린 못 해."

새로운 목소리였다. 그러자 셰인 타일러가 나타났다. 셰인 타일러는 문밖으로 쿵쿵 걸어 나오더니 바로 내 앞에 떡 버티고 섰다. 내 존재는 알아채지도 못했다.

"우린 같이 해결 못 해. 왜냐면 넌 모르니까. 프로다운 게 뭔지도 모르니까!"

셰인 타일러가 롭에게 손가락질하며 말했다.

"아, 내가 프로다운 게 뭔지 모른다고?"

롭이 베이스를 내려놓더니 다시 셰인을 향해 걸어왔다.

"롭, 제발, 그냥 신경 쓰지 마."

에이미가 잡아당기며 말했지만 롭은 들은 척도 안 했다.

"프로다운 게 뭔지 내가 제대로 가르쳐 주지!"

롭이 셰인에게 다가갔다. 그러더니 두 사람은 왜 그런 거 있잖아. 서로 딱 붙어 서서 상대의 얼굴에 삿대질하면서 숨도 안 쉬고 동시에 미친 듯이 험한 말을 내지르는 거. 그 장면을 연출했다. 에이미는 있는 힘을 다해 끼어들어서 둘을 떼어 놓으려고 했다. 나도 그 자리에 있었다. 바로 코앞에 있어서 팔을 뻗지 않아도 두 토론자의 어깨에 손을 얹을 수 있었다. 그러나 난 투명

♪♫ 🎧

인간이었다.

이 모습은 며칠 전 조심스럽고도 허락에 굶주린 애원자 셰인과는 전혀 다른 셰인이었다. 셰인의 이마에 나와 비슷한 반창고가 붙어 있는 것이 눈에 들어왔다. 아마도 르네상스 축제 머그잔이 만든 상처를 덮고 있을 테지.

"한 시간이면 베이스 주자는 또 구해!"

셰인 타일러가 소리쳤다.

"그러셔? 그럼 세 번째 드러머는? 다섯 번째 기타리스트는? 몇 주일째 이 짓거리야!"

에이미가 복도 반대편, 악수도 가능한 거리에 있는 나를 똑바로 바라보았다. 두 사람의 대결이 말싸움을 지나 주먹다짐으로 번지지 않도록 기를 쓰고 막다가 내게 시선이 와닿았다. 바로 그 순간 내가 펑 하고 나타난 것처럼. 나도 어찌할 바를 모르겠다는 듯, 변명하는 듯한 눈빛으로 마주 보았다. 에이미의 관심이 이동하자 두 사람도 내게 힐끗 눈길을 주었다. 그리고 싸움의 기세가 툭 꺾였다.

"아, 다 집어치워."

롭이 말하고는 복도를 저벅저벅 걸어가더니 베이스를 집어 들고 모퉁이 뒤로 사라졌다.

"그래, 옳은 소리 했네. 다 때려치워!"

셰인이 롭의 뒤에 대고 고함을 질렀다.

"빌어먹을 자식! 롭, 이 빌어먹을 놈!"

그러더니 다시 나를 보았다. 셰인이 나를 알아보는 과정이 그대로 보였다.

"와, 아주 끝내주는구먼."

셰인 타일러는 쿵쿵대며 안으로 들어가더니 문을 쾅 닫았다.

"셰인!"

에이미가 외쳤지만 따라 들어가지는 않았다.

"이런 젠장."

에이미는 눈을 감고 벽에 몸을 기대고는 한숨을 내쉬었다. 그러고는 잠시 뒤 눈을 뜨더니 나를 보았다. 내가 아직도 그 자리에 있는 것에 깜짝 놀란 얼굴이었다.

"안녕, 뭘 도와줄까?"

"어."

나는 굳게 닫힌 문을 가리켰다.

"저 사람이 우리 아빠 것 같아요."

♪ ♪ ♪

15분쯤 지나자 에이미가 다시 문밖으로 나왔다. 그 15분 동안 나는 발을 앞뒤로 흔들고 이리저리 서성대다 벽에 기대어 주먹과 손바닥으로 벽을 툭툭 두드린 다음 결국 바닥에 철퍼덕 주저앉았다. 에이미가 나오자 나는 벌떡 일어섰다. 하지만 짜증스럽고도 곤란한 표정으로 보아 단박에 알 수 있었다. 기쁜 소식을 전하진 않으리라는걸.

"전 그냥 가는 게 좋을 것 같네요."

에이미의 수고를 덜어 주려고 내가 선수를 쳤다.

"미안, 하필…… 때가 좋지 않았어."

"그럼요, 그럼요, 걱정하지 마세요."

"그나저나, 난 에이미야."

에이미가 손을 내밀며 말했다.

"네, 아까 난리 통에 들었어요. 전 오스틴이에요."

우리는 악수를 했다.

"이런 모습 보여서 미안해."

"괜찮다니까요."

"그래도, 미안해."

에이미가 잠시 뜸을 들였다.

"너 정말로…… 그러니까……."

"모르겠어요. 그런 것 같아요. 최소한 우리 엄마 생각은 그래요. 나도 전부 처음 듣는 말이라서요."

"와."

에이미가 고개를 끄덕였다.

"어…… 새 앨범 작업 같이해요?"

가야 한다는 건 알고 있었지만, 혹시나 셰인 타일러가 마음을 바꾸지 않을까 하는 기대에 시간을 끌었다.

"응, 정신적 지주 역할이랄까."

에이미는 매력이 넘쳤고 난 어쩔 수 없이 정확히 어떤 종류의 정신적 지지를 제공하는지 궁금해졌다.

"녹음은 잘 돼 가요?"

에이미는 네가 보기엔 어떤 것 같니? 하는 눈길을 던졌다.

"알겠네요."

나는 다시 발을 직직 끌었다.

"다음에 다시 오죠, 뭐."

에이미는 머뭇거리며 다시 곤란하고도 짜증스러운 얼굴이 되었다.

"그게……"

"아님 말고요."

내가 잽싸게 덧붙였다.

"그럼, 만나서 반가웠어요."

"나도."

다시 한 번 악수를 한 뒤 나는 뒤돌아 걸었다. 몇 걸음을 걷다가 멈추었다.

"저기요, 에이미?"

에이미가 문을 반쯤 열다 말고 멈칫했다.

"말 좀 전해 줄 수 있어요?"

"물론이지."

"엿 먹으라고 전해 줄래요?"

에이미가 씁쓸하게 미소 지었다.

"그래."

"고마워요."

그리고 나는 거기서 나왔다.

정말 뻔한 일이죠. ♬
여기 이 아름다움은 ♪ 추한 꼴로 변할 거예요. ♩
정말 뻔한 일이죠. ♩
이 아름다운 소녀는 ♪ 날 망쳐 버릴 거예요. ♬

"그거 알아? 여기 누워 있으면 진짜 마음이 편해."

내가 말했다.

"오스틴, 진짜야. 한 대 오고 있어. 일어나."

앨릭스가 말했다.

앨릭스는 내 오른쪽으로 5미터쯤 떨어진 곳에 있다가 철로에 귀를 대 보고는 벌떡 일어섰다. 기차가 온다는 말은 구태여 할 필요도 없었다. 뒤통수로 전해오는 진동이 갈수록 세지고 있었다. 나는 매끌매끌한 레일 표면에 머리통을 대고 기름에 찌든 침목과 나란하게 몸을 뉘었다. 장딴지 아래에 차갑고 단단한 반대편 레일이 느껴졌다.

"아니, 내 생각엔 지극히 당연한 수순의 행동이야."

데번이 반대편 선로에 앉아 말했다.

"저 자식, 수학 시험 통과 못 했대, 앨릭스. **수학 시험** 말이야. 그러니 뭐 어쩌겠어?"

♪♩♪ 🎧

때는 월요일이었다. 지난 며칠간 있었던 일들을 요약해 보겠다.

목요일 : 가지치기 가위로 거세당할 뻔한 위기를 가까스로 넘김.

금요일 : 조지핀도 셰인 타일러도 나를 거부함.

토요일 : 잔디를 깎음. 그러는 동안 **누군가** 내 오토바이 바퀴 양쪽을 모두 펑크 내놓음. 덕분에 주유소까지 1.5킬로미터가량 오토바이를 끌고 가서 바람을 넣어야 했음.

일요일 : 또 잔디를 깎음. **누군가** 내 오토바이 안장과 손잡이를 개똥으로 장식해 놓음.

일요일 저녁 : 수학 시험공부를 해 보려고 노력함. 노력은 대략 10분 정도 다항식 한 문제를 풀 동안 지속됨. 릭 아저씨에게 도움을 청할까도 생각했지만 구토가 밀려와 그만둠. 그 후 잠자리에 들자 머릿속에 음악이 맴돎. 지각했으며 시험은 통과 못 했다고, 조지핀이 내게 알려 주는 꿈을 꿈.

월요일, 오늘 : 꿈에서 깨어나 알람을 못 듣고 자 버린 사실을 깨달음. 여름 학기 수업에 지각하고 수학 시험을 통과하지 못함.

주술사 테리를 인정할 수밖에 없음 : 이번 달 상황이 테리 말대로 딱 맞아떨어짐.

그렇게 여름 학기 수업을 휘청휘청 걸어 나온 다음, 오늘은 잔디 깎는 일이 없으므로 데번에게 전화를 걸어 말했다. 위트모어 씨네에 가자.

위트모어 씨네란 지금 우리가 있는 곳이다. 하지만 집도 위트모어 씨란 사람도 없다. 나무가 울창하고 시냇물 위로 기찻길이 지나가는 이 장소를 두고 우리끼리 부르는 말이다. 친구들하고 마리화나를 피우려면 만남의 장소를 이르는 기발하고 재미난 암호를 지어내야 하는 법이니까. **오늘 학교 끝나고 위트모어 씨네 갈까? 좋지. 이히!** 어쩌다 이런 이름을 정했는지는 기억이 가물가물하다. 하지만 제대로 한 대 빨고 싶어질 때면(지난 며칠간의 사건 이후 간절히 원한 일이다.) 우리는 위트모어 씨네 집에 간다. 그러고는 시냇가 나무에 기대어 앉아 마리화나를 뻐끔대며 몇 미터 앞에서 기차 지나가는 모습을 바라보기를 좋아한다. 뿌옇게 스쳐 가는 기차의 차량이 몇 칸인지 세어 보면서.

대략 몇 분 전의 일이었다. 나는 기차선로에 드러누우면 어떤 기분일까 궁금했다. 리트 밀러의 노래 〈반딧불이(Fireflies)〉처럼 또 비탄에 빠진 소녀처럼.

"빌어먹을 넌 비탄에 빠진 등신이지."

데번이 말했다.

일단 드러눕고 나자 나는 내 문제에 대해 곰곰이 생각하기 시작했다. 문제는 무시무시한 속도로 불어나는 것 같았다. 그러자 슬슬 기차가 그 문제들을 해결하도록 둬도 되겠다는 생각이 들었다.

"너희는 가. 난 여기가 좋아."

머리통 아래 진동은 점점 거세졌고 저 멀리서 기차 소리도 들리는 것 같았다.

"인마, 일어나."

앨릭스가 말했다.

"싫어, 난 여기가 행복해."

눈을 감은 채 내가 말했다.

"여기 있다간 죽어."

"그럼 더 행복하고."

"입 닥쳐, 내가 네 불알, 반드시 날려 버리고 만다."

데번이 말했다.

기차가 다가오자 이가 덜덜거렸다. 앨릭스가 데번에게 뭐라 말하는 소리가 들렸다.

앨릭스하고는 7학년 때부터인가 친구였다. 앨릭스는 만사태평한 성격이다. 우리는 둘 다 마리화나랑 음악을 좋아하고 여자 얘기를 좋아한다. 우리는 함께 어울려 다녔고 별로 복잡한 관계는 아니다.

"싫어! 저 자식 그냥 관종이야. 치이게 놔 둬!"

데번이 버럭거렸다.

데번하고 나는 복잡한 관계다.

우리는 말하자면 형제 비슷하다. 엄마가 재활원에 들어가 문제를 해결해야 했을 때 또 내가 내 문제를 해결해야 했을 때 나는 몇 번이나 데번네 집에서 데번의 가족과 지냈다. 우리는 여덟 살 때 서로 고추를 만져 봤다. 주먹질하며 싸운 것은 세 번이다. 우리는 애증의 관계였다. 데번은 누구보다 나를 잘 알았고 반대로도 마찬가지였다. 데번은 내 또라이짓에 신물이 난다고 주기적으로 알려왔고 그러면 우리는 몇 주씩 말을 안 했다.

앨릭스가 뭐라고 떠들고 있었다.

주저리주저리.

"오스틴 완전 맛이 갔다고."

"너 혼자 해. 저 자식 드라마 찍는 거 지긋지긋해."

데번이 대꾸했다.

잠시 조용하더니 누군가 내 발목을 잡고 땅바닥에서 들어 올리는 느낌이 들었다. 나는 눈을 떴다. 앨릭스였다. **쿵**. 앨릭스가 선로 밖을 향해 나를 질질 끌기 시작하자 머리가 레일에서 떨어졌다.

"아야."

머리 밑에서 돌멩이와 자갈이 들들거렸다. 나는 손을 뻗어 레일을 움켜쥐고 버텼다.

"오스틴, 멍청한 짓 그만해. 기차 보인단 말이야."

"난 괜찮아."

"멍청한 놈."

앨릭스는 더 세게 잡아당겼다. 나도 더 힘껏 버텼다.

"야 인마, 돌아버리겠네. 기차 온다고!"

다가오는 기차가 손을 통해 느껴졌다. 하지만 레일을 안 잡고도 알 수 있었다. 실제로 소리가 들렸다. 고개를 오른쪽으로 돌리자, 그렇다, 기차가 보였다. 20초쯤 남았을까. 뿌우뿌우 경적이 울렸다. 그 순간 나는 진지하게 생각했다. 나는 할 수 있다고. 그냥 여기 누워 있을 수 있다고. 왜냐? 그래 봐야 아무도 신경 안 쓰니까.

"오스틴!"

앨릭스가 고함을 질렀다. 기차 소리는 울부짖듯 점점 커졌다.

"일어나! 데번, 와서 좀 도와줘."

데번이 욕을 내뱉는 소리와 함께 반쯤 찬 분노의 맥주 캔을 나무 둥치에 집어 던진 듯한 소리가 들렸다. 이윽고 경적이 사방을 뒤덮더니 찢어질 듯 더 크게 울려 댔다. 귀가 먹먹했다.

"들어! 당겨!"

나는 죽을힘을 다해 버텼다.

"빌어먹을 뭘 실실 쪼개, 오스틴!"

데번이 꽥 소리를 지르며 힘껏 잡아당기자 머리 위 레일이 내 손아귀에서 떨어져 나갔다. 데번과 앨릭스가 나를 거칠게 끌어당겼다. 선로 바닥을 거쳐 반대편 레일 위를 건너 **지익 드르륵 쾅 쿵**, 선로 옆 경사면을 지나 잔디밭에 나를 내려놓자 기차가 천둥처럼 지나갔다. 데번이 몸을 숙여 내 얼굴에 대고 분노로 이글대는 모욕적인 말들을 퍼부었다. 하나도 들리지 않았다. 그리고 데번은 내 시야에서 사라졌다. 그러더니 다시 나타나 내게 양손 가운뎃손가락을 치켜들었다. 데번의 목소리는 들리지 않았다. 하지만 누군가의 입술을 잘못 읽기란 몹시 힘들다. 그 입술이 이렇게 소리치고 있다면. "네 또라이짓 지긋지긋해!" 그렇지?

데번은 다시 시야 밖으로 벗어났다. 나는 별 볼 일 없는 파란 하늘을 물끄러미 바라보며 저 멀리 서서히 잦아드는 기차 소리를 들었다.

팔꿈치로 땅을 짚고 몸을 일으켰다. 데번의 모습은 어디에도 보이지 않았다. 앨릭스는 자전거를 들어 올리며 갈 준비를 하고 있었다.

"고마워, 너희는 최고야."

앨릭스가 나를 힐끗 쳐다보고 고개를 절레절레 흔들더니 큰길로 이어지는 기다란 흙길을 따라 자전거를 끌었다.

"고마워!"

나는 거듭 말했다. 그다음엔 "너희는 진짜 대단해!" 그러곤 "고마워!" 또 그다음엔 "고마워, 앨릭스!"라고 외쳤다. 앨릭스는 대꾸 한마디 없이 그늘진 숲속으로 멀어져 갔다.

최근 며칠간 세운 내 업적에 한 가지 항목을 추가했다. : 한 가닥 남은 친구들의 인내심마저 닳아서 떨어지게 함.

Ч Ч Ч

나는 그 자리에 얼마간 더 누워 있었다. 시간이 흘렀다. 하늘은 푸른빛을 유지했다. 메뚜기 소리가 들렸다. 나의 뇌는 알딸딸 헬렐레의 세계에서 좀 더 정상적인 상태를 향해 어슬렁어슬렁 거닐기 시작했다. 나에게 정상적인 상태가 뭔지는 모르겠지만.

나는 일어나서 주위를 두리번거렸다. 데번도 앨릭스도 돌아와 내게 다 괜찮다고 우리는 여전히 친구라고, 말해 주지 않았다. 나무에 대고 오줌을 갈겼다. 데번이 분노의 맥주 캔으로 겨냥했던 바로 그 나무라는 증거가 남아 있었다. 오줌발로 한창 나무에 장식을 하는데 문자가 왔다. 앨리슨이었다.

호수에서 만나. 나 혼자야.

뭐, 어차피 끔찍이 잘못된 선택 대행진 중이라면…….

"오스틴! 오스틴, 여기!"

주차장을 걸어 가까이 다가가자 앨리슨이 머리 위로 양손을 흔들며 나를 불렀다. 앨리슨은 방금 퀴즈쇼에서 건조기 겸용 세탁기를 받은 참가자처럼 폴짝폴짝 뛰었다. 앨리슨은 해리엇 호수 야외 공연장에 모인 인파의 가장자리에 서 있었다. 케이트와 패티와 마시도 함께였다. 모두 짧게 자른 청바지에 비키니 상의를 입고 있었다. 말도 안 되게 죽여주는 저 여자애가 소리치며 손 흔드는 사람이 누구인지 주변 사내자식들 몇 명이 몸을 돌려 쳐다봤다. **저 남자애? 진심이야?** 나도 같은 생각이라고 말하고 싶은 충동이 솟구쳤다.

"와 줘서 너무 기뻐!"

내가 가까이 다가가자 앨리슨이 말했다. 앨리슨은 나를 또 꼭 끌어안았다. 다른 치어리더들도 나를 끌어안았다. 전반적인 내 건강 상태와 안녕에 대한 질문도 함께 이어졌다. 무대 위에선 밴드가 음향을 확인하며 음을 맞추었고 앰프가 끽끽 울리며 여름 오후 속으로 되먹임 소리를 내고 있었다.

"어디 머리 좀 봐!"

앨리슨의 말에 나는 앞으로 몸을 숙여 앨리슨과 다른 여자애들에게 상처를 보여 주었다. 그러자 여자애들의 필수품 어우·우 외 오미이갓 소리가 뒤따랐다. 기회를 십분 활용해 내 앞에 펼쳐진 가슴들을 주욱 확인하고 있자니 다소 추접스러운 기분이 들었다. 하지만 곧 자신을 용서하고 최선을 다해 상황을 만끽하겠노라 마음먹었다.

"자, 내가 키스해 줄게."

앨리슨이 반창고 위에 입을 맞추자 마치 우리가 대담하고 음란한 짓이라도 저지르는 양 여자애들이 짓궂은 미소를 주고받았다.

"다 나았지?"

앨리슨이 물었다.

"글쎄, 여기도 필요한 것 같은데."

나는 내 입술을 가리켰다. 여자애들이 키득거렸다.

"좋아."

앨리슨이 내 입술에 키스를 했다. 내 예상보다 잠시 더 부드럽게 머무른 진짜 키스를. 앨리슨이 물러나더니 얼굴 가득 미소를 머금은 채 의기양양하게 나를 바라보았다. 나쁜 짓을 즐기는 얼굴. 신나게 장난감을 갖고 노는 얼굴이었다. 그녀의 장난감 역시 얼마간 즐기고 있었다. 다른 여자애들은 즐거운 충격에 휩싸인 모습이었다.

"나았지?"

"나았어. 나한테 다른 생각이 있는데……."

"당연히 그렇겠지."

바로 그때 밴드가 밥 말리의 노래를 그럭저럭 들어 줄 만하게 연주하기 시작했다.

여자애들은 춤을 추며 노래를 따라 불렀고, 앨리슨은 간간이 내게 팔짱을 끼거나 엉덩이를 부딪쳤다. 나는 덩치 큰 하키 선수들이 보이진 않을까 은밀하고도 불안한 눈길로 주변을 힐끔거렸다. 그렇게 몇 곡이 흘렀다. 노래 중간중간 짧게 수다도 떨었다. 앨리슨은 자기한테 제대로 집중하지 않으면 손가락으로 내 갈비뼈를 쿡 찔렀다. 한 번은 내 귀를 물기도 했다. 발기 유도제였다.

"왜 이러는 거야?"

음악 소리를 뚫고 내가 소리쳤다.

"네가 좋으니까!"

"네 거대한 남자 친구는 어쩌고!"

"우리 다시 헤어졌어!"

이 결별이 토드의 기분과 그에 따른 나의 안녕 지속에 어떤 영향을 끼칠 것인가를 놓고 내적 예측을 벌이고 있는데 밴드의 공연이 끝났다. 여자애들의 전반적인 여론은 음악이 더 필요하다는 것이었고, 이들은 거절하기 힘든 상대였으므로 우리는 모두 공연장과 호수가 내려다보이는 언덕 위 잔디밭에 자리를 잡았다. 나는 우쿨렐레를 퉁기며 여자애들이 신청하는 노래는 무엇이든 불렀다.

얼마 뒤 앨리슨이 내 팔을 잡으며 말했다.

"가서 아이스크림 먹자."

우리 둘은 언덕을 걸어 내려가 매점 앞에 줄을 섰다.

주문 창구를 향해 조금씩 이동하면서 우리는 대화를 나눴다. 사실 대화라곤 할 수 없었다. 농담 따먹기였다. 앨리슨이 끼를 부리며 야릇한 말을 하면 나는 내가 똑똑해 보일만 한 말을 했다. 그렇게 주거니 받거니 하며 이따금 앨리슨의 손이 내 어깨에 머물렀다. 나의 번뜩이는 재치 덕분에 웃겨 쓰러질 것 같아서 기댈 곳이 필요하다는 듯이 말이다. 그래, 솔직히 말해서, 정신이 아득해지고 말도 못 하게 에로틱했다. 왜냐고? 제기랄. 앨리슨을 좀 보라고. 난 머리가 핑핑 돌았다.

그리고 동시에…… 지루했다.

지루해서 죽을 것 같았다. 나는 두 가지 욕구와 싸우고 있었다. 하나는 몹시 강렬하게 앨리슨과 하고 싶다는 것이었고, 다른 하나는 그냥 쓰러져서 잠이나 푹 자고 싶다는 것이었다. 차라리 앨리슨이 알투디투(R2-D2) 언어로 떠들면 좋겠다. 그래도 의미는 거기서 거기일 거다.

도대체 난 뭐가 문제인가? 앨리슨은 모든 이성애자 남자애들의 판타지다. 그런데 제기랄 난 조지핀을 생각하고 있다. 조지핀의 지성, 조용한 자신감, 자신이 누구인지 정확히 아는 듯한 느낌. 조지핀의 눈빛이 떠올랐다.

당장 앨리슨하고 조지핀을 바꿔치기하면 좋겠다. 잔뜩 뒤엉킨 못과 가시 덩어리 같은 대화를 하게 될지라도.

앨리슨과 나는 창구에 도착해 주문을 했다. 앨리슨이 남자 점원에게 교태를 부리자 점원은 아이스크림콘 하나를 공짜로 주었다. 앨리슨 같은 여자애들에게 인생이란 이런 것이다. 공짜 아이스크림 하나 뒤에 또 하나를 얻는 일.

매점 바로 앞에 서서 앨리슨이 재잘거렸다.

"오스틴, 듣고는 있는 거야?"

앨리슨이 손등으로 내 배를 툭 쳤다.

"뭐? 물론이지!"

"내가 뭐가 그랬는데?"

"작가 데이비드 포스터 월리스 얘기하고 있었잖아. 넋을 잃고 들었네!"

"뭔 소리야!"

앨리슨이 톡 쏘았다. 하지만 여전히 유치하게 끼 부리는 목소리였다. 앨리슨은 웃으며 내 팔을 잡았다.

"아니야. 무슨 얘기하고 있었지? 파티 얘기였나?"

"파티에 갈 거냐고 그랬잖……."

앨리슨의 목소리가 머릿속에서 또다시 알투디투처럼 삐리리 삐리리 희미해지더니 완전한 침묵 속으로 사라졌다.

"오스틴? 오스틴, 너 하나도 안 듣고 있지? 어딜 보는 거야?"

"진짜 미안한데, 나, 갈게."

뒤에서 앨리슨이 부르는 소리가 들렸다. 나는 한 번 뒤돌아서 손을 흔들고는 입 모양으로 **미안해** 하고 말했다. 그러곤 계속 걸으며 주차장으로 향해 갔다. 셰인 타일러가 주머니에 손을 찌른 채 파란색 빈티지 레인지로버 뒤범퍼에 기대어 나를 기다리는 곳으로.

나의 아버지 셰인 타일러

내 목소리가 들리나요. ♪
아직 내 곁에 있나요. ♩
거기에 있긴 했나요. ♩
허공에 반짝이는 빛의 장난이었나요. ♫

주차장을 가로질러 걷는 데 한 시간은 걸린 느낌이었다. 가면서 시선을 어디에 둬야 할지 몰라 시시각각 변하는 발 앞의 까만 아스팔트 바닥만 보며 걸었다. 가끔 고개를 들고 셰인 타일러를 힐끗 살펴보며 제대로 가고 있는지 확인하기도 하고, 앞으로 차가 지나가도록 잠시 멈춰 서기도 했다.

나는 셰인 타일러로부터 몇 미터 떨어진 곳에서 걸음을 멈추었다. 상대를 썩 잘 알지도 못할뿐더러 앞으로 일어날 상호작용에 대해 서로 어떻게 느낄지 별 확신이 없을 때 취하는 거리였다. 셰인 타일러가 나를 찬찬히 살폈다. 우리 집 현관 앞에 섰을 때와 똑같이 조심스럽고도 조금은 불안한 표정이었다. 뭔가 다른 기색도 섞여 있었다. 즐거운 느낌이랄까. 자신을 비웃는 사람의 표정. 슬픈데 즐거운. 씁쓸한데 즐거운 그런 얼굴.

나도 셰인도 잠시 말이 없었다. 이윽고 셰인 타일러가 몸을 옆으로 슬쩍 기울여 내 뒤를 바라보더니 다시 똑바로 섰다.

"저 여자애 말이야, 재미가 크게 한 스쿠프#면, 골칫거리는 크게 세 스쿠

프겠는데."

"네, 골칫거리 부분은 맞을 거예요."

셰인 타일러가 고개를 끄덕이며 슬며시 웃었다. 다시 그 울적하고도 즐거운 얼굴이 되었다.

그때 셰인 타일러가 말했다.

"네 뒤를 쫓아왔어. 집을 나설 때부터 보고 있다가 따라왔어."

위트모어 씨네에서 나와 집에 잠시 들렀다. 우쿨렐레도 챙기고 철길 타르가 묻은 옷도 갈아입기 위해서였다.

"스튜디오에서 일은 정말 유감이다."

남부 말투가 묻어났다. 엄마보다 억양이 더 강했다.

"일이 그냥……."

셰인이 말하다 말고 불편한 듯 손을 내저었다.

"아무튼 밤새 생각해 봤는데, 집으로 가는 것 말고는 어떻게 해야 널 만날 수 있을지 모르겠더구나. 네가 오토바이를 타고 가길래 뒤따라왔다."

나는 고개를 까딱했다. 서로에 대한 관찰이 계속 이어졌다.

"난 셰인이야."

마침내 그가 손을 내밀며 말했다.

"누군지 알아요."

나는 가만히 있었다. 셰인의 손은 그대로 뻗은 채였다. 한 박자, 두 박자.

#스쿠프 : scoop, 아이스크림을 푸는 커다란 숟가락.

셰인 타일러는 고개를 숙여 생전 처음 본다는 듯 자신의 손을 바라보았다. 그러곤 옆으로 툭 떨구었다.

그는 숨을 들이마시더니 한숨 쉬듯 내뱉었다. 그러고는 나를 조금 더 바라보았다.

"에이미가 기억을 못 해서 말이야. 네 이름을 모르는데."

왜 그렇게 오래 뜸을 들이다가 대답했는지는 나도 모르겠다. 마치 무슨 중대한 일이라도 걸린 것처럼. 입을 열고 말을 하려 했을 때도 무슨 말을 해야 할지 판단이 서지 않았다.

결국 나온 말은 이랬다.

"오스틴이에요. 제 이름은 오스틴이에요."

나는 셰인 타일러를 향해 손을 내밀었다. 그는 차에 기댔던 몸을 일으켜 앞으로 걸어와 내 손을 잡고 흔들었다. 움켜쥔 손아귀가 단단했다.

"오스틴. 좋은 이름이네. 만나서 반갑다, 오스틴."

"저도요."

셰인이 내 손을 놓아주었고 우리는 그대로 서 있었다.

"목소리가 아주 좋더라. 아까 저기서 여자애들한테 노래하는 거 들었어. 방해하기 싫……."

"그쪽이 우리 아빠예요?"

셰인 타일러는 깜짝 놀란 듯 나를 보며 눈을 깜빡거렸다.

"죄송해요."

"아니다, 그건……."

"그런데 진짜예요? 우리 아빠 맞아요?"

그는 머리를 긁적이더니 한쪽 귀를 잡아당겼다.

"솔직히 말해야겠지? 잘 모르겠다. 케이디가 너희 엄마 맞지?"

"그럼요, 당연하죠."

"그래, 케이디가 그렇게……."

"엄마 말로는 아저씨가 내 아빠래요."

"그래."

셰인 타일러는 큭큭 코웃음을 터뜨리며 고개를 젓더니 한숨을 쉬었다. **어떻게 이런 일이.** 하는 말을 몸으로 전하고 있었다.

"그럴 가능성도 있겠지. 태어난 때가 언제지?"

나는 말해 주었다.

그는 생각에 잠겼다.

"말이 되는 것도 같구나."

"그런데 뭘 그렇게 생각해요?"

"넌 나랑 너무 닮았어. 그리고 목소리에……."

나는 기다렸다.

"그래, 가능……할 것…… 같구나."

"가능하다고요?"

"어."

나는 또 기다렸다.

"알았어…… **그런 것 같아.** 내 말은, 그러니까 내 생각엔……."

셰인 타일러는 문장을 끝맺지 못했다. 내게서 눈을 떼더니 또 한 번 고개를 절레절레 흔들었다. **어떻게 이런 일이.** 그러고는 다시 나를 바라보았다. 차분한 눈길이었다.

"그래, 오스틴. 내가 네 아빠인 게 틀림없구나."

나는 참고 있는지도 몰랐던 숨을 내뱉었다.

"네, 그렇군요……"

나는 고개를 끄덕끄덕했다.

"그래, 그렇구나."

이런 대화를 해 본 적이 있을까? 당연히 없을 테지. 어색했다. 침묵이 이어졌다. 태어나기도 전에 사라졌던 아빠라면 묻고 싶은 질문들이 수두룩할 것이다. 하지만 나는 단 하나도 떠오르지 않았다.

"트럭 멋지네요."

질문 대신 말했다. 셰인은 안도하는 듯했다.

"허세스럽지 않아? 허세 부린 거 맞지, 뭐."

"아니에요, 잘 어울려요. 아저씨 멋있잖아요."

"고맙다."

마음 한구석으론 신경 써서 지켜보고 있었다. 왜냐면 셰인 타일러는 정말 멋있으니까. 전혀 애쓰지 않고도 그렇게 멋진 어른은 만나 본 적이 없었다. 머리통이 깨지지 않으려고 피하는 순간에도 그는 뭔가 멋져 보였다.

"머리는 어때요?"

"아프지 뭐. 예상했어야 했어. 케이디야 늘, 어……"

"욱하니까."

셰인과 내가 동시에 말하고는 서로를 바라보았다. 셰인도 나도 수줍은 듯
활짝 웃었다.

"케이디가 그런 거야?"

내 머리를 가리키며 셰인이 물었다.

"이거요? 아니요. 누가 만돌린으로 쳤어요. 깁슨 A3를 내 머리에 꽂았죠."

"뭐? 그건 범죄야!"

"그렇죠."

"아니. 그런 악기한테 한 짓 말이야. 만돌린이 괜찮아야 할 텐데."

내가 웃었다.

"폐기 처분 됐어요."

"여자 문제?"

"네, 쟤요."

나는 몸을 틀어 앨리슨을 가리켰다. 앨리슨은 매점 옆에 서서 우리를 지
켜보고 있었다.

"그럴 만하네."

나는 또 웃었다.

"저, 있잖아요. 아저씨 옛날 기타를 제가 갖고 있는 것 같아요."

"정말?"

"조니 캐시 스티커가 붙어 있어요."

나는 스티커가 붙은 위치를 손짓으로 설명했다.

"말도 안 돼! 맞아! 조니 캐시 스티커! 세상에! 어디 갔나 했어!"

"원하시면 돌려드릴게요."

"아니야, 너 가져."

"고맙습니다."

"와, 그 오래된 게 아직 있다니. 대단해. 대단해."

다시 우리는 말이 없었다. 둘 다 주변을 서성댔다. 나는 여자애들 앞에서 노래 부르는 걸 셰인 타일러가 전부 듣지는 않았으면 하고 바랐다. 그의 두 번째 앨범 타이틀곡을 망쳐 버린 건 안 들었으면 했다.

"케이디는 어떻게 지내?"

셰인 타일러가 다시 진지해졌다.

"잘 지내요."

"내가 안부 전하더라고 얘기하고 싶지만……."

"네, 아저씨가 다시 나타나면 죽여 버릴 거라 그랬어요."

"그래. 그러고도 남지. 케이디, 만나는 사람 있어?"

나는 셰인 타일러를 빤히 쳐다봤다.

"그냥 물어본 거야. 그냥 잘 지내나 궁금해서."

"릭 아저씨를 만나요. 변호사예요."

"내가 갔을 때 집에서 나온 남자?"

"네."

"어떤 사람이야?"

"재수 없어요. 하지만 대체로는 그냥 따분하죠."

셰인 타일러는 고개를 까딱했다.

"그래, 음, 따분한 것도 괜찮을 때가 있지. 둘이 결혼했어?"

"여기 온 이유가 그거예요? 로맨스에 다시 불붙이려고?"

셰인 타일러가 인상을 쓰며 고개를 돌렸다.

"죄송해요."

"궁금한 게 다야. 16년이나 못 봤으니까."

"도망간 건 아저씨잖아요."

"너에 대해선 몰랐어. 난 스물셋이었다고. 너보다 몇 살 더 먹지도 않았고 겨우 네 반만큼이나 똑똑했을까. 너만큼이나 나한테도 이건 엄청난 충격이야."

셰인도 나도 이리저리 자세를 바꾸었다.

"아저씨는 엄마를 정말 속상하게 했어요. 그런 식으로 나타나다니."

"어…… 그렇겠지?"

셰인 타일러는 이마를 짚었다.

"엄마를 그냥 놔두셨으면 좋겠어요."

"그래."

"진심이에요."

"이해한다. 너도 그냥 놔둘 게, 원한다면."

나는 생각해 보았다. 그러고 있는데 셰인이 흘끗 시계를 봤다.

"제길, 가야겠다. 나 몇 주 동안만 여기 있을 거야. 네가 나랑 어울리고 싶지 않는다 해도 이해한다. 또……."

"만나고 싶어요. 그러니까, 우린 대화가 필요하잖아요, 그렇죠?"

"물론이지. 좋은 생각이다."

"좋아요."

셰인 타일러가 고개를 끄덕였다. 나도 고개를 끄덕였다. 우리는 고개를 끄덕였다.

"그럼……."

"다음엔 뭘 하냐고?"

"네."

"상황 따라 다르지. 오늘 밤에 바빠?"

"아니요."

"문제 안 일으키고 잠깐 도망 나올 수 있나?"

"그럼요, 당연하죠."

"좋아. 다음엔 뭘 하냐면, 네가 내 공연에 오는 거다."

길에서 우리 서로 만났을 때♩
내가 말했죠. 재미있네요. 방금 당신 생각하고 있었는데.♪
그런데 정말이에요. 내가 하는 일이라곤 그게 전부니까요.♪
당신 생각하는 일.♩♫

공연장 밖에서 에이미가 나를 기다리고 있었다. 에이미는 카우보이 부츠에 치마 차림이었고 나를 만나 진심으로 반가운 얼굴이었다.

"진짜 오다니, 정말 기뻐."

에이미는 오랜 친구처럼 나를 끌어당겨 안으며 입을 맞췄다.

에이미가 나를 클럽 안으로 안내했다. 실제 조명 그리드가 설치된 중간 규모의 시내 클럽으로 들어가자 포크 음악을 하는 힙스터 밴드가 연주를 마치고 관객에게 감사 인사를 하고 있었다.

"셰인 아저씨 왔어요?"

박수 소리 속에서 내가 물었다.

"준비 중이야. 이리 와."

에이미가 내 손을 잡고 사람들 사이를 헤치며 나아갔다. 녹음 음악이 흐르는 가운데 포크 힙스터 밴드가 장비를 챙겼다. 얼핏 셰인의 모습이 보여서 손을 흔들었지만 그는 클럽의 누군가와 이야기를 나누며 준비하느라 여념이 없어 보였다.

"10년 만에 처음 하는 공연이야."

해리엇 호수에서 헤어지기 전에 그가 말했다.

"그동안 뭐 했어요?"

내가 물었다.

"여기저기 다녔지. 스튜디오 일도 하고 오디오 믹싱도 하고 뭐 이것저것. 사는 게 힘들었지."

셰인은 피식 웃었다.

"그런데 이제 다 지난 일이야."

출발하기 전 레인지로버 창밖으로 몸을 기대며 이런 말도 했다.

"너 그 노래 나보다 잘하더라."

그러곤 싱긋 웃으며 손을 흔들고 떠났다.

에이미가 클럽 뒤쪽에 모여 떠들고 있는 어른들 무리로 나를 데리고 갔다.

"여러분, 여기는 오스틴입니다. 굉장한 아이예요."

악수를 하고 주먹을 부딪치고 손바닥을 마주치며 사람들이 자기 이름을 말했다. 나는 돌아서자마자 까먹었다. 사람들도 이내 모두 하던 얘기로 돌아갔다. 다행이었다. 생전 처음 보는 사람들에게 둘러싸여 있자니 쑥스럽고 주눅 드는 기분이었으니까. 다들 쿨하고 세상일에 빠삭한 사람들이었다. 말하자면, 쿨하고 세상일에 빠삭해서 모두 공연이니 녹음 시간이니 에스엑스에스더블유[#]가 어떻고 코첼라[#]가 어떻고 비디오 촬영은 또 어떻고 떠드는 사람들 말이다. 수염을 기르고 문신을 한 사람이 수두룩했다. **엘에이 트로우**

바도르 공연에서 연주했어? 브루클린 볼 공연은 어땠어? 내슈빌로 언제 출발해? 이런 어른들은 만난 적이 없었다. 나는 젖먹이 아기가 된 기분으로 거기서서 코딱지도 파지 말고 바지에 오줌도 싸면 안 된다고 스스로 상기시켜야 했다.

에드는 대머리에 신경질적인 얼굴의 남자로, 듣기로는 셰인의 프로듀서이자 오디오 엔지니어라고 했는데 뜬금없이 내게 질문을 했다.

"셰인을 어떻게 알지?"

"얘가 너무 끝내주다 보니까 알게 됐지."

에이미가 잽싸게 대꾸했다. 나는 고맙다는 눈길을 보냈다.

셰인을 기다리는 동안 관객들이 대폭 바뀌었다. 첫 번째 밴드를 보러 왔던 사람들이 떠나고 새로운 사람들이 들어왔다. 공연장은 점점 혼잡해졌고 간간이 사람들의 대화가 들렸다. 셰인 타일러의 공연을 보게 되어 얼마나 흥분되는지 떠드는 대화였다. 몇 년? 10년 만에 하는 공연이라며? 젠장 무슨 일이 있었던 거야? 그런 얘기들.

얼핏 셰인의 모습이 또 보였다. 그는 무대 뒤로 오르는 다섯 계단을 반쯤 올라가다 말고 몸을 구부려 에이미의 입술에 키스했다. '정신적 지주' 역할에 대한 의문이 얼마간 해소됐다. 나는 혼자 남겨져 사람들 주변을 빙빙 돌다가 벽으로 떠밀려가 자리를 잡았다.

#에스엑스에스더블유 : SXSW, South by Southwest. 미국 텍사스주 오스틴에서 열리는 영화, 음악 페스티벌이자 콘퍼런스.
#코첼라 : Coachella, 미국 캘리포니아주 코첼라 밸리에서 열리는 세계 3대 음악 축제.

"어이."

내 옆의 누군가가 말을 걸었다. 돌아보자 새빨간 모호크 헤어스타일에 징 박힌 까만색 가죽옷을 입은 집채만 한 사내가 내게로 다가왔다. 펑크 록 스 타일 아수라장의 결정체였다.

"셰인이랑 같이 왔지?"

"어, 네. 그런 것 같아요."

"멋진데. 여기!"

사내가 500밀리리터 맥주잔을 내게 건넸다.

"고맙습니다."

그 순간 휙! 에이미가 나타나더니 내가 손을 뻗을 틈도 없이 맥주잔을 가 로챘다. 에이미가 펑크 록 사내에게 말했다.

"패트릭! 얘 열여덟 살이야!"

에이미는 내게 콜라를 건네며 구석진 벽에서 나를 구출했다.

"저 남자 누구예요?"

"그냥 패트릭."

그거면 설명이 된다는 듯 에이미가 대꾸했다.

"이쪽 스타일 아닌 것 같은데요."

"응, 패트릭이 사람을 깜짝깜짝 놀라게 하는 면이 있지. 가자. 가서 내 옆 에 서 있어."

에이미는 내 팔을 잡고 오디오 보드가 있는 단으로 갔다. 우리는 음향 담 당자 옆에 바짝 붙어 섰다. 음향 담당자는 무심하게 고개를 한 번 까딱했지만, 그 외에는 우리에게 전혀 신경도 안 썼다.

녹음 음악이 멈추자 사람들이 휘파람을 불며 박수를 쳤다. 마침내 셰인 타일러가 무대 위에 오르자 클럽이 터질 듯 들끓었다. 셰인 타일러는 멋쩍은 듯 모두를 향해 손을 흔든 다음 슬쩍 고개 숙여 인사했다. 그러고는 마이크 앞으로 다가가 위치를 조정했다.

"어…… 안녕하세요. 셰인 타일러입니다."

클럽 안이 다시 폭발했다. 셰인은 그대로 연주를 시작했다.

와우.

셰인의 목소리는 음반 속 목소리와는 달랐다. 나쁘다는 게 아니라 그냥 달랐다. 세월에 풍화되고 고속도로를 한참 달린 것 같은, 담배와 스카치위스키가 밴 느낌의 목소리였다. 음반 속 셰인 타일러는 테너 음역까지 목소리를 쏘아 올리고 청아함으로 사람들의 마음을 사로잡아 함께 끌고 가는데 지금은 그런 높은 음을 그냥 되는 대로 놓아 버리곤 했다. 셰인 타일러가 그런 부분을 부를 때 그의 눈을 쳐다보았다. 그리고 나만의 추측이긴 하지만 그 눈에서 무언가를 보았다. 씁쓸한 즐거움이랄까. 한때는 가볍게 올랐던 가파른 산길을 잔뜩 찡그린 눈으로 바라보며 세월이 자신을 따라잡기 시작했음에 한숨짓는 남자 같았다.

셰인 타일러가 노래를 하자 클럽 안은 숨을 죽였다. 다른 사람이 공연할 때처럼 뒤쪽이나 바에서 떠드는 사람도 없었다. 특별한 공연이었다. 셰인 타일러, 아는 사람들에게는 작은 전설인 셰인 타일러가 돌아온 것이다. 사람들은 그가 연주하는 모습을 보게 되었고 이제는 이렇게 말할 거다. **셰인 타일러가**

컴백 투어 막 시작했을 때 내가 봤잖아. 대강당 공연 표는 팔기도 전이었어.

나의 아버지. 나는 그를 바라보고 있다. 그리고 생각한다. 저 사람이 나의 아버지다. 나의 아버지가 무대 위에 있다. **느껴 봐.** 나에게 말한다. **무대 위 저 사람이 아버지잖아. 뭔가 느껴 봐.** 그렇지만 내가 깨닫는 건 감정 없음뿐이다. 나는 무대 위에서 공연하는 한 남자를 바라본다. 그는 나의 아버지다. 아무것도 느껴지지 않는다. 차라리 그냥 셰인 타일러의 연주를 즐기려고 노력했다.

그의 목소리에선 세월이 묻어났지만, 기타 테크닉은 넋이 나갈 만큼 현란했다. 스트럼#, 플랫피킹#, 핑거피킹#을 현란하게 오가고 벌스들 사이에 짧은 필#과 예상치 못한 사이드 트립을 넣어서 사람들을 깜짝 놀라게 했다. 노래를 부르면서 목소리로 복잡한 안무의 춤을 추는 것만 같았다.

나는 셰인 타일러와 관객을 번갈아 보았다. 관객들 사이에는 미소 짓는 얼굴, 엄숙한 표정, 집중하느라 꼭 감은 눈, 좌우로 몸을 흔드는 모습이 보였다. 거기에는 한결같이 신성한 무언가가 있었다. 셰인이 사랑과 욕망과 술과 죽음을 노래하고 있는데도 그랬다.

관객들을 훑어보다가 시선이 덜컥 멈추었다. 마치 어떤 얼굴에 걸려 넘어진 것 같았다. 우리 집 현관 앞에 선 셰인 타일러를 처음 보았을 때와 똑같

#스트럼 : strum, 기타 줄을 치는 행위.
#플랫피킹 : flat-picking, 피크를 이용해 기타 줄을 치는 연주법.
#핑거피킹 : fingerpicking, 손가락을 이용해 기타 줄을 치는 연주법.
#필 : Fills, 가사가 나오는 절 사이에 악기만으로 연주를 넣은 부분.

이 **말도 안 돼** 하는 환영 같은 순간이 확 펼쳐졌다. 공연장 저편에 무대를 바라보고 선 조지핀이 있었다.

조지핀은 셰인을 쳐다보며 다른 사람들처럼 음악에 맞춰 고개를 까딱였다. 내 눈에는 이런 장소에 있기에 지나치게 격식을 차린 복장이었다. 머리는 업스타일로 올리고 끈 달린 까만 드레스를 입고 있어서 마치 졸업 파티에서 도망쳐 이 클럽으로 들어온 것 같았다. 조지핀이 여기 있다니 믿을 수 없었다. 이리저리 머리를 굴려 보아도 도무지 믿기지 않는 일이었다.

순간 망상 한 조각이 찌르르 몸을 훑었다. 어쩌다 보니 조지핀이 우리 엄마랑 한통속이 돼서 나를 살피러 온 건 아닌가 하는 생각이 들었다. 그런 생각을 하고 있는데 노래가 끝났다. 다들 박수를 치는 가운데 조지핀이 무심결에 내 쪽을 바라보다 나를 발견했다. 어지간한 사람은 그 표정을 흉내도 내지 못할 거다. **빌어먹을!** 순수한 충격과 경악 그 자체에 코믹한 느낌까지. 마치 냉장고를 열었는데 너구리 한 마리가 손을 흔드는 걸 발견한 얼굴이랄까.

나는 반사적으로 고개를 돌렸다. 하지만 내가 봤다는 걸 조지핀도 분명 알았을 거다. 어쨌건 나는 잠시 딴청을 피우며 어설프게 그녀를 못 본 척했다.

"와, 오늘 밤 이렇게 여러분을 만나게 돼서 정말 기쁩니다."

셰인이 말문을 열자 아니나 다를까 휘파람 소리와 함께 예! 하는 함성과 박수가 터졌다. 나도 함께하며 조지핀 쪽으로 힐끗 눈길을 던졌다. 순간 조지핀도 나를 바라보았다. 조지핀은 웃지도 손을 흔들지도 않았다. 그저 고개를 갸웃할 뿐이었다. 뭐냐? 하는 뜻의 몸짓이었다.

나는 턱을 살짝 들었다가 내려놓으며 남자들 식의 고갯짓을 했다. 나는 너를 보았고, 너도 나를 보았고, 우린 여기 함께 있구나. 뭐 그런 뜻.

"이제……."

셰인 타일러가 말을 이었다.

"오늘 밤 마지막 노래를 들려드릴 시간이네요. 다들 아시는 노래입니다."

셰인은 〈안전거리를 유지하면 재미있는 사람〉의 첫 코드를 튕겼다. 호수에서 내가 여자애들에게 불러 줬던 노래였다. 모두 다시 박수를 치는 가운데 여기저기서 탄성이 터졌다. 옛 친구가 비로소 파티에 도착한 것 같은 느낌이었다. 나는 시선을 다시 무대로 돌렸다. 조지핀이 나를 쳐다보는 게 느껴졌다.

셰인 타일러는 도입부 코드 진행을 반복해서 연주했다. 이 순간을 더 오래 연장하고 싶다는 듯 또 우리도 그걸 원하는 걸 안다는 듯.

"사랑해요, 셰인!"

누군가 소리치자 모두 웃음을 터뜨렸다. 셰인도 함께 웃더니 말했다.

"저도 사랑합니다!"

조지핀 쪽을 슬쩍 보았다. 아직도 나를 보고 있었다.

조지핀이 나를 보고 있었다.

아마도 네 영혼의 짝이 봐 줘야 할지도 몰라, 앨릭스가 말했지.

그 눈빛이 나를 흔들었다. 나를 움직여 단에서 발을 떼게 했다.

그 눈빛이 나로 하여금 군중 속을 헤치고 나아가게 했다. 조지핀이 아니라 무대를 향해. 나는 사람들 사이를 물 흐르듯 통과했다. 마치 사람들이

♪♫♪ 🎧

내게 길을 터주는 것만 같았다. 나는 무대 끝에 다다랐다. 그러고는 무대 위로 몸을 끌어 올렸다. 손바닥 아래 움푹움푹 패인 흠집투성이 무대 표면이 느껴졌다. 사람들이 웅성거렸다. 눈을 감고 연주하던 셰인 타일러가 바로 그 순간 눈을 뜨고 나를 알아봤다. 그러곤 꼭 그럴 줄 알고 기다린 듯한 반응을 보였다. 찰나의 당황스러움도 없이 곧장 얼굴 가득 환한 미소를 지었다. **환영한다. 왜 이렇게 오래 걸렸어?** 마치 그렇게 말하는 듯했다. 그러고는 나를 저지하려 무대를 향해 다가오는 검은 옷의 매니저를 향해 짧게 고개를 저었다.

셰인 타일러가 같은 코드 진행을 반복하는 동안 나는 뒤쪽 스탠드에서 만돌린을 집어 들고 어깨에 띠를 둘렀다. 그는 계속 연주하며 오른쪽으로 한 걸음 이동했다. 마이크 앞으로 나오라는 초대였다. 클럽 안을 메운 기대감과 미스터리의 기운이 느껴졌다. 모두 말없이 앞으로 몸을 기울인 채 숨죽이며 기다리는 가운데 셰인 타일러가 내게 고개를 까딱하자 우리는 함께 노래를 부르며 연주를 시작했다.

하늘을 나는 꿈을 꾸는 것 같았다.

불가능한 일이란 걸 잊어버렸기에 날 수 있는 꿈. 환희와 자유와 터무니없는 기쁨이 밀려드는 꿈. 마음 한구석에서 **그래도 어떻게? 그래도 어떻게 이런 일이 가능해?** 물어보지만 이내 어깨를 으쓱하고는 지켜보는 그런 꿈.

무대 조명의 환한 빛 때문에 맨 앞줄 말고는 아무것도 안 보였다. 조지핀은 웃고 있을까, 충격을 받았을까, 감동을 받았을까 아니면 아직 거기 있기는 할까? 궁금했다. 하지만 너무 깊이 생각하지는 않으려고 애썼다. 왜냐면 지나치게 나 자신을 의식한 나머지 중력의 존재를 떠올리게 될까 봐 두려웠으니까. 그러면 으아아악! 꿈이 사라지고 마니까.

셰인 타일러와 나는 첫 번째 벌스를 지나 코러스 부분으로 향했다. 소리를 쏘아 올리는 사람은 나였다. 셰인은 낮은 소리로 화음을 넣었다. 놀라움과 즐거움으로 가득 찬 함성과 사람들의 박수 소리가 들렸다.

너무 빨리 끝나 버렸다. 연주가 끝나자 터질 듯한 박수갈채가 쏟아졌다. 모든 얼굴이 우리를 쳐다보며 눈을 반짝였고 수많은 손이 흐릿하게 펄럭였다. 셰인 타일러가 손을 뻗어 내 손을 잡고 흔들며 다른 한 손을 내 어깨에 올렸다. 환호와 갈채가 점점 커지는 가운데 셰인 타일러가 마이크 쪽으로 몸을 숙였다.

"여기 이 재능 넘치는 청년은 오스틴 메순입니다. 제 아들입니다."

오스틴, 진짜 잘했어

저 위에 보이는 사람, 그게 저예요. ♩
빛나는 파란 하늘 속의 그 사람 ♬
자유로운 그 사람 ♪

나는 무대에서 둥둥 떠내려왔다. 무수한 손이 내 어깨를 토닥이고 머리를 형클었다. 음악에 흠뻑 취한 사람들이 10센티미터 앞에서 소리쳤다. 끝내줬다고, 내가 끝내줬다고. 나는 잔뜩 취해서 모두를 끌어안고 싶었다. 클럽 안의 모든 사람을 두 팔로 으스러지도록 껴안고 내 마음속에 가득한 천상의 온기를 나누고 싶었다.

그리고 나는 조지핀을 찾고 싶었다.

하지만 그녀는 없었다.

나는 조지핀을 찾아서 내게 손을 뻗는 사람들, 내 귀에 소곤대는 사람들 무리를 뚫고 나아가 보려고 했다. 머리통의 바다 위를 조금이라도 잘 보려고 까치발을 하고 펄쩍펄쩍 뛰었다. 저기 있다!

나는 조지핀이 보인 것 같은 방향으로 움직였다. 그 순간 "찌아아아식!" 소리와 함께 모호크 머리 패트릭이 앞을 딱 가로막았다. 패트릭은 두 팔을 벌려 나를 집어삼킬 듯 끌어안았다. 어찌나 꼭 껴안았는지 뚝, 으드득 소리가 들렸고 난 몸속 내부 구조가 무너져 내리는 건 아닌지 두려웠다. 패트릭이 나를 풀어주자 그의 얼굴이 눈물로 젖은 걸 알았다.

"짜아아식!"

패트릭이 같은 말을 되풀이했다.

"장난 아니었어! 진짜 장난 아니었어! 제기랄, 사람을 울리고 그래, 제기랄! 이게 음악의 힘이지, 그럼, 짜식!"

패트릭은 다시 나를 붙잡고 그게 뭐든 아직까지 내 몸속에 안 으깨지고 남아 있던 장기를 으깨 버렸다. 내가 탈출해서 다시 폐를 부풀려 놓았을 즈음에는 어디에도 조지핀은 보이지 않았다. 그때 에이미가 내 팔을 휙 낚아채더니 나를 품에 안았다.

"너무 깜짝 놀랐어!"

그러자 악수해야 할 손, 만나야 할 사람이 더 많이 나타났다. 조지핀은 포기했다.

우리는 인도로 쏟아져 나와 모두 서성대며 웃고 떠들고 담배를 피웠다. 이윽고 셰인 타일러가 기타를 메고 나왔다. 그러곤 다른 사람들은 안중에도 없는 듯 곧장 내게 다가와 나를 잡고 힘껏 껴안았다. 셰인의 목소리가 내 귓전에 따뜻하게 울렸다.

"잘했어, 녀석. 잘했어. 잘했어."

최고의 행복 그 위의 행복이었다. 사람들이 또다시 나를 토닥여 주고 다른 이들에게로 셰인 타일러의 관심이 옮겨 가자 나는 몸을 이리저리 꼬고 두리번거리며 조지핀을 찾았다. 가 버린 지 오래인 걸 알면서도 그랬다.

그때 조지핀이 보였다.

처음엔 몇 집 떨어진 고급 식당에서 천천히 줄지어 나오는 정장 차림의 사람들이 보였다. 인도에 멈춰서 이야기를 나누는 모습이 우리 무리의 평행 우주 같았다. 우리보다 나이 많고 돈 많은 평행 우주. 그러다 잠깐, 조지핀 언니 아니야? 맞네! 재클린이네! 그리고 잠시 뒤 한눈에도 이 자매의 엄마임이 분명한 여자가 나타났다. 재클린의 나이 든 버전으로 금발에 태닝한 피부였다. 상원의원 후보 제럴드 린달의 부인이라고 소개하면 누구라도 **아, 네, 당연히 그러시겠죠.** 할 만한 여자였다.

조지핀의 엄마는 예뻤다. 아니 예쁠 수도 있었다. 그러나 바로 지금 그녀의 얼굴은 잔뜩 일그러져 분노로 으르렁대고 있었다. 목소리는 도도하게 내리깐 설교 모드였고 대상은 조지핀이었다. 조지핀은 엄마 뒤로 한두 발짝 떨어져 걷고 있었다. 입술을 앙다문 채 그런 종류의 꾸지람을 듣는 상황의 아이라면 누구나 그렇듯 이글이글 정면을 노려보고 있었다. 조지핀이 무슨 말인가 하려고 몇 번 시도하는 게 보였지만 하는 족족 엄마가 잘라 버렸다. 아버지 린달은 이 모든 걸 모르는 건지 모르는 척하는 건지 다른 정장 차림 사람들과 정답게 악수하며 한담을 나누는 데에만 몰두했다. 반면 재클린은 팝콘이라도 한 봉지 줘야 할 것 같았다. 얼굴 가득 독사같이 흡족한 웃음을 머금은 채 독설 대잔치를 즐겁게 관람하고 있었다. 부두 인형 생각이 간절해지는 웃음이었다.

모두 인도에 잠시 멈춰 서서 조지핀의 아버지가 악수를 이어갈 수 있도록 했다. 조지핀은 팔짱을 낀 채 입을 꽉 다물었고 그녀의 엄마는 연신 놀라운

위업을 펼쳐 보였다. 조지핀을 저격하다가도 아무 브이아이피(VIP)라도 주변에 어슬렁대면 이내 변신하여 눈부신 미소를 지으며 악수하고 포옹하고 키스를 한 다음 바로 악랄한 저격자로 돌아왔다. 깜빡깜빡 전등을 켰다 껐다 하는 수준의 태세 전환이었다.

주변에서 사람들이 이야기하고 있었다. 아마도 내게 하는 것 같았다. 하지만 나는 하나도 귀에 안 들어오고 조지핀만 보였다. 이윽고 조지핀이 나를 보았다.

유달리 길게 포옹-포옹, 키스-키스가 이어지며 생기는 막간의 여유 가운데 하나였다. 재클린은 그 기회를 이용해서 조지핀에게 말을 했다. 아니 혼자 떠들었다. 조지핀은 대답은커녕 쳐다보지도 않고 90도 각도로 빙그르르 돌았다. 그렇게 조지핀이 내 쪽을 향했다. 여전히 팔짱을 낀 채 얼굴은 그대로 같은 표정이었지만 나를 보고 있다는 걸 알았다. 조지핀은 꼼짝도 하지 않고 나를 똑바로 바라보았다.

재클린은 아직도 조지핀 옆에 딱 달라붙어 조지핀의 왼쪽 귀에다 대고 캥캥 캐갱캥 짖어대고 있었다. 그때 조지핀의 엄마가 대화하던 노년의 부부를 뒤로하고 돌아섰다. 등 돌리기가 무섭게 미소가 싹 가시더니 무슨 말인가 톡 쏘아붙여 재클린의 입을 닫아 버렸다. 본인의 장광설을 다시 늘어놓기 위해서였다.

그리하여 이제 조지핀은 엄마와 언니를 양옆에 두고 섰다. 라운드 사이 휴식 시간에 트레이너들로부터 분노의 설교를 듣는 권투 선수 같았다. 재클린은 끊임없이 자기 나름의 지혜를 심어 넣으려고 애썼고 엄마는 끊어냈다.

조지핀은 돌처럼 굳은 얼굴로 여전히 나를 바라보고 있었다.

조지핀이 팔짱을 풀고 팔을 옆으로 내려놓았다.

우리는 서로를 응시했다.

나는 머뭇거리며 조심스레 손을 든 다음 인사의 의미로 높이 올렸다.

조지핀은 마주 손을 흔들지 않았다. 움직이지도 않았다. 그러더니 나를 향해 걷기 시작했다.

다시 꿈인 것만 같은 감정이 일었다. 마치 꿈처럼 조지핀이 엄마와 언니를 떨쳐 내고 아무 말 없이 나에게만 온 신경을 집중한 채 미끄러지듯 그들에게서 멀어졌다.

목소리가 들리지는 않았지만 조지핀의 엄마가 앙다문 이 사이로 "조지핀. 조지핀!" 하고 낮게 뇌까리는 모습이 보였다. 순간 어떤 여자가 조지핀 엄마의 어깨에 손을 얹었다. 방해를 받자 조지핀 엄마의 얼굴에 살기등등한 짜증이 스쳤지만 이내 언제 그랬냐는 듯 미소로 갈아치웠다. 엄마가 마지못해 몸을 돌려 포옹-포옹, 키스-키스를 하는 동안 조지핀은 탈출에 성공해 그쪽 무리와 우리 무리 사이의 중간 지대를 건넜다. 재클린은 입을 떡 벌린 채 뒤에서 조지핀을 바라보았다.

내게로 다다르자 조지핀이 걸음을 멈췄다.

"안녕."

내가 말했다.

"안녕."

조지핀 뒤로 조지핀의 엄마와 언니가 의논을 하고 언니가 우리 쪽을 가리키는 게 보였다. 나의 시선이 이동하는 걸 조지핀도 보았지만 뒤를 돌지는 않았다.

"아빠 기금 모금 행사였어. 그냥 거길 벗어나야만 했어. 그런 다음엔 아무렇게나 돌아다니다가 밖에 걸린 이름을 봤는데 네가 얘기했던 게 기억나서……."

나는 고개를 끄덕였다.

"아무튼, 그래서 이래."

조지핀이 슬쩍 드레스를 가리켰다.

"예쁜데."

내가 말했다. 왜냐면 정말 예뻤으니까.

조지핀은 어깨를 으쓱했다. 내 말이 모욕적으로 들렸나 싶었다.

"그 가수 말이야, 그 사람이……."

"맞아. 우리 아빠야."

"몰랐어."

"어, 나도 몰랐어. 며칠 전까지."

"아, 죽었다가 다시 살아난 그분."

"그렇지."

"흥미진진한 이야기 같네."

"다음에 얘기해 줄게."

어느새 조지핀의 아빠도 엄마와 언니 곁에 와 있었다. 가족회의가 진행 중이었고 여전히 악수와 포옹을 하느라 회의가 툭툭 끊겼다. 이번에는 조지핀도 몸을 틀어 잠시 그들을 쳐다봤다.

조지핀이 한숨을 내쉬었다.

"너 이제 죽었다."

"뭐, 약간."

"내가 또 그런 느낌 모르진 않지."

조지핀이 얼핏 웃었다.

조지핀의 등 뒤로 회의의 결론이 난 것이 보였다. 재클린이 엉덩이에 뿔 난 여동생을 되찾아올 준비를 하고 있었다. 조지핀은 보지도 않고 상황을 파악한 모양이었다.

"나 갈게."

"그래."

그런데 그녀는 가지 않았다. 대신 눈썹을 치켜세우고 나를 뜯어보았다. 마치 복잡한 수학 문제를 풀다가 처음 예상과는 다른 답을 찾은 듯한 얼굴이었다.

조지핀이 마침내 입을 열었다.

"오스틴, 너 진짜 잘하더라."

"어…… 고마워. 뭔진 모르겠지만."

"아니야."

조지핀은 단호했다. 고개를 저으며 내 따청을 딱 잘랐다.

"너 진짜 잘했어."

"고마워."

난 시선을 떨구고 조그맣게 다시 말했다. 엎드려 절 받기 같은 칭찬을 받아놓고 흐뭇한 기분을 느끼는 건 싫었다.

조지핀이 무슨 말인가를 하려다가 이내 마음을 바꾸는 듯했다.

"왜?"

조지핀이 고개를 저었다.

"아무것도 아니야."

"오스틴, 준비됐어? 우리 간다."

셰인 타일러였다. 무리와 함께 길 반대편으로 슬슬 이동하고 있었다.

"갈게요."

내가 대꾸했다. 그러곤 조지핀에게 말했다.

"다들 바에 간다나 봐."

조지핀이 고개를 까딱했다. 재클린이 자기 무리에서 떨어져 나와 결의에 찬 발걸음으로 성큼성큼 다가오고 있었다. 조지핀이 뒤를 돌아 재클린을 힐 끗 쳐다본 뒤 다시 내게 고개를 돌리고 말했다.

"시간 다 됐다."

"오스틴, 얼른 와!"

셰인이 다시 불렀다.

"가요!"

나도 고개를 돌려 외쳤다. 에이미가 소리쳤다.

"네 친구도 데리고 와!"

내가 조지핀을 바라보았다. 이번엔 조지핀이 웃었다. 아주 살짝. 그러고는 말했다.

"우리가 친구라곤 할 수 없지."

내가 대꾸를 하려고 입을 여는데 조지핀이 말했다.

"나 가야 해."

그러고는 돌아서서 멀어져 갔다. 재클린 얼굴은 쳐다 보지도 않고 스쳐 지나갔다.

Y Y Y

"건배. 위대한 뮤지션과, 위대한 공연과 더 많은 공연을 위하여!"

"옳소, 옳소!"

우리는 유리잔과 맥주 캔을 챙챙 부딪쳤다.

"그리고 오스틴 메순을 위하여!"

셰인 타일러가 말하자 다시 건배가 이어졌다.

우리는 바에 있었다. 한 자리에 의자를 몇 개 더 가져와 끼어 앉았다. 나와 셰인과 에이미와 저스틴과 엔지니어 에드와 드루라는 이름의 레이블 직원과 거대한 펑크 록 악당 패트릭이었다.

한 시간가량 앉아서 이야기하며 공연을 돌아보고, 음악을 논하고 건배를 했다. 어른들은 내가 모르는 사람들과 장소들을 이야기했지만 나는 안전히 그 무리의 일원으로 느껴졌다. 셰인이 그 중심에 있었다. 그는 이야기와 활기와 즐거움으로 넘쳤고 끊임없이 모두를 웃기고 어깨를 두드리고 손바닥을 부딪치며 엉거주춤 일어서서 끌어안았다. 셰인 타일러는 모닥불이었다. 우리는 모두 그 주위에 옹기종기 모여서 그에게 집중하며 그의 에너지와 온기를 쬐었다. 다들 즐거워했다.

어느 순간 에드가 나를 보며 고개를 끄덕이고 있는 게 눈에 들어왔다.

"왜요?"

에드가 고개를 가로젓길래 대답하지 않으려나 보다 생각했다. 그런데 그가 몸을 기울이더니 "너에겐 뭔가가 있어, 알지?" 하고 말하고는 대화의 물결에 다시 합류했다.

셰인은 농장 페스티벌에서 했던 처참한 공연 이야기를 막 끝내고 있었다. 관객보다 가축 수가 더 많아서 가축 대 관객이 5대 1이었다나. 모두 웃음을 터뜨렸다. 그러고는 흐뭇한 침묵이 흘렀다. 그 순간을 기점으로 그날 밤의 일들이 다음 장으로 넘어갔다. 에드가 말문을 열었다.

"자, 난 집에 갈게. 셰인, 스튜디오에서 다시 만나는 거야, 알았지?"

"암요, 암요."

"진짜야, 셰인. 재미있는 일이 많지만 할 일도 태산이야."

"알아."

"에이미, 책임지고 셰인이 바른 생활 사나이 모드를 유지할 수 있게 해 줘."

"그건 장담 못 하겠는데. 그래도 책임지고 스튜디오에 배달은 해 놓을게."

또 웃음이 터졌다. 에드가 셰인과 포옹하더니 경례를 하고 떠났다. 다른 사람들도 하나둘 자리를 떴다. 패트릭은 양손으로 내 머리를 움켜쥐고 내

이마에 키스를 하고는 갔다. 비로소 나와 셰인과 에이미만 남았다. 에이미가 말했다.

"자기, 내가 차 가지고 집으로 갈게. 자기는 택시 타고 와."

두 사람이 키스하더니 에이미가 나를 꼭 껴안으며 "너 스타 됐어!" 하고 내 귀에 속삭였다. 에이미는 걸어가다 말고 뒤를 돌아 다시 우리를 향해 키스를 날렸다.

셰인과 나는 에이미가 가는 모습을 지켜보았다. 이제 자리에는 우리뿐이었다. 새벽 1시였다. 셰인은 내 맞은편에 늦은 밤 술집 자세로 앉아 있었다. 팔꿈치를 탁자에 올려 손바닥으로 머리를 괴고 다른 팔은 찐득찐득한 흠집투성이 탁자 표면에 내려놓은 채 손가락으로 맥주 캔을 슬며시 감싸고 있었다. 나도 나름의 변형된 술집 자세를 취했다. 자리 구석에 몸을 푹 파묻고 양손으로 한쪽 무릎을 움켜잡았다.

셰인은 그저 나를 바라보며 무심히 맥주 캔을 앞뒤로 조금씩 돌렸다. **쉬익 쉬익. 쉬익 쉬익.** 주크박스에서 조 헨리의 〈트램펄린(Trampoline)〉이 흘러나왔다. 나도 셰인을 바라보았다.

"건배."

마침내 그가 말문을 열고 탁자 너머로 미끄러지듯 손을 뻗어 맥주 캔으로 내 콜라 캔을 툭 쳤다.

"건배."

내가 대꾸하며 콜라를 들었다. 우리는 각자의 음료를 마셨다.

"너 아주 근사했어."

"고맙습니다. 진짜 재밌었어요."

셰인이 고개를 끄덕였다.

"에이미 누나가 정말 친절하게 대해 줬어요."

"응, 에이미는 최고지. 에이미 노래를 들어 봐야 하는데. 재능이 있어, 정말로. 크게 될 거야."

"같이 녹음한 적 있어요?"

셰인이 웃었다.

"그럴 리가. 에이미랑 계속 잘 지내고 싶다고."

셰인은 맥주를 한 모금 들이켰다.

"공연 끝나고 얘기하던 애는 누구야?"

"걔요? 그냥 여자애예요."

"그렇군."

셰인이 턱수염을 긁적였다.

"왜요?"

셰인은 어깨를 으쓱해 보였다.

"글쎄. 어떤 여자애는 정말 그냥 여자애지. 어떤 남자애가 그냥 남자애인 것처럼. 그런데 그 애는 그 이상인 것 같던데. 자기가 누구인지 아는 그런 여자애 말이야."

내가 셰인에게 날카로운 눈길을 보냈다.

"왜?"

"왜 그런 말을 해요?"

"무슨 말?"

"자기가 누구인지 안다는 말이요."

셰인이 다시 어깨를 으쓱했다.

"너도 봤으니까 알잖아. 그 여자애 좋아하니?"

몰라서 묻는 말로 들리지 않았다.

"아니요."

"알았다."

"잘 모르겠어요."

"그래. 그 애는 널 좋아하고?"

"아니요."

"그렇구나."

우리는 한동안 말이 없었다. 얼마 있다가 셰인이 숨을 깊이 들이쉬고는 말했다.

"오스틴…… 미안하다."

나는 어리둥절한 얼굴로 그를 바라보았다. 어쩌면 무슨 말인지 알면서도 받아들이기 싫었는지도 모르겠다.

"무슨 말이에요?"

"미안하다고."

"뭐가요?"

셰인이 큭큭 콧소리를 냈다.

"어디서부터 시작해야 하나. 미안하다. 내가 나인 게. 이렇게 엉망인 것도.

네 곁에 없었던 것도."

나는 어깨를 으쓱해 보이고는 콜라를 한 모금 더 마셨다.

"대단한 일 아니에요."

세인은 잠시 아무런 대꾸도 하지 않았다. 나는 가만히 앉아 콜라 캔 뚜껑만 바라보다 꼭 움켜쥐었다. 알루미늄 캔이 우그러지며 으드득 소리가 났다.

"아니, 대단한 일이야. 네가 겪은 제일 대단하고 대단한 일이지."

나는 또 한 번 어깨를 들썩이며 말했다.

"뭐 어쨌든. 그렇게 괴롭지는 않았어요."

"그래. 그렇게 말해 주니 기쁘긴 하다. 그런데 그 말이 더 괴롭네. 정말 괴로워. 다시 돌아가서 바꿀 순 없지만 그래도 이건 중요한 일이야. 내가 얼마나 미안해하는지 너한테 말하고 싶어. 그냥 그게 다야."

"괜찮아요."

다른 주제로 넘어가고 싶어서 됐다는 듯 내가 대꾸했다. 나는 여전히 콜라 캔에서 눈을 떼지 않은 채 집게손가락으로 꼭지를 잡아당겼다. **팅. 팅. 팅.** 세인이 오래도록 말이 없어서 결국 나는 고개를 들었다. 세인이 나를 바라보고 있었다. 갈망과 고통과 스산한 유머가 강렬하게 뒤엉킨 얼굴이었다.

"어쨌든 만나게 돼서 기쁘다."

"네, 네, 저도요."

한결같이 가벼운 말투로 내가 대꾸했다. 그 순간 제기랄 느닷없이 내 안에서 무언가가 툭 풀려 버렸고 나는 딸꾹질을 하듯 꺽꺽 울음을 쏟아내기 시작했다.

흐느꼈다. 몸을 비틀었다. 고통에 몸부림쳤다.

그렇게 그 바, 그 자리에 앉아 16년간의 슬픔과 결핍의 습격을 받았다. 존재하는지도 몰랐던 슬픔이었다. 나는 의자 위로 무너져 내려 마치 그걸로 다 막을 수 있다는 듯 두 손으로 얼굴을 꼭 감쌌다. 손바닥이 눈물, 콧물로 범벅이 됐다. 난 울지 않으려고 했다. 그래서 상황은 당연히 더 엉망이 되었다. **후우우우** 하고 간신히 숨을 내뱉을 때마다 몸이 공처럼 단단하게 움츠러들었고 그런 다음에는 크헉 크헉 딸꾹질하듯 다시 공기를 들이마셨다.

셰인이 탁자 맞은편에서 손을 뻗어 내 어깨에 내려놓았다. 그러자 **펑**, 또 한 차례 예상치 못한 감정의 폭발이 나를 덮쳤다. 분노였다.

"하지 마세요!"

나는 셰인의 손을 탁 쳤다.

"망할, 나 알아요?"

내가 말했다. 아니 흐느낌을 뚫고 가까스로 그 비슷한 말을 뱉어냈다. 셰인은 자리로 물러나 앉으며 내가 총이라도 겨눈 양 가슴께로 양손을 들어올렸다. 나는 어린아이처럼 팔로 코를 훔치고는 목소리를 가다듬었다.

"당신은 몰라요!"

나는 셰인에게 손가락을 겨누었다.

"당신은 망할, 나를 모른다고요!"

무슨 일이 벌어지고 있는지 나도 알 수 없었다. 어쩌다 이런 일이 시작돼 그 모든 즐거움이 이렇게 추한 꼴로 변했는지 알 수 없었다. 나는 휘적휘적 자리에서 일어섰다. 눈물이 끝없이 볼을 타고 흘러내렸다.

"오스틴."

"닥쳐요!"

나는 또 꺽꺽 흐느꼈다.

"당신이 안 나타났으면 좋았을 거예요."

나는 뒤를 돌아 바 안을 헤치며 출구로 향했다. 아직 남아 있는 한밤의 술꾼들이 죄다 얼빠진 얼굴로 나를 쳐다보는 게 느껴졌다.

"오스틴!"

셰인이 나를 불렀지만 나는 문밖으로 나와 오토바이에 시동을 걸었다.

"오스틴!"

셰인이 술집 밖으로 나오며 외쳤다. 하지만 나는 그 자리를 벗어났다.

♯ 토드 멀로이

강 건너 당신 곁에는 햇살이 비치나요. ♫
당신이 건너간 후 여기엔 비만 내려요. ♪
강물이 넘치게 해 줘요. 내 기억을 모두 쓸어가게 해 줘요. ♩
우리가 잃은 모든 것. 우리가 얻은 모든 것. 모든 기록을 깨끗이 씻어 주세요. ♫

"늦었네."

새 개인 교사가 말했다.

"미안해."

새 개인 교사는 어깨를 으쓱해 보였다.

"늦을 거라 그러더라고."

"조지핀이?"

"응."

새 개인 교사는 내가 처음 조지핀을 만난 날 조지핀이 있던 자리에 앉아
있었다. 깡마르고 근엄한 얼굴의 아이로 열다섯 살쯤으로 보였다.

"5분밖에 안 늦었어."

아이는 고개를 슬쩍 옆으로 기울였다.

"내가 이 말도 할 거라고 했구나."

내가 넘겨짚었다.

아이는 대꾸하지 않았지만 내 짐작이 맞았다는 걸 알 수 있었다.

"알았어. 난 오스틴이야."

"알아. 난 아이작이야. 아이작 캐플런."

"그래. 나도 이메일 받았어."

열다섯 살이나 먹었나? 더 어린 거야?

"나는 대학 수준 미적분을 듣고 있어."

아이가 말했다. 내 마음을 읽었거나 아니면 내가 아직도 문 앞에서 머뭇대고 있었기 때문일 테지.

"대단한데. 너 몇 살이야?"

"열일곱 살. 음, 곧 될 거지만."

"그렇군."

"이건 수학이야. 팔씨름이 아니라."

"팔씨름으로도 아마 네가 이길 거야."

나는 가방을 탁자에 던지며 자리에 앉았다.

♩♩ ♩♩ ♩♩

공연 이후 이틀이 지났다. 그 후로 셰인에게선 소식이 없었다. 나도 연락하고 싶지 않았다.

바에선 왜 그렇게 반응했는지 나도 모르겠다. 그냥 그래 버렸다. 모든 게 너무나 좋았고 너무나 완벽했는데 한순간 모조리 부서지더니 셰인이

미웠다. 그를 미워하는 일도 밀려드는 슬픔도 결코 멈출 수 없을 것 같은 기분이었다. 행복해야만 하는 순간이었기에 더 비참했다. 무대에서 공연을 했고 아빠와 함께였으며 모두가 지켜보았다. 게다가 조지핀도 그 자리에 있었고 내게 잘했다고 말해 주었다. 그런데 내 감정은 온통 울분과 어두움뿐이었다.

바를 나섰을 때는 온몸이 덜덜 떨려 오토바이를 운전하기가 힘들었다. 눈물이 멈추지 않아 더더욱 힘들었다.

새벽 5시까지 이리저리 뒤척였다. 지난 24시간 동안 온 세상이 시작했다 끝나 버린 느낌이었다. 그러다가 잠깐 잠이 들어 땀을 뻘뻘 흘리며 셰인과 조지핀이 등장하는 꿈을 꾸었다. 불안한 음악이 깔리며 앞뒤가 안 맞는 장면과 이미지가 이어지는 꿈이었다.

알람 소리에 눈을 뜨자 머리가 깨질 것 같은 두통과 탈진과 함께 들들 볶아대는 엄마가 나를 반겼다. **어디 갔었어, 어디 갔었냐고?** 엄마의 위협은 아침을 먹고 샌드위치를 싼 다음 대문을 나서는 순간까지 이어졌다.

집을 나서기 전에 이메일을 확인했는데 온몸에 찌르르 흥분이 느껴졌다. 그러고는 그런 나 자신에게 화가 났다. 조지핀에게서 새 메일이 와 있었다. 그러다가 바로 깨달았다. 조지핀 대신 개인 교사 자리를 맡겠다는 아이작 캐플런의 메일을 그냥 전달만 한 것이었다. 조지핀이 덧붙인 내용은 없었다. 내 공연을 본 얘기도 다른 얘기도 없었다.

우리가 친구라곤 할 수 없지.

나는 길고 긴 답장을 썼다가 지웠다. 중간 길이의 답장을 썼다가 지웠다.

그다음엔 그냥 감사라고 썼다가 그마저도 지웠다. 그러고는 일을 하러 가서 숨겨진 장소에 오토바이를 세웠다. 토드와 브래드가 다시는 내 오토바이를 개똥 예술 프로젝트의 캔버스로 사용하지 못하도록 하기 위해서였다. 대신 토드는 나를 캔버스로 썼다.

"어이, 오스틴!"

토드가 부르는 소리가 들렸다. 멍청하게도 나는 뒤를 돌아보고 말았고 그 보상을 제대로 받았다. **철푸덕**. 구린내가 코를 찌르는 푸짐한 예술 작품 재료 덩어리가 내 명치에 쫙 달라붙었다.

"명중!"

토드는 브래드와 손바닥을 마주치며 축하했다. 토드 말이 맞았다. 왜냐하면 나는 그날을 작은 일탈을 저지르는 날로 택했기 때문이었다. 일탈이란 릭의 잔디 관리 서비스 폴로 티셔츠 대신 물 빠진 밴드 더 후의 티셔츠를 입는 것이었고 티셔츠에는 과녁 모양의 로고가 그려져 있었다. 이제 그 과녁에는 정가운데에 큼지막한 똥 덩어리가 붙어 있었다. 내가 제일 좋아하는 티셔츠 중 하나였지만 냄새가 너무 지독해서 그대로 벗어 덤불 숲 어딘가에 던져 버렸다. 그리고 상반신을 노출한 채 햇볕에 그을리며 그날 일을 마쳤다.

집에 돌아오자 엄마가 쪽지를 남겨 놓았다. '나랑 릭 아저씨는 영화관에 간다. 냉장고에 피자 있어. 그리고 **얘기 좀 하자.**'

그런 일이라면 사양이었다. 무슨 일이 있어도 엄마와 릭 아저씨가 돌아오기 전에 침대에 누워 자 버릴 거다. 최소한 불 끄고 침대에 누워 이불을 뒤집어쓴 다음 휴대 전화에 허접한 가사라도 두드릴 거다.

데번에게 몇 번이나 전화를 하고 문자를 보냈다. 드디어 데번에게서 답장이 왔다. **씨*, 한 달 정도는 좀 꺼져 줄래?** 물론 데번은 별표 따윈 사용하지 않았다.

ㄐ ㄐ ㄐ

지금 나는 아이작 캐플런과 함께 앉아 있다. 인정하건대 그 모든 일에도 불구하고 오늘 아침 나는 조지핀이 교실에서 나를 기다리기를 얼마간 바랐던 게 사실이다. 그럼에도 아이작은 칭찬해 줄 만하다. 아이작은 수학을 아주 잘하는 듯했고 아직 이르긴 하지만 내가 헤맬 때도 눈 한 번 흘기지 않았다.

나는 책 속에서 내게 비웃음을 날리는 이차방정식을 잠시 뒤로했다.

"조지핀이 나에 대해서 다른 말 한 거 없어?"

내가 물었다.

"내가 수업에 집중 못 하게 딴짓하려 들 거라고 했어."

"그렇군."

다시 수학 문제에 집중해 보려고 했지만 실패였다.

"딴 건 없어?"

"음……."

"콘서트 얘긴 안 해?"

"그런 얘긴 안 했는데. 전혀."

"그래, 알았어."

나는 다시 연필을 집어 들고 종이에 톡톡 두드렸다.

"진짜 없어?"

"없어. 미안."

"알았어. 괜찮아."

수학 문제로 다시 돌아가서 조금 끼적거리다가 이내 또 멈췄다.

"우리 그렇게 얘기 많이 안 해 봤어."

내가 입을 열기도 전에 아이작이 먼저 말했다.

"알았어."

끄적끄적 끼적끼적.

나는 족히 30초 동안 수학의 들판을 나아갔다.

"네 생각엔 조지핀이 자신을 아는 것 같아?"

"자신을 아느냐고?"

"그러니까, 조지핀을 떠올리면 네 생각엔 아, 그냥 그런 여자애구나, 그래? 아님 아, 이런 사람도 있구나. 복잡 미묘하고 자신이 누구인지 알고 편안함을 느끼는……."

아이작이 눈을 껌뻑거렸다.

"됐다."

"알았어."

아이작이 내 앞에 놓인 미해결 방정식을 의미심장하게 바라보았다. 나는 다시 문제에 달려들었다. 아니 그러려고 했다.

"내가 노래한 거에 대해선 무슨 얘기 없었어?"

"아니. 풀이 한 단계 빼먹었어."

아이작이 내 실수를 지적하며 대꾸했다.

"그렇구나. 알았어."

탁 탁 탁 연필로 책을 두드렸다.

"조지핀은 날 싫어하는 것 같아. 걔가 나 싫어하는 것 같지? 날 싫어하는 것처럼 굴어. 내 생각엔 날 싫어해."

"내 생각엔, 내가 수학은 정말 잘 가르치는데 집중시키는 능력은 부족한 것 같아."

"맙소사. 너 몇 살이라고?"

우리는 나머지 시간 동안 거의 아무 말 없이 문제를 풀었다. 수업이 끝날 무렵이 되어서야 실제로 뭔가 배우기 시작했다는 생각이 들었다. 짐을 챙긴 다음 아이작이 가려다 말고 문 앞에서 이런 말을 했다.

"조지핀은 절대 그냥 그런 여자애가 아니야. 그리고 사람들이 어떤 행동을 하는 데는 온갖 이유가 있는 법이야."

그러더니 꿈의 신 모르페우스 캐플런은 내게 슬쩍 경례하고 델포이[#] 어딘가로 떠나갔다.

#델포이 : 고대 그리스 유적으로 아폴로 신전이 있던 곳.

167

Y Y Y

오토바이를 타고 그날 잔디를 깎아야 할 장소로 향하며 그 수수께끼 같은 말을 곰곰이 생각했다. 그리고 잔디를 깎는 동안에도 곰곰이 생각하고 토드가 야트막한 언덕에서 허리 깊이 정원 연못으로 무심히 나를 밀어 버렸을 때도 곰곰이 생각했다. 헐, 허우적대며 물 밖으로 나와 물컹한 진흙 더미에 발목이 스윽 빠지면서도 곰곰이 생각했다. 토드가 이런 식으로 행동하는 데에는 어떤 이유가 있는 걸까.

그리고 그날이 끝나 갈 무렵 나는 알게 되었다.

Y Y Y

내가 그 이유를 알게 된 것은 연못 근처 바위 위에 미네소타 트윈스 야구 모자를 놔둔 걸 깜빡했기 때문이었다. 첨벙대며 물 밖으로 나온 다음 모자를 말리려고 그곳에 두었다. 다른 옷들이 젖은 건 아무렇지도 않았다. 날이 더워서 사실 기분이 상쾌했다. 아니 그렇다고 나 자신에게 계속해서 되뇌었다. 그러면서 토드 멀로이를 상대로 어떤 복수극을 펼칠까 상상의 나래를 펼쳤다. 가장 유력한 후보는 이랬다. 내가 만 명의 관객 앞에서 공연을 하는데 어쩌다 보니 토드가 맨 앞줄에 있다. 라디오 방송 같은 데서 깜짝 공연 티켓을 받은 정도로 하자. 토드를 발견하고 나는 공연을 중단한다(토드는 자기도 모르게 공연을 즐기고 있다). 그리고 모두를 향해 말한다. "여기 이 남자

168

보이시나요? 아주 끔찍한 인간입니다. **톡톡히 망신을 줍시다.**" 그러면 만 명의 사람이 다 같이 토드를 향해 야유를 퍼붓는다. **기분이 어떠냐, 토드 멀로이!!!**

나는 그날 일을 마친 상태였다. 신발이 여전히 질척거렸다. 잔디 깎는 기계를 트레일러에 싣고 켄트와 하이파이브를 한 다음("잘했어, 짜식!") 내 모자가 그 자리에서 50킬로미터는 떨어진 듯한 바위 위에 아직 놓여 있다는 사실을 깨달았다. 나는 잔디밭을 거슬러 걸었다. 머리 높이에서 활기차게 윙윙대는 초저녁 각다귀 떼를 휙휙 헤치며 걸어가서 모자를 챙겼다.

그러고는 천천히 사무실 건물로 돌아왔다. 사무실 건물은 반사 유리로 덮인 10층짜리 정육면체로 잔디와 숲과 질척한 인공 연못으로 둘러싸여 있었다. 직원들은 퇴근한 듯 앞쪽 주차장은 텅 비어 있었다. 켄트는 가고 없었다. 토드와 브래드도 그런 것 같았다.

건물 쪽으로 다가가는데 말소리가 들리기 시작했다. 사실 한 사람 목소리였는데 잔뜩 화가 나서 소리치는 남자의 목소리였다. 어디서 이 소란이 벌어지는지 분간하기 어려웠지만 건물 뒤쪽 어딘가인 것 같았다. 어째서 성인 남자가 목요일 저녁 직원들도 다 퇴근하고 텅 빈 사무실 건물 뒤에서 소리를 지르는 걸까?

10초 전 건물 모퉁이를 스칠 때 슬쩍 주변이 보였다. 건물 뒤에도 주차장이 있고 차 서너 대가 주변에 주차돼 있었다.

가까이 다가가 보니 차가 한 대 더 있었다. 진청색 에스유브이(SUV) 차량으로 주차장 한복판쯤에 주차 공간 대략 네 자리 정도를 걸치며 서 있었다.

운전석 문이 열려 있고 시동도 걸린 채였다.

차 앞에 서 있는 사람은 토드 멜로이였다. 토드 멜로이 앞에는 토드 멜로이보다 더 크고 사악해 보이는 남자가 있었다. 토드의 아버지임이 분명했다. 이제 모든 것이 이해가 되었다.

내가 들었고 지금도 듣고 있는 것은 토드 아버지의 고함 소리였다. 그는 훈련 교관처럼 토드 옆에 딱 달라붙어 1센티미터 간격으로 얼굴을 들이밀고는 악을 쓰며 우두머리 개 노릇을 하고 있었다. 토드가 다른 아이들에게 하는 짓과 똑같았다. 토드는 고개를 왼쪽, 오른쪽, 뒤쪽으로 돌리며 도망치는 것처럼 보이지 않으면서 아버지를 피하려 애를 썼다. 토드의 아버지는 토드에게 분노를 폭발시키며 욕을 퍼부었다. 속이 울렁거리도록 무시무시했다.

"계속 그따위로 건방지게 굴 거야? 어?"

죄다 이런 이야기였다. 나는 그 자리에 얼어붙었다. 보지 말아야 하는데도 그럴 수가 없었다. 나는 토드 멜로이를 싫어한다. 증오한다. 그런데 이 상황이 달갑지 않았다. 오로지 공포와 토할 것 같은 느낌뿐이었다. 토드는 온몸의 힘이 다 빠져나간 무력한 어린아이였다. 토드가 안쓰럽고 이렇게까지 무너지는 모습을 보는 것이 민망했다.

그때 일이 터졌다. 토드 아버지가 고함을 치며 토드를 밀치자 토드가 방어적으로 손을 들다가 아버지의 가슴에 슬쩍 얹었다. 미는 건 아니었다. 너무 겁을 먹어서 그런 동작에 실을 에너지도 없었다. 그러자 토드의 아버지가 난폭하게 팔을 휘둘렀고 퍽 하는 소리가 났다. 순간 토드에게서 번쩍 반응이 일었다. 분노와 공격성이 얼굴에 피어오르며 자세를 고쳐 잡고 주먹을 꽉

쥐었다. 토드 아버지는 본능적으로 도전을 감지하고 **퍽** 토드의 얼굴을 정면
으로 후려갈겼다.

맙소사.

토드의 무릎이 툭 꺾였다. 토드는 휘청휘청 뒷걸음질하며 두 손으로 얼굴
을 감쌌다. 턱을 타고 피가 줄줄 쏟아지는 가운데 아스팔트 위 불룩 솟은 곳
에 발이 걸려 털썩 엉덩방아를 찧었다. 나도 다리에 힘이 풀리고 가슴이 들썩
이며 심장이 미친 듯이 쿵쾅댔다. 토드 아버지가 에스유브이의 문을 쾅 닫고
끼익 소리와 함께 멀어지자 몸이 움찔했다.

토드는 주차장 한가운데 그대로 주저앉아 코를 쥐고 훌쩍거리고 있었다.
일어서려고 애를 썼지만 다리가 후들거려서 주저앉았다. 그러자 다시 시도하
고 또 시도했다. 네 번째 시도에서야 미식축구 라인맨 비슷한 자세로 엉거주
춤 일어섰는데 곧 얼굴을 처박으며 앞으로 곤두박질쳤다. 나는 토드를 향해
걸음을 옮기기 시작했다. 왜 그랬는지는 모르겠다.

내가 다가갔을 때도 토드는 계속 일어서려고 애를 쓰고 있었다.

"앉아 있어. 일어나려고 하지 마."

말하고 보니 무슨 말을 해야 할지 아는 사람 같았다. 덩치가 집채만 한
아버지에게 방금 뇌진탕을 당한 사람은 상대해 본 적도 없으면서. 토드는
앉는 자세를 취했다. 무릎을 세우고 한 손으론 코를 가렸다. 토드의 눈은 멍
했다. 내가 옆에 있다는 걸 알고는 있는지 아리송했다. 토드 어깨에 손을
얹어야 하니? 911을 부를까? 경찰? 소방서? 구급차? 교장 선생님? 어찌해
야 할 바를 몰라 기분상 한 5분 정도 그렇게 서 있는데 토드가 앞을 똑바

로 쳐다보며 코를 움켜쥐었다. 그러더니 여전히 나와는 눈을 마주치지 않은 채 나를 향해 피 묻은 손을 들어 올리며 웅얼거렸다.

"일으켜 줘."

토드는 코를 감싸지 않은 반대편 손으로 내 손목을 움켜잡은 채 일어서려고 용을 쓰며 나를 거의 땅바닥까지 잡아당겼다. 나는 몸을 뒤로 젖히고 비틀대며 두 걸음 물러서서 토드 몸무게와 균형을 맞췄다. 마침내 토드가 일어서자 나는 앞으로 고꾸라지는 토드를 붙잡아 가만히 세운 뒤 다시 한 번 잡아 주었다. 이윽고 토드는 축 늘어진 손으로 나를 밀쳐내고는 그 자리에 서서 마치 숨 쉬는 법을 다시 떠올려야 하는 사람처럼 대여섯 번 숨을 들이쉬고 내쉬었다. 토드는 코를 스윽 훔치더니 피를 바라보았다. 그러고는 비로소 고개를 들어 나를 쳐다봤다. 그리고 굳게 잠겼던 토드 멀로이의 문이 잠시 열렸다. 말하자면 우리가 서로를 인정한 순간, 그의 눈이 **그래, 이제 알았지** 하고 말하는 그런 순간이었다. 이윽고 토드가 시선을 떨구더니 뒤를 돌았다.

"나 집에 간다."

토드는 이리저리 불안한 발걸음을 몇 발짝 옮기다 말고 멈춰 서더니 숲 한가운데서 방향을 찾으려는 사람처럼 사방을 두리번거렸다.

"병원에 가야 하는 거 아니야?"

내 물음에 토드는 고개를 가로저었다.

"그냥 집에 갈래."

"집에 너희 아빠 없어?"

"없어. 며칠간 안 올 거야. 원래 그래."

토드는 다시 피를 닦았다.

"그냥 집에 갈 거야."

토드는 그대로 서 있었다.

"어……."

나는 나조차도 믿기지 않는 말을 시작했다.

"데려다줄까?"

⅄ ⅄ ⅄

그렇게 해서 나는 토드 멀로이를 내 오토바이 뒷자리에 태우고 그의 집으로 달리게 되었다. 토드가 내 허리를 끌어안았다. 혼이 쏙 빠져서 이게 얼마나 이상한 일인지 깨닫지 못했거나, 아니면 혼이 쏙 빠진 상태이기 때문에 붙잡지 않으면 시속 50킬로미터 속도로 콘크리트 바닥을 구를 거란 사실 정도는 깨달았거나, 둘 중 하나일 거다.

토드는 에디나 서쪽의 평범한 집에 살았다. 조지핀네 집에서 고작 몇 블록 떨어진 곳이었다. 갓돌 옆에 오토바이를 세우자 토드는 겨우겨우 자리에서 내리더니 한마디도 하지 않고 잔디를 가로질러 현관을 향해 걷기 시작했다. 하지만 몇 걸음 가다 말고 뒤돌아섰다. 우리는 잠시 서로를 바라보았다. 습관적인 험악한 기운이 토드의 눈빛에 다시 배어났다. 마치 자신이 누구인지 기억해 내는 것 같았다. 무슨 말이 날아올지 알 수 있었다. **입 다무는 게 신상에 이로울 거다.** 그런 말일 테지.

그러나 토드는 나지막한 목소리로 말했다.

"고맙다."

그러고는 집 안으로 들어갔다.

♯ 기타 치고 함께 노래하고

난 당신에게 전화할 거예요. ♬
전화를 걸어 얘기할 거예요. ♪
하지만 먼저 당신을 향한 이 편지를 끝내야 해요. ♪
그리고 그전에 50가지 일이 기다리고 있죠. ♪ 해야만 하는 일이. ♪♬

"와 줘서 정말 기쁘구나."

릭 아저씨가 함박웃음을 지으며 말했다.

고맙습니다! 아저씨 옆에서 엄마가 입 모양으로 말했다. **고맙습니다!**라고 해.

"고맙습니다."

내가 웅얼거렸다.

엄마는 입 모양으로 무슨 말인가를 덧붙이고 있었다. 나는 무슨 말을 하라는 건지 알아들을 수가 없어서 눈을 가늘게 떴다.

초대해. 주셔서. 엄마가 눈을 동그랗게 뜨고 이글이글 노려보며 반복했다.

"초대해 주셔서 고맙습니다."

릭 아저씨는 그 과정을 모두 알아차리고도 모르는 척했다.

"그럼, 그럼. 네가 함께해 주면 언제나 즐겁지."

오, 닥치고 달걀흰자 오믈렛이나 드세요, 아저씨.

엄마랑 릭 아저씨와 함께 일요일 브런치라니. **와아아.**

우리는 시내의 창고를 개조한 식당에 있었다. 높은 천장에는 목재 보가 드러나 있고 메뉴에는 눈 튀어나오게 비싼 글루텐 프리 뮤즐리가 있었다. 나는 나중에 데번을 만나러 가야 한다고 핑계를 대며 오토바이를 타고 여기에 왔다. 하지만 진짜 이유는 엄마와 아저씨와 함께 차 안에 있는 걸 견딜 수 없어서였다.

금요일에 그날 일해야 할 구역에 도착했을 때 토드는 내게 인사를 하지도 쳐다보지도 않았다. 왼쪽 뺨에 생긴 보랏빛 멍과 눈에 든 시퍼런 멍이 번져서 뒤섞여 있었다. 아침 회의를 하고 '파이팅!'을 외칠 때도 눈 한 번 마주치지 않았다.

그 후에 켄트는 우리가 트레일러에서 잔디깎이를 내려 정렬한 다음 연료 넣는 것을 감시했다. 그러다 휴대 전화가 울리자 좀 떨어진 곳으로 걸어가 통화를 했다. 나는 토드와 브래드 옆에서 연료를 넣고 있었다. 하지만 토드는 여전히 내 존재를 아는 척하지도 않고 말 한마디 하지 않았다. 그 전날 아무 일도 없었던 것처럼 굴었다.

그렇지만 브래드는 아는 척을 했다.

"잘 지냈냐, 등신아?"

브래드 입에서 나온 것치고는 더할 나위 없이 좋은 아침 인사였다. 곁에 서서 잔디깎이와 제초기에 기름을 넣으며 브래드는 연신 내게 빨리 못 하냐, 빌어먹을 가스통 내놔라 떠들어대며 무성의한 욕설을 해 댔다. 토드는 말이 없었다.

"인마, 망할 놈의 가스 안 내놓으면 갈겨 버리는 수가 있다."

브래드가 말했다.

보행용 기계 하나에 기름을 넣던 토드가 고개도 들지 않고 말했다.

"입 다물어."

브래드가 토드를 빤히 쳐다봤다.

"뭐?"

"입 다물라고."

"왜?"

그제야 토드가 고개를 들었다.

"왜냐면 빌어먹을 내가 그러라고 했으니까."

브래드가 황당한 얼굴로 토드를 쳐다봤다.

토드가 고개를 꼿꼿이 들고 브래드를 마주 봤다.

"무슨 문제 있어?"

브래드가 토드를 향해 눈을 껌뻑이며 말했다.

"아니, 없어."

"그럼, 됐어."

토드가 대꾸하고는 줄을 확 잡아당겨 시동을 걸고 출발했다. 그게 끝이었다. 그 이후론 토드도 브래드도 내게 단 한 마디두 안 했다.

Ψ   Ψ   Ψ

"……어쩌고저쩌고 이러쿵저러쿵 정말 대단하지, 그렇지?"

제기랄. 릭 아저씨가 여태 내게 말을 하고 있었다. 엄마도 아저씨도 기대에 찬 눈길로 나를 바라보았다.

"네…… 대단해요."

나는 넘겨짚었다.

릭 아저씨가 껄껄 웃었다. 엄마도 빙그레 웃었다. 나는 조심스레 슬쩍 웃었다.

"재밌는 녀석."

릭 아저씨가 말하자 나는 내가 방금 뭔가 재치 있고도 반어적인 말을 했다는 사실을 깨달았다. "대단해요." 릭 아저씨는 내 말투를 흉내 내며 되풀이했다. 아저씨가 고개를 돌려 엄마를 바라보자 엄마가 아저씨를 향해 미소를 보냈다. 아저씨도 함께 싱긋 웃었다. 아저씨가 나를 바라보며 말했다.

"그럼."

다른 주제를 꺼내려는 것이 뻔했다. 내가 말했다.

"잠깐만 실례할게요."

다시 눈빛이 오갔다.

"물론이지."

릭 아저씨가 말했다.

"어디 가는데?"

♪♪ 🎧

의심스러운 눈길을 보내며 엄마가 물었다.

"그냥 화장실요."

미끄러지듯 자리에서 일어서며 내가 말했다.

화장실에서 나온 다음 나는 잠시 그대로 서서 식당 건너편의 엄마와 아저씨를 바라보았다. 아저씨가 엄마 어깨에 팔을 두른 채 손으로 엄마를 문지르고 있었다. 나를 주무르는 것과 똑같은 역겨움이 밀려왔다. 엄마가 가까이 몸을 기댔다. 두 사람은 키스했다. 반쯤 소화된 프렌치토스트와 쓸개즙이 목 뒤를 타고 올라왔다.

두 사람이 무슨 말을 꺼내려고 저러는지 내가 모를 것 같아? 둘이 결혼하고 싶어 한다는 거 내가 모르는 것 같아? 나도 안다. 나 바보 아니다. 그래, 알았다고, 최소한 이 문제에 대해선 그렇다.

개인적으로 난 둘이 서로 뭘 보고 끌리는지 알다가도 모르겠다. 릭 아저씨는 세계 최고의 노잼이고 엄마는 사차원을 넘어서 팔차원이다. 데번은 그러니까 만나는 거라고 말했다. 마치 영화처럼 말이다. 따분하고 깐깐한 답답이 남자가 자유로운 영혼의 여자를 만나 맙소사, 누가 상상이나 했을까, 서로 부족한 부분을 채우고 사랑하며 행복하게 살다 끝나는 그런 영화. 사실 릭 아저씨가 등장한 이후 엄마가 한결 안정되었다는 건 인정해야겠다. 또 엄마와 함께 있을 때마다 릭 아저씨도 늘 자신의 행운이 믿기지 않는다는 듯한 표정이었다. 그러니 됐다. 둘이 결혼할 운명이 모양이지. 그런 건 눈곱만큼도 신경 쓰이지 않는다. 어차피 난 1년 있으면 집을 떠날 테니까.

이런 망할. 신경 쓰인다. 쓰이고말고. 신경이 안 쓰였으면 여기 서서 쏠리는 아침 식사를 다시 삼켜야 하는 일도 없었을 거다.

근처 탁자에 한 가족이 있다. 두 꼬맹이는 아빠와 꼭 닮은 곱슬머리다. 아빠가 뭐라고 말하며 아이들을 즐겁게 해 준다. 아이들이 둘 다 까르르 웃는다. 좋은 아빠인 모양이다.

아이들은 온갖 종류의 아빠를 가질 수 있다. 저렇게 좋은 아빠를 만날 수도 있다. 아마도 건전하고 이로운 아빠일 테지. 하지만 가식적인 정치인 아빠, 자식을 선거운동나라 소꿉놀이의 바비 인형으로 이용하는 아빠를 만날 수도 있다. 아마도 그렇게 건전하거나 이로운 아빠는 아닐 거다. 물론 자식을 수시로 죽도록 두들겨 패는 아빠보다는 건전하고 이로울 거다. 자식을 모루 위에 올려놓고 두드려서 자신의 뒤틀린 자아의 미니어처로 서서히 변형시키는 그런 아빠 말이다.

그에 비하면 몰래 사라져 버린 아빠나 아예 아빠가 아닌 아빠를 갖는 것도 그렇게 나쁜 일은 아닐지도 모른다.

엄마는 포크에 과일 한 조각을 찔러 놓고 릭 아저씨를 놀리고 있다. 아저씨에게 먹여 주는 척하다가 먹으려고 하면 쏙 빼 버린다. 둘은 낄낄대며 웃는다. 잠시 뒤 내가 두 사람에게 돌아가면 둘은 말하겠지. **오스틴, 너에게 전해 줄 신나는 소식이 있단다.** 으으으으.

화장실은 입구 가까이에 있었다. 유리창 너머로 인도에서 아침 햇살을 즐기는 행복한 사람들의 모습이 보였다. 나는 문을 밀고 밖으로 나왔다.

이제 이 주변이 어디인지 깨달았다. 전화기로 지도를 확인했다. 그렇지, 내가 서 있는 곳에서 바로 몇 블록 떨어진 곳에 녹음 스튜디오가 있었다.

일요일 아침이었다. 그가 거기 있을 리 없었다. 그리고 있다 해도 만나고 싶지 않았다. 그런 생각을 하며 인도를 따라 걷기 시작했다. 식당에서 멀어지고, 엄마와 릭 아저씨에게서 멀어지며 녹음 스튜디오를 향해 걸음을 옮겼다.

Ψ   Ψ   Ψ

로커 녀석이 어울리지 않는 안내 데스크에 앉아서 지난번과 같은 《기타 플레이어》 잡지를 보고 있었다.

"셰인 있어요?"

로커 녀석은 지겨운 눈빛으로 들어가라는 고갯짓을 했다.

잘 있으라고, 친구.

나는 복도 끝의 문으로 갔다. 노크를 몇 번 했지만 대답이 없었다. 그래서 손잡이를 돌려 문을 열고 슬그머니 안을 들여다봤다. 대기실이 있고 선박의 창문처럼 둥그런 창이 달린 문이 또 하나 있었다. 창문 사이로 쳐다보니 불빛이 어둑어둑한 음향 모니터링 실이 보였다. 믹싱보드가 우주선의 거대한 제어반처럼 빛을 내뿜고 있었다. 믹싱보드는 커다란 창을 마주하고 있었는데 그 너머로 녹음실이 있는 것 같았다.

몇 초가 지나자 컴컴한 주변에 눈이 적응되었고 모니터링 실에 두 사람이 있는 게 보였다. 엔지니어 에드와 셰인이었다. 모두 헤드폰을 쓰고 무언가를 듣고 있었다. 에드는 고개를 끄덕였고 셰인은 가로저었다.

나는 셰인이 헤드폰을 벗어 옆으로 던진 다음 의자에 몸을 파묻은 채 그야말로 천장을 마주할 때까지 몸을 뒤로 젖히고 눈을 비비는 모습을 지켜보았다.

문을 열고 안으로 들어갔다. 에드가 나를 보더니 화들짝 놀랐다.

"어이, 어쩐 일이야?"

에드가 말했다.

"누구야?"

셰인이 눈을 감은 채로 물었다.

"저예요."

셰인이 눈을 뜨고 턱을 내려 나를 보더니 의자에 똑바로 앉았다.

그는 잠시 아무 말이 없었다. 그러더니 말문을 열었다.

"낚시하러 갈래?"

"낚시요?"

"그래, 낚시. 아버지랑 아들이 그런 거 하는 거 아닌가?"

"셰인, 할 일이 산더미야. 그리고 배리는 인내심 폭발에 여기서 손 떼기 직전이라고."

에드가 말했다.

셰인은 나를 바라보았다.

"네 대답은?"

내 대답이라고?

"물론이죠."

⁊ ⁊ ⁊

그렇게 나는 아빠와 낚시를 하러 갔다.

하지만 먼저 대형마트를 습격해서 낚시 장비를 폭풍 쇼핑했다. 낚싯대, 릴, 어마어마하게 큰 도구 상자 그리고 그 상자를 채울 마구잡이 기괴한 미끼 모음까지. "이거 필요해요?"라는 나의 모든 질문에 "당연하지."라는 단호한 답이 돌아왔다.

"모자도 사야지." 하는 셰인의 말에 우리는 갖가지 종류를 다 써 보았다. 나는 카우보이 밀짚모자에 정착했고 셰인은 벙거지 스타일 모자를 샀다. 그런 다음 우리 둘 다 얼굴 옆면까지 감싸는 엄청난 크기의 선글라스를 샀다.

녹음 스튜디오를 나서기 전에 나는 엄마에게 문자를 보냈다.

이런, 죄송해요. 친구를 마주쳤어요. 집에서 만나요.

엄마가 답장을 보냈다.

뭐? 이 나쁜 자식.

그리고 또 보냈다.

너한테 화가 나서 미칠 것 같아.

릭 아저씨가 무척 실망했어.

제대로 설명해야 할 거야.

문자는 계속됐다. 나는 새로운 협박이 도착할 때마다 휴대 전화가 울리지 않도록 알림을 꺼 버렸다.

나는 빨간색 커다란 쇼핑 카트에 올라탔다. 셰인은 거의 전속력으로 달리며 나를 밀었다. 셰인은 카트 뒤에서 껑충껑충 뛰었다. 우리는 살집이 두둑한 여자와 부딪힐 뻔했다. 빨간색 마트 조끼를 입은 매장 매니저가 언짢은 듯 정중한 목소리로 안 된다고 했다. 진실한 마음으로 사과를 했지만 억지로 참은 웃음이 쿡쿡 터져 나와 효과가 반으로 줄었다. 물건들을 계산하며 셰인은 초코바 하나를 슬쩍했다. 우리는 무사히 탈출에 성공했다.

음료수를 마시며 잠시 숨을 돌렸다. 탄산음료 여섯 개들이 한 팩, 맥주 여섯 개들이 두 팩을 아이스박스 얼음 위에 넣어 두었다. 역시 마트에서 매우 합리적인 가격에 구입한 것이었다.

"음, 우리 어디로 가요?"

"글쎄, 땡땡이를 친다면 주로 어디로 갈 것 같니?"

"위트모어 씨네에 갈 것 같은데요."

"거기서 낚시할 수 있어?"

"네, 그럼요. 그럴 거예요."

"좋아, 위트모어 씨네로 가자."

차를 타고 가면서 우리는 음악 얘기를 했다. 기타 얘기를 하고 존경하는 예술가, 그동안 보았던 공연, 보고 싶은 뮤지션에 대한 이야기를 나눴다. 그날 밤 일은 입에 올리지 않았다. 눈물이나 분노나 침묵으로 이어질 만한 어떤 얘기도 꺼내지 않았다.

위트모어 씨네로 이어지는 길 근처에 차를 세우고 숲을 헤치며 낚싯대와 도구 상자와 아이스박스와 셰인의 기타를 질질 끌어 날랐다. 위트모어 씨네에 도착하자 셰인이 주위를 둘러보며 말했다.

"와, 강 있고, 기찻길 있고, 이런 데서 음악이 안 나오면 어디서 나오겠냐?"

그렇게 우리는 기찻길 가교 상류의 아름드리나무에 기대고 자리를 잡았다. 150달러어치 낚시 장비는 발치의 웃자란 풀숲에 던져진 채 거의 잊어버렸다. 대신 우리는 수다를 조금 떨다가 맥주를 마셨다("한 캔만 마셔."라고 셰인이 말했다. 책임감 있는 모습을 보이기 위해서라는 생각이 들었지만 곧 일관성 없는 사람이란 걸 알아챘다). 대부분의 시간 동안 우리는 번갈아 가며 기타를 치고 함께 노래를 불렀다.

몇 시간이고 그랬다.

"카터 패밀리 노래, 〈집으로 가는 길(Long Journey Home)〉 알아?"

"내가 가르쳐 줄게."

"롤링 스톤즈 〈야생마(Wild Horses)〉는?"

"당연히 알죠."

"그럼 올드 97's의 〈최악을 기도해(Wish the Worst)〉는?"

"어떤 건데요?"

셰인은 '진짜. 잘했어.' 혹은 '더 멋진 방법을 알려 줄게.' 혹은 '아마 이거 네가 좋아할 거야.' 같은 말을 했다.

그러니까 아빠라면 할 법한 그런 말들이었다.

시간이 흘러갔다. 셰인과 나 둘뿐이었다. 해가 점점 낮게 드리우고 기차가 지나가고 구름이 생겼다 사라지며 개울물이 소용돌이치고 색깔이 달라졌다.

우리는 음악에 등장하는 강물과 기차에 대해서 또 그런 음악에 대해서 그리고 델타 블루스#에 대해서도 이야기했다. 〈강으로 데려다 주오(Take Me to the River)〉, 〈흐르는 강물을 보며(Watching the River Flow)〉, 조니 미첼의 〈강(River)〉을 노래했다. 테네시주 멤피스에 있는 울프강가를 거닐다 물에 빠져 사망한 제프 버클리 이야기도 했다. 셰인은 〈눈먼 강의 소년(Blind River Boy)〉이란 아름다운 노래를 불러 주었다. 그 사건을 두고 내가 아는 에이미 말고 다른 에이미 코레이아란 가수가 만든 노래였다.

아름다워요. 내가 말하자 셰인이 대답했다. **그렇지**……. 셰인은 어딘가 먼 곳을 응시하며 생각에 잠겼다.

"나 제프 버클리랑 아는 사이였어."

"진짜요?"

"그래. 그 사람이 멤피스에 왔을 때 만났지. 난 나이도 훨씬 어리고 이제 막 시작하는 참이었지만."

셰인은 잠시 더 생각에 잠겼다.

"그런데 이걸 하려면 말이야, 오스틴, 뭔가를 창작하려면 말이지, 악마랑 친하게 지내야 해. 그렇다고 친구가 될 생각은 절대 하지 말고."

햇볕이 드는 따뜻한 곳에 있었는데도 나는 온몸이 부르르 떨렸다.

그러자 셰인이 말했다.

"너무 무거운 얘긴가?"

#델타 블루스 : delta blues, 미국 남부 미시시피강 유역과 테네시주 멤피스 등의 지역에서 발생한 초기 블루스 음악 중 하나.

셰인은 고개를 뒤로 젖히고 껄껄 웃으며 어두운 그림자를 떨쳐 냈다. 그러곤 〈악마의 친구(Friend of the Devil)〉를 부르기 시작했다. 우리는 또다시 함께 노래를 불렀다.

셰인과 함께 있으면서 노래하고 이야기하고 또 그냥 말없이 앉아서 춤추듯 소용돌이치는 시냇물을 바라보니 지금껏 느껴보지 못한 충만한 행복이 밀려들었다. 동시에 두려움도 들었다. 누군가 내게 이렇게 말하는 것만 같았다. **여기 산소라는 물질이 있어. 이걸 들이마셔. 그러면 네 생명이 유지될 거야.** 지금 나는 처음으로 산소를 마시고 있다. 너무나 기본적이고 너무나 좋은 것이다. 하지만 나는 또한 깨닫는다. 지금껏 얼마나 내가 그걸 필요로 해왔는지, 앞으로도 얼마나 필요로 할 건지 또 사라지는 걸 원치 않는지.

늦은 오후가 되자 해가 나무 뒤로 넘어갔다. 셰인이 말했다.

"뭐 좀 먹자. 그런데 가기 전에 오스틴 메순의 곡을 좀 듣고 싶은데."

"네?"

"네 노래 좀 들려줘."

"안 돼요, 못 해요. 그런 거 없어요."

"하나도?"

"그냥 조금씩 하다 말았어요."

"그럼 한 부분만 들려줘."

"못 해요."

"오스틴. 중요한 건 이런 거야. 쓰레기일 수도 있어. 진짜 쓰레기 말이야. 그런데 그래도 괜찮아. 그게 나니까."

나는 그 말을 생각해 봤다. 셰인이 빙그레 웃으며 내게 기타를 건넸다.

난 기타를 튕겼다. 그러고는 나지막이 지난 밤 이불 속 작곡 시간 동안 머릿속에 떠오른 노래를 불렀다.

오, 조지핀, 조지핀

간절한 내 애원을 들어줘,

누군가는 날 사랑해야 하잖아.

나일 순 없잖아.

난 거짓말쟁이, 사기꾼이니까

나조차도 날 못 견디겠어.

그래도 네가 떠나면

나는 끝이야.

그러곤 멈췄다.

"끝이야?"

"이게 다예요. 보통 이 정도밖에 못 써요."

셰인은 웃으며 고개를 끄덕였다.

"왜요?"

"조지핀이라…… 지난번 밤에 봤던 그 여자애구나?"

다시 한 번 질문이라기보다 단정에 가까운 말이었다.

"네."

셰인은 또 고개를 끄덕였다.

"진짜 조지핀 얘기도 제 얘기도 아니에요."

"어, 그래."

"그냥 노래에 그 이름을 쓴 것뿐이에요."

"그렇군. 좋은 이름이지."

나는 셰인의 말을 기다렸다.

"그래서…… 어떻게 생각해요?"

"넌 정말 특별한 뭔가가 있는 것 같아. 정말 가능성 있는 무언가 말이야. 계속 노력해 봐."

"노래 말이에요?"

"노래도 그 여자애도. 일어나. 가서 뭐 좀 먹자."

Ψ   Ψ   Ψ

우리는 업타운으로 차를 몰았다. 난 살짝 알딸딸했는데 셰인은 맥주를 그렇게나 많이 들이켜고도 말짱해 보였다. 그래, 살면서 본의 아니게 부모의 음주라면 볼 만큼 봐 왔다. 그래서 머릿속에 조그만 빨간 깃발이 펄럭였을지도 모른다. 그런데 이건 얘기가 다르다. 왜냐면 셰인 타일러니까.

우리는 어느 힙한 장소에서 밥을 먹었다. 반쯤은 식당이고 반쯤은 볼링장 같은 곳이었다. 화장실에 가느라 잠시 쉬며 문자를 확인했다. 그쯤 되니 애정이 담뿍 담긴 데다 기운을 팍팍 돋워 주는 엄마의 문자가 감동적인 숫자로 쌓여 있었다. 마지막 메시지에는 빌어먹을 내가 죽어 버리는 게 낫겠다, 그것 말고는 이 시점에서 답장을 안 하는 그럴듯한 딴 핑계를 댈 수가 없으니까. 라는 뜻의 이야기가 적혀 있었다. 그래서 엄마에게 답장을 해서 말해 주었다. 맞아요, 나는 죽었어요. 지금 나는 무덤 위에서 문자를 보내고 있어요. 지금쯤 엄마는 기분이 최악이겠지요. 내 유령은 데번네 집에서 저녁을 먹고 있어요. 좀 있다 돌아갈게요. 엄마가 나를 미워해도 그래도 난 엄마를 사랑해요. 당신의 못난 죽은 아들이.

탁자로 돌아가자 셰인이 펜을 돌리며 수표를 만지작거리고 있었다.

"그날 밤 말이에요, 무대에 서서 공연할 수 있었던 건 그때가 처음이었어요."

셰인이 펜을 기울였다.

"뭐? 설마."

난 관객이 있으면 아무것도 못 하는 내 문제를 죄다 얘기했다.

"왜 그런지 모르겠어요."

"난 알아."

셰인이 말하며 수표를 쓰기 시작했다.

"왜 그런데요?"

"왜냐면."

숫자를 더하느라 머뭇거리다가 셰인이 다시 말을 이었다.

"넌 그게 인생에서 유일하게 하고 싶고, 유일하게 **할 수 있는** 거라고 생각하니까. 그런데 알고 보니 **못 하는** 일일까 봐 두려운 거야. 그걸 못 하면, 너한테 뭐가 남겠어?"

세인은 화려한 글씨체로 서명을 했다. 그러곤 고개를 들어 나를 보며 펜을 건넸다.

"자, 가져. 이제 넌 나의 모든 지혜를 써 내려가게 될 거야. 이거 돈 주고도 못 사는 거다."

丫 丫 丫

차로 걸어가면서 세인이 말했다.

"공연 얘기가 나와서 말인데, 내일 에이미가 공연 때문에 시카고로 떠나. 그래서 오늘 밤에 우리 집에서 몇 명이 모이기로 했어. 에이미도 몇 곡 부르고 나도 부르고 다른 사람들도 부르고 다 같이 할 거야. 늘 하는 옛날식 축제지. 너도 올래?"

"그럼요."

"다른 사람 불러도 돼, 원한다면."

그래서 난 앨리슨에게 전화를 걸었다.

"오스틴!"

"안녕. 있잖아, 오늘 밤에 파티 같은 게 있는데……."

세인과 나는 가는 도중에 들러서 앨리슨을 데리고 가기로 계획을 세웠다. 저녁 8시에 도착할 예정이었다.

"여기예요."

앨리슨의 집에 도착하자 내가 말했다. 셰인이 길 한쪽으로 차를 댔다.

그러자 나는 조수석에 앉은 채 꼼짝도 하지 않았다.

"왜 그래?"

30초쯤 지나자 셰인이 물었다.

"저, 여기 말고 다른 데 가도 돼요?"

"물론이지. 무슨 일인데?"

"진짜 초대하고 싶은 사람이 누군지 방금 깨달았어요."

업타운 근처의 이층집

당신을 잘못 알았어요.♪
나도 잘못 알았죠.♩
하지만 당신이 내 곁에 있어 준다면♬
당신도 나도 새롭게 태어날 거예요.♪

"안녕. 재클린 누나, 맞지?"

"어…… 그런데?"

"다시 만나서 정말 반가워!"

"어…… 그래."

"난 오스틴이야."

"어…… 그래."

재클린은 문 앞에 서서 전과 똑같이 재미있다는 듯 경멸 가득한 표정으로 나를 보았다. 나는 따뜻한 미소로 화답해 주었다. 재클린은 화장한 얼굴로 머리를 만지작만지작하고 있었다. 정말 불가사의한 여자들의 행동이었다. 오늘 밤 데이트가 있는 모양이군, 나는 생각했다.

"오늘 밤 특히나 숨 막히게 아름답다고 한마디 덧붙여도 될까?"

"원하는 게 뭐야?"

"동생 집에 있어?"

재클린은 풉 코웃음을 치며 "기다려."라고 하더니 자리를 떴다.

꼼지락꼼지락. 서성서성. 한 바퀴 빙그르르. 지잉 휴대 전화가 울렸다. 앨리슨에게서 잔뜩 찡그린 얼굴의 이모티콘이 또 도착했다. 내가 문자를 보내 엄마 때문에 약속을 취소해야겠다고 한 뒤로 앨리슨은 이런 이모티콘을 다섯 개쯤 보냈다.

"안녕."

나는 움찔하며 잽싸게 전화기를 치웠다. 조지핀이 문 앞에 서 있었다. 조심스럽고도 어리둥절한 표정이었다.

"안녕! 잘 지내? 괜찮아?"

내가 물었다.

"그……런데?"

"좋아. 좋아."

"무슨 일로……?"

"음악 공연 보러 갈래?"

"뭐?"

"음악. 음악 말이야. 갈래?"

"지금?"

"응. 사실 파티 같은 건데 사람들이 노래도 하고 그럴 거야. 나랑 셰인 아저씨도 갈 거야. 셰인 아저씨하고 나."

나는 뒤쪽 갓돌에서 대기하고 있는 레인지로버를 가리켰다.

"아, 고마워. 근데 안 갈래. 고맙지만 괜찮아."

"진심이야?"

"어, 고마워. 늦기도 했고."

"12시까지는 올 거야. 아니 1시."

"고맙지만, 안 돼."

"무슨 규칙이라도 있는 거야? 이전 제자하고는 친하게 지내면 안 되는?"

"아니야, 그냥 안 돼. 통금 있단 말이야. 큰일 나. 지난번 일 때문에 이미 큰일 난 상태기도 하고."

"알았어."

셰인이 짧게 경적을 울렸다.

"그래, 진짜지?"

"그렇다니까. 고마워."

"그래."

나는 조지핀 뒤쪽을 힐끗 훑었다. 문에서 이어진 복도 저 끝에 재클린이 팔짱을 끼고 서서 우리를 지켜보고 있었다. 재클린은 감추려 하지도 않았다. 피식대는 비웃음을.

조지핀이 뒤를 돌아 내가 무얼 보는지 쳐다보고는 다시 나를 보았다.

우리의 눈이 마주쳤다.

"전화 가져올게."

조지핀이 말했다.

재난 상황이었다.

우리는 셰인의 차 안에 있었다. 내가 뒷자리에 앉고 조지핀이 앞에 앉았다. 차 안의 산소를 모두 잡아먹어 버린 유독성 어색함 때문에 질식해서 다죽을 판이었다.

조지핀네 집에서 이어지는 길을 걷기 시작한 그 순간부터 상황은 내리막길로 치달았다. 조지핀은 세 걸음을 걷다가 문자를 받더니 곧장 분노의 답장을 날렸다. 나는 조지핀 옆에서 나란히 걸어야 하나 말아야 하나를 고심하다 결국 절충안을 찾았다. 조지핀 바로 앞에서 걸었다. 그러다 뒤를 한 번 돌아보고는 말했다.

"파티 재미있을 거야."

조지핀은 아무 말 없이 그저 휴대 전화에서 눈을 떼고는 짧게 씁쓸한 미소를 지어 보였다. 그 순간 명백해졌다. 조지핀이 원한 건 가족에게 반항하는 것과 그래서 그들과 스스로에게 자신이 독립적이란 걸 증명해 보이는 게다였다. 따지고 보면 그다지 독립적이라곤 할 수 없는 결정이었다. 하지만 조지핀은 이제 자신의 선택에 옥죄어 나와 함께 어느 희한한 파티로 향했다. 게다가 조지핀도 나도 말했다시피 우리가 딱히 친구라고 할 수도 없었다. **괜찮아, 네가 가족들을 이겼어, 이제 돌아가도 좋아.** 조지핀에게 이렇게 말해 버릴까 하는 생각이 들었다. 하지만 그때쯤에는 이미 차에 도착해 버린 상태였고 셰인이 조지핀을 향해 조수석 문을 활짝 열고 반기고 있었다.

"안녕. 난 셰인이야."

셰인이 손을 내밀며 말했다.

"안녕하세요."

조지핀이 대꾸했다. 예의 바르지만 긴장되고 경계하는 모습이었다. 조지핀이 차에 타자 셰인이 왜 그래? 하는 얼굴로 나를 보았다. 나는 슬쩍 어깨를 으쓱해 보였다. 셰인은 차에 기어를 넣고 최선을 다해 조지핀에게 말을 걸었다. 공연 좋아하니? 연주하는 거 많이 봤어? 오스틴이랑 같은 학교 다니고? 조지핀은 불안한 목소리로 단답형 대답만 내놓고는 바로 입을 다물었다. 손으로는 여전히 전화기의 문자를 처리했다.

셰인은 거울로 나를 힐끗거렸다. 나는 다시 어깨만 으쓱했다.

나는 할 말을 찾길 바라며 뇌 속의 서랍이란 서랍은 모조리 뒤져 난장판을 만들었다. 셰인은 핸들을 툭툭 두드렸다. 나는 발을 꼼지락댔다. 조지핀이 불안해하는 게 눈에 들어왔다. 조지핀은 왼쪽 허벅지 위에 놓은 왼손을 천천히 돌려 주먹을 쥐더니 조그마한 공을 주무르듯 쥐었다 폈다를 반복했다.

"혹시…… 괜찮을까?"

셰인이 라디오를 가리켰다.

"네, 그럼요, 좋아요, 좋아요."

조지핀과 내가 기다렸다는 듯 대꾸하자 셰인이 라디오 스위치를 켰다. 이 끔찍한 순간의 관자놀이에 겨누는 자비로운 소총 한 자루였다. 그렇게 고통에서 해방됐다.

에이미가 현관문 앞에서 우리를 반겼다. 업타운 근처의 이층집이었다. 에이미는 셰인을 끌어안고 나를 끌어안은 다음, 조지핀이 내민 손은 아랑곳하지 않은 채 조지핀을 끌어당겨 꼭 껴안았다.

"셰인하고 오스틴 친구니까 당연히 안아 줘야지!"

"얘네들, 집 구경 좀 시켜 주지 그래?"

셰인이 말했다. 셰인은 어쩐지 신이 나 보였고 이 어색한 상황을 즐기는 눈치였다.

"물론이지."

에이미가 대꾸하더니 현관문에 걸린 낡아빠진 편자를 가리키며 왜 그런지 설명도 없이 지시했다.

"자, 먼저 이 편자를 만지세요."

우리는 편자를 만진 다음 안으로 들어섰다.

에이미는 쉴 틈 없이 생기발랄하게 이야기를 쏟아내며 위층, 아래층을 보여 주더니 우리를 집과 떨어진 차고 위의 안 쓰는 별채로 데리고 갔다. 에이미를 따라 사다리 같은 계단을 올라가니 소형 냉장고와 화구 하나짜리 가스 레인지가 딸린 미니 집이 나왔다. 너무 귀엽지 않니? 에이미의 말에 우리도 맞장구를 쳤다. 그리고 솔직히 아무 말 안 해도 될 구실을 만들어 주는 에이미에게 고마웠다.

집으로 돌아오자 사람들이 한꺼번에 도착한 모양이었다. 셰인은 사람들을 안아 주고 등을 두드리고 웃으며 바에서처럼 사람을 취하게 하는 기운을 내뿜고 있었다. 온 삶과 온 우주를 찬란하게 밝히는 그런 빛이었다. 사람들이 편자를 만지고 안으로 들어갔다. 목에 문신한 남자가 말했다.

"어, 이거 가져왔네!"

"항상 가지고 다니지."

셰인이 말했다.

공연에서 봤던 사람들도 많이 있었다. 그중 몇몇은 나를 알아보며 안녕, 그날은 잘하더라 같은 말을 했다. 처음 셰인의 스튜디오에 갔던 날 보았던 베이스 연주자 롭도 보였다. 뛰쳐나갔던 그 사람 말이다. 셰인은 롭도 다른 사람과 똑같이 대했다. 언제 악다구니를 쓰며 싸웠냐는 듯이.

"저 사람……?"

내가 에이미에게 말했다.

"맞아. 다들 셰인을 좋아해. 스튜디오에서만 안 그럴 뿐이지."

셰인은 주변 사람들에게 꼭 우리를 소개했다. 앨릭스, 이쪽은 우리 아들, 오스틴. 그리고 오스틴 친구 조지핀. 베키, 여기는 우리 아들……. 차에 탄 이후로 조지핀하고는 세 마디도 안 한 것 같았다. 위에서 우리를 내려다본다면 평행 파티 체험 중으로 보일 지경이었다. 같은 행사에 참여하고는 있지만 함께하지는 않는 그런 파티 말이다.

"자, 여러분, 모두 뒷마당으로 나갑시다."

셰인이 말하자 모두 부엌을 통해 뒷마당으로 갔다. 조지핀은 사람들을 따라가며 문자를 보내고 있었다. 셰인이 내 어깨를 감쌌다.

"괜찮아?"

"네, 네, 다 좋아요."

나무 담장과 늘어진 나뭇가지를 따라 크리스마스 스타일 전구가 걸려 있고 그 너머로 별들이 보였다. 사람들은 낡은 피크닉 벤치 세 개와 여러 가지 정원용 가구와 이미 야외용이 된 지 오래인 실내용 의자에 다닥다닥 붙어 앉았다. 모두 대략 반원형으로 배치돼 있었다. 에이미가 그 가운데에서 기타 줄을 맞췄다.

마당에는 낡은 소파도 있었다.

"너희 여기 앉아."

셰인이 말했다.

"아니에요, 앉으세요."

조지핀이 대꾸했다. 그런 다음 네가 앉아라, 아니다 네가 앉아라, 끝없이 협상이 오가며 누가 앉고 누가 설 것인지로 가능한 모든 조합을 만들어 냈다. 결국 셰인이 나와 조지핀을 마시멜로처럼 푹신한 소파 속으로 떠밀다시피 한 순간 에이미가 "안녕하세요, 여러분!" 하고 인사를 했다.

소파는 자그마했고(진짜로 2인용 러브시트였다.) 바닥에 엉덩이가 닿기 무섭게 우리는 서로 밀쳐내는 자석처럼 반대 방향으로 무심히 몸을 기울였다. 하지만 몸의 한 부분도 닿지 않고 앉기란 불가능했다. U자 모양으로 푹 파인 소파의 틀과 푹신푹신한 방석이 합심해서 우리를 가운데로 서로를 향해 몰아넣었다.

"와 주셔서 감사합니다!"

에이미가 말하자 모두 환호성을 지르며 박수를 쳤다. 그리고 맹세하는데 그다음엔 정확히 나와 조지핀을 향해 말했다.

"함께해 줘서 정말 기뻐요!"

♪♫♪ 🎧

한 사람이라도 기쁘다니 나도 정말 기뻤다.

"이제 잠시 후 시작하겠습니다."

에이미가 기타 줄감개를 비틀며 마지막 조율을 했다. 사람들의 낮은 웅성거림과 리드미컬하게 울리는 귀뚜라미 소리가 들렸다. 조지핀이 내뿜는 체온이 느껴졌다. 왼쪽 옆구리를 따라, 특히 내 왼 다리 쪽으로 느껴졌다. 우리의 허벅지는 1센티미터 남짓 떨어져 있었다. 조지핀이 슬쩍 자세를 바꾸려다 서로 엉덩이가 부딪히자 둘 다 티 내지 않으려 애쓰며 자리를 고쳐 앉았다. 조지핀도 나도 바깥쪽 팔을 팔걸이 위로 걸치고 구명보트에 매달리 듯 팔걸이에 딱 달라붙었다. 이렇게는 안 될 것 같았다. 화장실에 간다든지 음료수를 가져오겠다든지 말을 해야만 했다.

"나, 가서……."

그 순간 에이미가 노래를 시작했고 나는 모든 걸 잊고 말았다.

에이미의 목소리는…… 목소리는 빛이 났다. 가슴이 찢기는 고통과 간절함, 인생이 주는 모든 슬픔과 행복이 가득한 목소리였다. 일순간 모두 조용해졌다. 교회처럼 조용했다. 괜스레 움직여서 그 사랑스러움을 망치고 싶은 사람은 아무도 없었다.

나는 다른 세상으로 이동한 듯 황홀했다. 온 마음을 빼앗겼다. 촉촉하게 젖어서 반짝이는 내 눈을 조지핀이 볼까 봐 당황스러웠다. 조지핀이 곁에 있다는 사실에 울컥 화가 치밀었다. 그 아이가 거기 있는 건 내 잘못인데도 그랬다. 난 조지핀을 쳐다보고 싶은 충동과 싸웠지만 이내 손을 들고 말았다. 눈썹을 찡긋하며 눈을 치켜뜨는 조지핀의 눈길과 마주칠 걸 알면서도 바라보고 말았다.

그런데 아니었다. 조지핀을 바라보는 순간 가슴이 쿵 내려앉으며 깨달았다. 조지핀도 넋을 잃고 있었다. 조지핀의 어깨에 손을 얹고 싶었다. 그리고 말하고 싶었다. **이제 너를 알겠어, 잘 알겠어. 우린 서로를 이해해.**

그 순간 조지핀도 내 시선을 느낀 게 분명했다. 조지핀이 슬쩍 나를 보았다. 눈이 마주치자 조지핀도 나도 발가벗은 상태로 길 가다 마주친 사람들처럼 황급히 고개를 돌렸다.

서로에게 기대라는 소파의 다정한 응원과 맞서며 그렇게 앉은 채 몇 곡이나 흘렀는지 모르겠다. 박수를 칠 때면 팔이 마주 닿았다. 우리는 서로를 쳐다보지 않았다. 어쩌다 눈이 마주칠 때면 짧게 수줍은 미소를 주고받고는 둘 다 고개를 돌렸다.

에이미는 사랑에 빠지고 사랑이 끝나고, 누군가의 사랑을 바라고 또 바라지 않게 되는 그런 이야기들을 노래했다. 기타와 만돌린과 바리톤 우쿨렐레를 번갈아 연주했다. 우쿨렐레라고 하면 우스꽝스러운 소리가 날 거라고 생각하겠지만 에이미의 손을 거치면 여유롭고 숙연하면서도 힘 있는 소리가 탄생했다.

조지핀에게 좋은 냄새가 났다. 내게서 고약한 냄새가 나지 않기를 바랐다. 몰래 내 입 냄새를 맡아보았다. 아랫입술을 쭉 내밀고 콧구멍으로 숨이 향하도록 했다. 그런데 이런다고 알 수 있긴 한 건가?

"자, 셰인 타일러 씨, 이리 나오세요. 저랑 같이 한 곡 부르시죠."

에이미가 청하자 셰인이 대꾸했다.

"아, 갑니다. 에이미 애들러 씨."

셰인은 내 곁을 지나치며 내 어깨에 손을 얹고는 고개를 돌려 나와 조지 핀을 향해 윙크를 했다. 내가 조지핀을 바라보자 조지핀이 나를 향해 미소 지었다. 여전히 수줍은 미소였지만 이번엔 즐거움 비슷한 기색이 비쳤다.

셰인과 에이미는 에이미의 노래를 함께 불렀다. 반쯤 지났을까, 나는 깨달 았다. 조지핀도 나도 소파와 싸우는 걸 포기하고 서로에게 몸을 기대고 있 었다. 노래가 끝나자 에이미가 말했다.

"이제 당신 노래 중에 한 곡 불러 볼까요, 셰인 타일러 씨?"

"아, 그러죠. 에이미 애들러 씨. 그런데 세 번째 손님을 초대해도 될까요?"

에이미가 방울 소리처럼 웃었다.

"안 될 이유 없죠. 많으면 많을수록 더 즐거우니까요. 누가 나오나요?"

사람들이 모두 고개를 돌리며 호기심 어린 얼굴로 두리번거렸다. 조지핀 이 속삭였다.

"너야."

"오스틴, 나와서 같이 한 곡 할래?"

다들 나를 보고 있다는 걸 깨닫자 와락 당황스러움이 밀려들었다. 나는 셰인을 보며 고개를 가로저었다. 제발, 그냥 내버려 두세요.

"얼른! 가!"

조지핀이 나를 앞으로 밀었다. 내가 바라보자 조지핀이 용기를 주듯 고개 를 까딱했다. **얼른 나가!** 나는 일어서서 앞을 향해 걸어 나갔다.

"여러분, 오스틴 메순입니다."

셰인이 말하고는 내게 물었다.

"〈별빛에 어리어(Seeing by Starlight)〉 알지?"

"네, 그럼요."

"그거 만돌린으로 칠 줄 아니?"

머릿속으로 얼른 코드 전환을 떠올렸다.

"물론이죠."

우리 셋은 에이미를 가운데 두고 가까이 모였다. 에이미와 셰인은 기타를 들고 나는 만돌린을 들었다. 나는 노래의 중간 화음을 부르며 두 사람이 제안한 대로 만돌린 필을 연주했다. 어려운 부분은 없었다. 조지핀이 나를 바라보고 있었다. 동그랗게 뜬 눈은 반짝반짝 환한 빛을 내뿜고 입술은 살짝 벌어져 있었다. 가슴속에서 조그맣게 팡 터지는 느낌이 들어서 조지핀의 시선으로부터 숨어야 했다.

노래를 마쳤다. 다들 박수를 치는 가운데 에이미가 나를 안아 주었다. 소파로 돌아오자 조지핀이 다시 그 수줍은 미소를 보냈다. 나도 멋쩍은 얼굴로 마주 웃고는 자리에 앉았다.

"좋아요, 다음엔 누구죠?"

에이미가 말했다. 모인 사람들은 모두 뮤지션인 듯했다. 그렇게 에이미가 다른 사람과 노래를 부른 다음 셰인과도 함께 불렀다. 그러고는 셰인이 또 다른 누군가와 노래를 했다. 다 함께 한목소리로 노래를 부르다가도 조용하고 슬픈 노래가 나오면 정중히 들었다.

나는 다시 한 번 조지핀과 내가 얼마나 가까이 몸을 부딪치며 앉아 있는지 의식이 되었지만 아무렇지 않았다. 그런데 조지핀이 자세를 고치며 슬쩍 옆으로 멀어졌다. 그래서 나도 똑같이 했다. 조지핀과 몸을 접촉하려 한다는 인상을 주기 싫어서였다. 그러자 조지핀이 조금 더 옆으로 몸을 옮겼다. 그렇게 우리는 **이러면 상대가 어떻게 생각할까, 저러면 어떻게 행동할까**의 무한 고리에 갇혀 버렸다. 적어도 나는 그랬다. 이러다 전쟁이 일어나는구나 싶었다.

셰인이 〈렛잇비(Let It Be)〉를 먼저 부르자 조지핀이 따라 부르고 있다는 걸 깨달았다. 목소리가 좋았다. 에이미처럼 아름답고 세련된 목소리는 아니었지만 담백하고 음정이 정확하고 다정했다. 꾸밈없는 소리구나, 나는 생각했다. 그러자 내가 보는 걸 알아차리고 조지핀이 얼굴을 붉히며 입을 다물었다.

"와서 한 곡 더 같이 불러요."

에이미가 말했다. 그래서 에이미와 나는 밥 딜런의 〈당신이 떠나면 난 외로울 거예요(You gonna Make Me Lonesome When You Go)〉를 불렀다.

노래를 마치자 셰인의 표정에서 뭔가가 보였다. 지난밤에 보았던 것과 똑같은 내밀한 즐거움이었다. 머릿속에 **잠깐, 뭘 하려는 거지?** 하는 생각이 떠오르는 순간 셰인이 조지핀을 가리키며 말했다.

"네 차례야!"

조지핀의 눈이 동그래졌다. 조지핀은 "안 돼요, 안 돼요, 안 돼요, 안 돼요."라며 손사래를 쳤다.

"돼요, 돼요, 돼요. 노래 부르는 거 다 들었어."

"아니에요, 아니에요. 아는 노래 없어요."

"한 곡도 모르는 사람이 어디 있어. 오스틴, 둘이서 같이 부를 노래 한 곡은 생각해 낼 수 있지?"

"〈몇 번이라도(Time After Time)〉 어때?"

내가 물었다. 조지핀이 이 노래를 아는 걸 알고 있었다. 합창단에서 불렀기 때문이다.

"너무 창피해."

"너, 목소리 근사해."

셰인이 말했다.

"못 하겠어요."

"할 수 있어!"

그렇게 실랑이가 계속됐다. 하지만 상대는 셰인이었다. 거부할 수 없이 온 마음을 다해 진심으로 얘기했다. 그리고 마법 같은 밤이었다. 마법은 펼쳐졌고 조지핀의 승낙은 정해진 수순이었다. 관객들 모두 **얼른, 할 수 있어!**라고 외치자 에이미가 조지핀의 팔짱을 끼고 나도 같이 부르게 하며 거래를 끝내 버렸다.

그렇게 그 일이 일어났다. 에이미와 조지핀과 나는 셰인의 기타에 맞춰 〈몇 번이라도〉를 불렀다. 처음엔 주저하며 머뭇거렸지만 조지핀은 점점 힘을 냈다. 에이미가 나를 보며 웃는 게 느껴지더니 에이미는 점점 뒤로 빠지고 노래 후반부에 이르러서는 조지핀과 나 둘이서만 불렀다. 모두 우리에게 집중하고 모두 귀담아듣는 게 느껴졌다. 온 우주가 귀 기울이는 느낌이었다. 우리는 노래를 부르고 화음을 넣었다. 하지만 조지핀은 내게 눈길 한 번 주지 않고 바닥에 가사라도 쓰여 있는 양 내내 눈을 내리깔았다. 그러다 '네가 길을 잃으면 내가 거기 있을게, 네가 쓰러지면 내가 붙잡아줄게' 하는 부분에 이르자 조지핀이 고개를 들었고 우리는 서로에게 시선을 고정했다. 눈빛이 타는 듯 강렬했고 나는 목소리가 잠시 흔들렸다. 그러곤 조지핀도 나도 잔디 위 어딘가에 흩어진 가사를 찾아야 했다.

노래가 끝나고 소파로 돌아왔지만 우리는 서로 쳐다보지도 못했다. 몇 명이 더 노래를 부르고 마지막 곡으로 〈필요한 건 사랑뿐(All You Need Is Love)〉을 시끌벅적하게 부르며 마무리했다. 다들 일어서서 부둥켜안고 악수를 하는데 누가 내 어깨를 살짝 건드렸다. 조지핀이었다. 조지핀은 황급히 손을 거뒀다.

"나, 가야 해."

"그래, 가야지, 그럼. 어, 어떻게 해야 할지 생각해 볼게."

내가 더듬거리자 셰인이 말했다.

"내 차 타고 가. 아무 때나 가져다주면 되고."

에이미가 즉각 현장 음주단속을 실시했다. 내 양쪽 귀를 붙잡고 이렇게 말했다.

"후 불어 봐."

나는 입김을 불었다.

"술 마셨어?"

"아니요! 한 방울도 안 마셨어요!"

에이미는 한쪽 귀를 놓았지만 나머지 귀를 비틀기 시작했다.

"오스틴, 거짓말이면 나한테 죽을 줄 알아."

"한 방울도 안 마셨다니까요! 아! 놔요!"

"알았어, 그럼."

에이미가 내게 바싹 기대더니 속삭였다.

"저 여자애 진짜 마음에 든다. 가 봐."

조지핀네 집으로 가는 차 안에는 완전히 새로운 종류의 어색한 침묵이 감돌았다. 함께 노래를 부르게 되면서 어쩌다 보니 너무 멀리 가 버린 느낌, 너무 친밀한 일을 경험해 버린 듯한 그런 느낌이었다. 그냥 친밀한 것보다 훨씬 더 친밀한 무언가 말이다.

빙하기 같은 2세기가 흐른 뒤 마침내 조지핀이 말문을 열었다.

"음…… 셰인 아저씨 얘기 좀 해 줘."

몇 킬로미터, 몇 분이라도 때울 방법이 생겨서 고마웠다. 나는 조지핀에게 셰인이 우리 집 현관 앞에 처음 나타난 이후 있었던 모든 일과 내가 셰인에 대해 아는 모든 것과 어릴 때부터 지금까지 내내 엄마가 거짓말을 해 왔다는 것까지 다 들려주었다.

"엄청나다, 오스틴."

"그래, 물론 진짜 내 아빠가 아닐 가능성도 있어."

조지핀은 잠시 말이 없더니 입을 열었다.

"아니야, 너희 아빠야."

다시 침묵이 이어졌다.

조지핀네 집에 도착하자 나는 차를 세웠다.

"그럼……."

"그래, 그럼……."

"정말 재미있었어."

"응."

"초대해 줘서 고마워."

"그래, 그래. 와 줘서 고마워."

라디오가 흘러나오고 있어서 적어도 소리 없는 침묵은 아니었다.

"나중에 또 만날까?"

내가 물었다.

"응, 그래."

"내일 뭐 해?"

조지핀이 피식 웃었다.

"내일은 안 돼. 전화 돌려야 해. 모금 운동."

"그렇군."

그래.

그래.

가야 할 시간이었다.

라디오의 노래가 끝나가고 있었다.

조지핀은 가야만 했다.

하지만 그대로 있었다.

노래가 끝났다. 수프얀 스티븐스의 〈가보(Heirloom)〉가 시작됐다. 이 노래 진짜 별론데. 하고 말하려던 참이었는데 문득 세상 가장 아름다운 노래처럼 느껴졌다. 마치 내게 길을 알려 주는 노래 같았다. 노래는 이렇게 말했다. **지금, 바로 지금이야. 망설이지 마.** 그리고 조지핀도 나도 알고 있는 것 같았다. 우리는 서로를 향해 몸을 돌렸다. 그리고 입을 맞추었다.

우리는 키스했다. 조지핀의 입술은 부드러웠다. 내 손이 조지핀의 얼굴을 감쌌다. 조지핀의 따뜻한 손이 내 몸에 와 닿았다. 벼락을 맞은 듯한 느낌이었다. 온몸이 떨렸다. 우리는 키스를 하고 또 키스를 했다. 난 눈을 감았다. 조지핀의 체온, 숨결, 머리칼의 향기가 느껴졌다. 별의 바다를 둥둥 떠다니는 느낌이었다.

별안간 조지핀이 멈추었다. 조지핀은 멈추며 물러나더니 내 가슴에 손을 댔다. 뒤로 물러나 몸을 젖히고는 나를 바라보았다. 그러더니 잠깐만, 조지핀이 몸을 돌려 차 문을 열었다. 잠깐만, 차 밖으로 나가 문을 닫았다. 잠깐만, 집으로 이어진 길을 따라 걸었다. "잠깐만." 내가 말하자 조지핀의 발걸음이 빨라지며 뜀박질로 변했다. 조지핀은 이내 현관 앞에 도착했다. "잠깐만!" 문이 열렸다. "조지핀, 잠깐만!" 조지핀이 안으로 들어가고 문이 닫혔다. 조지핀이 가 버렸다.

―

반쪼가리들

난 보이지 않는 걸 믿어요.♫
난 당신과 날 믿어요.♪ 난 믿어요.♩
난 우리가 함께일 걸 믿어요.♫

"그 사람 어디 있어?"

"누구……?"

"그 사람 어디 있냐고!"

잠에서 깨는 진짜 끔찍한 방법 하나 : 엄마가 난폭하게 너의 어깨를 흔들며 얼굴에 대고 악을 쓰는 것.

"왜 이래요? 무슨 일이에요? 뭔 일 났어요?"

"그 사람. 어디. 있냐고!"

내가 잠든 사이 나가서 제 할 일을 하던 갖가지 내 의식의 요소들이 본부로 돌아와 뇌를 가동하려고 여전히 몸부림치고 있었다.

"엄마, 누구…… 왜 이러는데요, 누가 어디 있다고."

"허튼수작 부리지 마! 셰인 어딨어?"

"셰인이요? 셰인이 여기 왜 있어요. 무슨 말이에요?"

"그럼 그 망할 놈의 차가 왜 여기 있어?"

으, 제기랄. 차. 맞다. 조지핀의 집에서 차를 몰고 돌아와 (당혹스러움 4분의 3에 사랑에 취함 4분의 1이 섞인) 몽롱한 정신으로 집 앞에 차를 세웠다. 엄마가 눈치채지 못하게 날이 밝기 전에 일어나 수학 수업에 몰고 갔다가 다시 일을 하러 갈 계획이었다. 하지만 실패였다.

"그 망할 놈의 차가 왜 여기 있냐니까?"

첫 번째 교훈 : 당혹스럽거나 사랑에 취했을 때 혹은 둘 다일 때는 작전을 짜지 말 것.

"몇 시예요?"

나는 알람시계를 넘겨다보았다. "이런, 망할!" 나는 침대에서 벌떡 일어나 방을 뛰쳐나온 뒤 복도를 달렸다. 엄마가 바싹 뒤쫓아 왔다.

"도대체 무슨 일이냐고!"

"엄마, 문 좀 닫아요! 오줌 누잖아!"

"그 인간 차가 왜 여기 있냐고?"

"엄마, 자꾸 이러면 엄마한테 쌀 거예요."

엄마에게서 몹시 충격적인 발언이 되돌아왔다. 정말 그랬다간 엄마가 내게 어떤 짓을 할 것인가에 관한 것이었다.

"맙소사, 엄마!"

"진짜야! 그 인간 어디 있어?"

"여기 없다고요! 그냥 차만 갖고 온 거라고."

"그 인간이랑 어울렸어? 그 인간이랑 같이 있었다니. 내가 그냥……."

어마어마하게 참혹하고도 불알이 쪼그라드는 묘사가 이어졌다. 어떤 충격

♪♫ ∩

적 처벌이 셰인을 기다리고 있는가에 관한 것이었다.

"엄마!"

"빌어먹을 어제 무슨 일이 있었던 거야! 어젯밤에 어디 있었어? 도대체 뭘 한 거냐고!"

어젯밤에 뭘 했냐고? 그 모든 일이 정말 일어나긴 한 걸까? 그럴 리가. 있을 수 없는 일이다. 모두 꿈이었다. 내가 만들어 낸.

"묻고 있잖아!"

"엄마!"

이런 상황은 그 후로도 몇 분간 계속됐다. 내가 옷을 휙 집어 들 때도 ("대답해!" "바지 입는 중이잖아요!"), 아래층으로 향할 때도 ("어디 가?" "아침 먹으려고요!"), 조리대 앞에 서서 그릇에 시리얼을 조금 쏟은 다음 입으로 밀어 넣을 때도 마찬가지였다. 엄마는 딱 붙어 서서 나를 달달 볶았다.

엄마(시리얼 그릇을 휙 치우자 우유와 콘플레이크가 리놀륨 바닥에 철퍼덕 흘러넘친다.) : "사람이 말을 하면 쳐다봐야지! 그 차 어떻게 갖고 온 거야?"

나(시리얼을 가득 문 입을 가리키며) : "음! 으음 음, 음!"

나는 시리얼 상자를 들고 쌩하니 문밖으로 빠져나왔다.

"수업 갔다가 일하러 가야 해요! 계약 사항이잖아요!"

그러고는 차에 올라탔다. 엄마가 차 유리를 쿵쿵 두드렸다.

"얘기해야 할 거야!"

"사랑해요!"

"그 인간한테 말해. 죽여 버린다고."

"사랑해요, 갈게요!"

끼이이익!

영화 〈분노의 질주〉 스타일로 후진을 하며 진입로를 빠져나와 가속페달을 밟았다. 엄마가 보닛 위로 뛰어올라 앞 유리창을 주먹으로 뚫은 다음 내 가슴에서 심장을 꺼내기 직전이었다.

ᛉ ᛉ ᛉ

어젯밤 집에 도착했을 때 나는 조지핀에게 문자를 보냈다.

별일 없어?

내가 보낸 메시지는 이게 다였다. 자제하느라 그랬다고 말하고 싶지만 실은 답장을 기다리는 동안 음악이 쏟아져 내리며 잠이 들었다. 이미 수학 수업에 늦었지만 불안함이 너무 커진 나머지 차를 세우고 문자를 하나 더 보냈다.

다 괜찮은 거지?

조지핀이 답장을 보내길 바라며 길가에서 기다렸다. 몇 분이 지났다. 답은 없었다. 나는 욕을 하며 차에 기어를 넣었다.

수학 수업은 특별히 더 고통스러웠다. 전화를 확인해 보고 싶어 죽을 지경이었기 때문이다. 하지만 수업에는 학생이 고작 일곱 명뿐이었고 몽땅 문제아로 소문난 아이들이어서 웨스트팔 선생님의 시선에는 한 치의 흔들림도 없었다.

수업이 끝났다. 연락은 없었다. 오늘 잔디를 깎을 사무 지구에 도착했다. 다른 사람들은 이미 모두 잔디와의 선한 싸움을 벌이고 있었다. 문자는 없었다.

나는 즐거움 가득한 켄트의 트레일러에서 잔디깎이를 내린 다음 일을 나섰다.

기계를 밀다 말고 30초마다 전화기를 확인하는 바람에 잔디 위를 왔다 갔다 하는 진행이 툭툭 끊겼다. 그러면 안 되는 걸 알면서도 참을 수가 없었다. 나는 문자를 또 보내기 시작했다.

화났어?

별일 없어?

제발 얘기 좀 할래?

멀리서 켄트가 지켜보는 게 눈에 들어왔다. 그래서 이를 악물고 매번 줄 끝의 반환점까지 가기를 기다렸다가 답장이 왔나 확인해 보았다. 하지만 족히 1,000평은 지나는 동안 아무런 답이 없었다. 또 1,000평이 지나갔다. 갓 깎은 잔디밭이 한 구역씩 펼쳐질 때마다 나의 고통은 깊어만 갔다.

무슨 일이 일어났을지는 뻔했다. 조지핀은 제기랄 잠시 이성을 잃었다는 걸 깨닫고 지난 밤 비명을 지르며 잠들었다가 오늘 아침 일어나 남아 있던 비명을 마저 내질렀다. 그러고는 아무리 샤워를 해도 내 손이 닿았던 역겨운 기억을 지울 수가 없어서 지금 이 순간 맥베스 부인에 빙의한 채 강박적으로 분노의 양치질을 하며 내 키스를 벗겨 내려고 기를 쓰고 있을 것이다.

조지핀이 내게서 멀어져 가던 순간을 재생하고 또 재생했다. 반복할 때마다 조지핀의 표정은 점점 심각해졌다. 한 장면을 열 가지 버전으로 찍었다. 혼란스러움. 아니. 두려움. 아니. 노여움. 아니. 격분. 아니. 간신히 억누르고 있는 토 쏠리는 혐오다.

"조지핀은 날 싫어해!"

내가 악을 쓰자 근처 나무에 있던 다람쥐 한 마리가 놀라 자빠지며 쳐다봤다.

"날 싫어한다고!"

다람쥐를 향해 다시 한 번 외쳤다. **어머나, 세상에.** 다람쥐가 생각했겠지. 뭐 무슨 생각을 했건 간에 다람쥐는 결심했나 보다. '괴성을 발사하는 인간과 나 사이에 나무 몇 그루는 더 있는 게 좋겠어.'라고.

계속 잔디를 깎았다. 태양은 높아만 가고 기온과 나의 절망도 따라서 높아졌다.

전화가 울렸다. **왔다!**

전화기를 휙 꺼내서 허둥지둥 더듬다가 기계 밑으로 떨어뜨릴 뻔했다.

아니야! 엄마잖아!

저녁은 집에 와서 먹길 바란다. 설명해야 할 게 많을 거다.

알았어요, 엄마. 알았다고요. 아무 문제 없어요. 걱정 마세요.

분노의 잔디 깎기. 우울의 잔디 깎기. 부정의 잔디 깎기. 죽음의 잔디 깎기를 대하는 다섯 단계 중 네 단계를 거쳤다. 수용의 단계는 건너뛰었다. 점심시간에는 다른 사람들과 멀찍이 떨어진 벤치에 앉아 볼로냐소시지 샌드위치를 먹었다. 여러 감정이 매우 복잡하게 뒤섞여 결과적으로 이런 맛이 났다. 오, 신이시여 어찌하여 저를 증오하시나이까 어째서 조지핀의 전화를 허락하지 않으시나요. 나는 전화기를 꼭 붙들고 뚫어져라 쳐다보며 스스로에게 어기면 죽여 버리겠다는 높은 수준의 명령을 내렸다. 문자 또 보내지 말 것. 안 돼 안 돼 안 돼, 절대, 맹세코, 무슨 일이 있어도, 말도 안 돼, 차라리 죽어 버릴 거야, 알았어 딱 한 번만.

제발 대답 좀 해.

3분 뒤 조지핀이 문자를 보냈다. 차라리 안 보내는 편이 좋을 뻔했다.

오스틴, 미안해. 파티 정말 재미있었어. 초대해 줘서 고마워. 그런데 어젯밤엔 내가 정말 큰 실수를 한 것 같아. 시간이 필요해. 미안.

실제로 한 대 얻어맞은 기분이었다. 배를 발로 걷어차인 느낌이랄까. 벤치에 앉아 숨을 몰아쉬며 덜덜 떨리는 손으로 문자를 읽고 또 읽었다. 그때 켄트가 내 앞에 서 있다는 걸 깨달았다. 켄트는 허리에 손을 얹고 특유의 감독 같은 웃음을 짓고 있었다.

"무슨 일이야? 여자 친구랑 싸우기라도 했나?"

그리고 고작 5분 뒤의 일이었다. 나는 전속력으로 셰인의 차를 몰며 말했다.

"그만둘게요."

૪ ૪ ૪

내가 다가가자 엔지니어 에드가 음향 모니터링 실에서 복도로 나오고 있었다.

"어이, 안녕."

"안녕하세요. 어디 가세요?"

"담배 피우러. 어쩌면 술도 한잔하고."

"네, 셰인 있어요?"

"물론이지, 내가 한잔하려는 이유가 바로 그거니까."

"무슨 일 있었어요?"

"무슨 일이 있었냐고? 아무 일도 없었지. 그게 바로 문제지. 넌 혹시라도 밴드는 하지 마라, 알았지?"

"네?"

"아무것도 아니다. 난 가서 담배나 피워야겠다."

나는 모니터링 실로 들어가 침침한 불빛에 눈을 적응시켰다. "아저씨?" 셰인은 없었다. 창문 너머를 들여다봤지만 녹음실에도 아무도 안 보였다. 당황스러운 마음에 셰인이 몰래 다른 길로 도망친 건 아닌가 하는 생각을 하며 잠시 그 자리에 서 있었다. 막 나가려다 말고 녹음실을 확인해 보기로 마음먹었다.

생각보다 훨씬 넓은 공간이었다. 축구장 절반 정도 되려나, 어둑어둑한 불빛과 벽하고 천장을 덮은 시꺼먼 방음재 때문에 정확한 크기를 가늠하기 어려웠다. 잠시 뒤 바닥 한가운데에 눈을 감고 누워 있는 셰인이 눈에 들어왔다.

"아저씨?"

셰인은 눈을 뜨고 고개를 돌려 나인 걸 확인하더니 다시 고개를 원위치시켜 눈을 감았다.

"왔어? 차 가지고 왔니?"

"네."

"고마워."

"뭘요."

"어젯밤엔 재미있었지?"

"네."

"와 줘서 즐거웠다."

"네, 초대해 주셔서 감사해요."

"조지핀도 재미있었대?"

"네. 어쩌면 아닐 수도 있고요. 잘 모르겠어요."

"복잡한 것 같네."

"조금요."

"원래 그래."

"맞아요."

나는 아직도 반쯤 열린 묵직한 방음문을 붙잡고 문 앞에서 몸을 기울이고 있었다. 녹음실 안으로 들어가야 하는지 핑계를 대고 돌아가야 하는지 판단이 서지 않았다.

"저기…… 아저씨?"

"응."

"괜찮아요?"

"아니. 꼼짝도 못 하겠어."

"왜요? 넘어졌어요? 다쳤어요?"

"아니, 그런 말이 아니라. 좀 더 내 실존에 가까운 문제지."

"아."

"맞아. 꼼짝을 못 하겠어. 다 끝났어."

"뭐가요?"

"몽땅 다. 이거 말이야."

셰인은 손가락으로 삐뚤빼뚤 천장을 가리켰다.

"녹음이요?"

"맞아. 다 끝났어. 끝장이야. 배리 인내심이 폭발 직전이라고 에드가 말했었지? 배리 인내심이 폭발해 버렸어. 배리 탓이 아니야."

나는 안으로 들어갔다. 내 뒤로 문이 닫히며 공기 차단 장치가 공기를 훅 빨아들이는 소리가 들렸다.

"배리가 손을 떼 버렸어요?"

"그렇지. 손. 손을 뗐지."

"진짜요? 어떻게 그럴 수가 있어요?"

"애초에 손을 내민 사람도 배리니까 손을 떼는 것도 전적으로 그 사람 권한이지. 배리 돈이잖아. 배리 맘이고."

"그래도⋯⋯."

"그게 배리야."

"그게 무슨 말이에요?"

"배리는 그런 사람이야. 어느 날 베벌리힐스 자기 집 수영장에 앉아서 전화를 해서는 '어이, 스튜디오로 들어가.' 하고 말하는 사람. 또 여전히 수영장에 앉아서 전화를 걸고는 '저녁 8시까지 괜찮은 것 좀 보내 봐. 안 되면 스튜디오에서 나가고.' 그러는 사람. 진짜 배리가 한 말이야."

"그럼 뭐라도 보내요!"

"바로 그게 문제야. 뭐라도 보낼 게 없어. 아무것도 없어."

"그래도……."

"지난번에 내가 공연할 때 그중에 몇 곡이나 아는 노래였어?"

"전부 다요."

"그렇지. 한 곡 한 곡 다 알지. 그게 무슨 뜻인 것 같니?"

"그래도 여기 온 지 꽤……."

"3주 됐지. 그런데 아무것도 없어. 한 게 하나도 없다고. 여기 온 이후로 아무 일도 안 일어났어."

"아무것도 안 했어요? 3주 동안?"

"흠……. 수도 없이 싸우고 머저리 짓을 했지. 그것도 아주 많이."

"그래도……."

"꼼짝도 못 하겠다는 말 못 들었어? 쓰다 만 노래만 한 트럭이야. 그렇게 쓰다 만 와중에도 죄다 쓰레기 같아서 더 나갈 수도 없어."

"반쪼가리."

입 밖으로 낼 생각도 없던 말이 튀어나왔다.

"'반쪼가리'라 그랬어? 맞아. 난 그거밖에 없어. 반쪼가리들. 그나마 건질 만한 게 하나는 될까."

"그럼 그거라도 보내요!"

"숨겨 둔 밴드라도 있어?"

"그냥 솔로로 녹음하면 안 돼요?"

"배리는 완성된 곡을 원해, 오스틴."

마침내 셰인이 나를 바라보았다.

"데모 축에도 못 끼는 어설픈 데모가 아니라."

"그럼, 뭐가 필요한데요?"

"밴드가 필요하지. 드러머, 베이스 주자, 리듬 기타 주자. 기타 등등."

"아는 뮤지션 많잖아요!"

"많지. 그런데 그 사람들도 나를 잘 알거든. 그게 문제야. 솔직히 말하자면 나도 이젠 나랑 일하기 싫어."

"그럼 그······."

"드럼 머신 얘기라면 꺼내지 마. 난 드럼 머신 안 써. 진짜 드러머가 필요하다고. 그리고 다른 것도 다. 그것도 한 시간 안에."

"제가 구해 볼게요."

"잘됐네. 난 여기서 기다릴게. 드러머 한 명, 기타리스트 한 명······."

"화음 넣을 여자애 한 명은 어때요?"

"좋지, 왜 안 되겠어. 관악 파트도 부르고, 현악 파트도 부르고. 전부 다 데려와."

"진지하게 하는 말이에요."

"그것참 환상적이네."

"진짜라고요! 여기 꼼짝 말고 있어요! 한 시간 안에 올게요. 최고들로 두 명 데리고!"

문이 닫히며 셰인이 부르는 소리가 들렸다.

"오스틴, 잠깐만."

하지만 난 이미 출발한 뒤였다.

우리랑 밴드 해 봐요

내 등에 다시 얹어요. ♩
내가 지고 갈게요, 내가 지고 갈게요. ♩
내가 지고 갈게요, 당신을 위해 ♪
당신도 업고 갈게요. ♫

사무실 건물 주차장을 가로질러 잔디밭을 만나는 곳까지 차를 몰았다. 켄트의 트럭과 트레일러가 근처에 있었지만 사람은 아무도 안 보였다. 그러다 잔디 저 끝, 15킬로미터는 떨어져 보이는 곳에 작은 형체가 기계를 밀고 있는 게 눈에 들어왔다. 나는 다시 한 번 사방을 둘러보며 켄트가 있는지 확인한 다음 차에 기어를 넣고 슬쩍 보도를 타 넘어 잔디 위로 올랐다.

가장자리 쪽에 붙어서 차를 몰며 잔디밭을 건넜다. 속력이 올라 잔디 뗏장이 뜯기지 않도록 조심했다. 작은 형체는 조금씩 커지더니 잔디깎이를 밀고 있는 토드라는 확신이 들 정도로 크기가 커졌고 마침내 100퍼센트 확실해졌다. 나는 중간 정도로 속도를 올렸다.

토드는 내가 다가간 지 족히 5초는 지난 뒤에야 내가 왔다는 걸 깨닫고 뒤늦게 흠칫 놀라며 기계를 멈췄다. 나도 토드와 동시에 멈춰 섰다. 토드는 나를 물끄러미 쳐다보더니 몸을 틀어 내가 지나온 길을 바라보며 내가 끼친 피해 상황을 확인한 다음 헤드셋을 벗었다.

"무슨 짓이야?"

자동차와 잔디 깎는 기계가 경쟁하듯 쏟아내는 소리 위로 토드가 외쳤다.

"잔디 다 망쳤잖아! 거의 다 했는데!"

"완전히 끝내고 싶어?"

"도대체 뭔 소릴 하는 거야?"

"뭔 소리냐 하면, 훨씬 더 재미있는 게 있다는 소리지."

ᛉ   ᛉ   ᛉ

차를 타고 가면서 창문은 내내 열어 두었다. 토드에게서 거의 온종일 어마어마한 잔디를 깎은 사람 냄새가 났기 때문이었다.

조금 전 푸르른 잔디 위에서 나는 토드를 향해 같은 요청을 세 번이나 되풀이해야 했다. 그러고는 결국 차창 밖으로 상반신을 기울여 손을 아래로 뻗은 다음 잔디깎이의 엔진을 꺼 버렸다.

"내 말은, 지금 당장 진짜 녹음 스튜디오로 가서 진짜 실제 유명인하고 진짜 노래에 맞춰 드럼을 쳐 달라는 거야."

토드가 여전히 얼떨떨한 표정으로 나를 바라보기만 하자 내가 말했다.

"잘 들어, 내 생각은 이래. 넌 만돌린 때문에 나한테 4,000달러를 빚졌어. 지금 가서 이번 녹음에 드럼을 쳐 주면 계산 끝인 걸로 해 줄게."

"진짜 녹음 스튜디오에서 드럼을 치라고?"

"응."

"지금 당장?"

"지금 당장."

우리는 기계를 잔디밭 한가운데에 그대로 놔두었다. 토드는 한마디도 더 묻지 않고 레인지로버 앞을 빙 돌아 조수석에 올라타면서 말했다.

"가자."

우리는 말이 없었다. 신호등 앞에 멈췄을 때 토드가 한 번 물은 게 다였다.

"거기 드럼 세트 있어? 내 건 2년 전인가 아빠가 열 받아서 내다 팔아 버렸어."

"거기 있어. 아직 칠 수 있을 것 같아?"

"제기랄, 당연하지. 그럴 것 같아."

그 외에는 다음 목적지 주차장에 차를 세울 때까지 침묵이 이어졌다.

"여기 어디야? 이게 스튜디오야?"

토드가 물었다.

"아니, 금방 올게."

중간 규모의 야외 쇼핑몰이었고 건물 앞쪽에 비스듬히 주차했다. 냉동 요구르트 가게와 제과점 사이 점포 차양에 린달 선거운동 본부라고 쓰인 간판이 달려 있었다. 커다란 색유리 창에도 비슷한 글귀의 판박이가 붙어 있었다. 나는 창에 이마를 기댄 채 손을 얼굴 양쪽에 둥글게 대고 안을 들여다보았다. 한때는 가게였는지 몰라도 그런 흔적은 찾아볼 수 없었다. 그저 커다랗고 네모난 방이었다. 벽에는 선거 포스터와 지도가 붙어 있었다. 기다란 접이식 탁자가 두 개 놓여 있었는데 결혼식장 뷔페 탁자로 쓰는 그런 종류였다. 탁자에는 스물다섯 명 정도의 사람들이 앉아서 헤드셋 전화기에 대고 이야기를 하며 노트북에 타자를 치고 있었다. 대부분 교외의 중산층 중년 여성들이었고 20대로 보이는 남자 한 명도 눈에 띄었다. 후보자는 보이지 않았다.

그리고 저기.

조지핀이 있었다.

안으로 들어가자 여자들 몇몇이 호기심 어린 눈으로 나를 쳐다봤다. 토드의 잔디 냄새가 내게 옮겨 붙은 듯한 느낌이 들었다. 한 명뿐인 남자가 통화를 마치고는 엉거주춤 일어섰다.

"무슨 일로……?"

"저는 그냥……."

나는 이 말로 충분하길 바라며 조지핀을 가리켰다. 조지핀은 전화기에 대고 이야기를 하느라 아직 나를 알아채지 못한 상태였다. 사무실 안의 다른 목소리들 사이로 원고를 읽는 조지핀의 목소리가 들렸다.

"……선생님의 지속적인 지원을 소중하게 여기며 선생님의 도움으로 기금 마련 목표를 달성할 수 있기를 바랍니다."

나는 옆으로 슬쩍 움직여 조지핀의 시야에 내가 들어올 때까지 살짝 몸을 기울인 다음 손을 들었다. 조지핀은 화들짝 놀라며 눈이 휘둥그레졌다.

"여러 가지, 어, 여러 가지 수준의……."

호객 행위를 하던 조지핀의 목소리가 잠시 흔들렸지만 조지핀은 이내 내게서 시선을 거두어 다시 노트북의 원고를 바라보며 하던 일로 되돌아갔다.

"여러 가지 수준의 지원 방법을 선택하실 수 있습니다."

나는 그대로 서서 주머니에 손을 꽂고 이리저리 발을 옮겼다. 다른 여자들은 신경 쓰지 않으려 애썼다. 조지핀은 이제 전화기 너머 상대편의 말을 듣고 있었다. 네에 네에, 으음 으음 대꾸를 하며 나를 향해 **젠장 여기서 뭐 하는 거야?** 하는 험상궂은 표정을 지었다.

얘기 좀 해! 내가 입 모양으로 말하자 조지핀도 입 모양으로 **뭐?** 하고 말했다. 내가 방금 입 모양으로 한 말을 또 하려 하자 조지핀이 한 손을 들어 나를 막으며 말했다.

"음, 린달 후보는 부유층 증세가 역효과를 낼 거라는 입장입니다. 네네, 맞아요."

조지핀은 **네네**와 **맞아요**를 연발하며 의자를 뒤로 밀더니 일어서서 내 쪽으로 걸어왔다. 여전히 수화기 너머 사람의 이야기를 듣고 있던 탓에 시선은 반쯤만 내게 고정했다. 조지핀이 나를 향해 다가오자 나는 나머지 사람들과 우리 사이에 간격을 좀 만들려고 뒤로 물러나서 사무실 앞쪽 구석까지 간 다음 창문을 등지고 섰다. 내 옆으로 가까이 다다르자 조지핀은 헤드셋 옆의 음 소거 단추를 누르고 말했다.

"여긴 왜 왔어?"

"네 도움이 필요해."

내가 말을 하려는데 조지핀이 내 말 중간에 이야기를 했다.

"죄송해요. 딴 사람하고 얘기하는 중이었어요. 아니에요. 듣고 있습니다.

네."

조지핀은 다시 한 번 심문하는 듯한 눈길로 쏘아보았다.

"네 도움이 필요하다고. 지금 당장."

내가 되풀이했다.

"네, 린달 후보도 삶의 신성함을 깊이 믿고 있습니다."

조지핀이 이야기하더니 다시 음 소거 단추를 누르고 작은 마이크를 손으로 가리며 속삭였다.

"무슨 말이야? 나 일하고 있잖아!"

"더 중요한 일이야!"

"네, 개념상으론 그렇습니다."

조지핀이 특유의 친근하고도 안심이 되는 목소리로 말했다. 그러더니 다시 속삭였다.

"여기서 나가 줄래?"

"와서 노래 좀 해 줘……."

"동성 결혼이요? 음, 린달 후보는 동성 결혼에 대해 도덕적으로 반대하는 입장이지만 이 나라의 법률을 존중합니다."

"스튜디오에서 셰인이랑."

"노래?"

"그래, 스튜디오에서! 셰인이랑!"

"괜찮아, 조지?"

한 명뿐인 남자가 물었다.

"괜찮아요, 댄. 죄송합니다. 선생님. 네, 듣고 있어요. 맞아요, 도덕적으로는 반대하지만, 네네, 그렇습니다."

"내 말 좀 들어 봐."

나는 조지핀이 헤드셋에 대고 말하지 않는 동안 다 말해 버리려고 재빨리 얘기했다.

"어젯밤에 내가 잘못한 게 있다면 미안해. 날 좋아할 필요도 없어. 오늘 이후로 나하고 말 안 해도 괜찮아. 그게 네가 원하는 거라면. 오늘 안 해도 돼. 그런데 이건……."

"네, 선생님. 맞습니다. 네."

"이건 비상 상황이야. 녹음 문제라고. 네가 필요해. 셰인이 널 필요로 한다고."

"장난해?"

"아니야!"

"나더러 노래를 하라고. 그것도……."

"스튜디오에서. 그래. 네가 노래를 해야 해."

"셰인 아저씨라면 그런 사람 백만 명은 알 거 아니야. 그런 거 직업으로 하는 사람!"

"가능한 사람이 아무도 없어!"

"지금 못 가! 네? 아닙니다, 말씀드렸다시피, 개인적인 차원에서는 도덕적으로 반대…… 아, 선생님. 그런 표현은 매우 적절치 못하신 것 같습니다."

조지핀은 잠시 듣고만 있었다. 내가 입을 벌리자 조지핀이 검지를 들어 올리며 내게서 약간 고개를 돌렸다.

"선생님 감정은 이해합니다. 그렇지만 그 표현은 적절치 못한 것 같습니다."

조지핀의 목소리가 커지며 날카로워졌다. 여러 사람이 이쪽으로 고개를 돌렸다. 댄은 의자에 비스듬히 앉아 손톱을 물어뜯으며 우리를 지켜보았다.

"조지."

댄이 말했지만 조지핀은 아랑곳하지 않고 눈썹을 치켜세우며 헤드셋 속의 목소리에 귀를 기울였다.

"조지핀, 제발. 만약 네가……."

내 말에 조지핀은 이제 검지 대신 손바닥 전체를 들어 올렸다. 뭘 듣는 건지 몰라도 여전히 집중하고 있었다.

"음, 개인적으로는 그렇다는 뜻입니다. 그런 말씀은 매우 모욕적이란 생각이 드는데요."

"조지."

댄이 다시 조지핀을 불렀다. 조지핀이 이번엔 댄을 향해 손바닥을 들었다. 다가오는 태클을 막아내는 수비 동작 같았다.

"네, 특히 그 단어가 모욕적입니다."

사무실 안의 모든 사람이 자신들의 통화는 그만두고 조지핀에게 집중하는 눈치였다.

"알겠는데요, 선생님. 선생님?"

조지핀은 상대방의 말을 끊으려 애를 쓰고 있었다.

"선생님? 네, 아드님이 있다는 건 이해합니다. 들었습니다. 아, 그건……. 선생님, 부탁드립니다. 뭐라고요? 와, 잘 들으세요. 댁의 아들은 흑인 남자랑 결혼해서 혼혈 아이를 다섯 명쯤 입양하기를 기원하겠습니다."

"조지!"

댄이 하얗게 질려서 소리쳤다.

"조지핀이라고요!"

조지핀이 꽥 소리를 지르더니 헤드셋을 확 벗어서 사무실을 가로질러 집어던졌다. 헤드셋은 벽에 부딪혀 떨어졌다. 다들 입을 떡 벌리고 아무 말도 못 했다. 나 역시 그랬다.

"이제 가자, 빨리!"

조지핀이 내게 말했다.

난 조지핀을 따라잡기 위해 서둘러야 했다. 사무실을 채 반도 못 지났는데 조지핀은 벌써 문밖으로 나가 버렸다. 댄을 지나치며 나는 슬그머니 몸을 숙이고 중얼댔다.

"거참, 조지핀이라는데도."

ㅕ ㅕ ㅕ

차에 도착해서 앞자리의 토드를 발견하고는 조지핀이 딱 멈춰 서서 나를 쳐다봤다.

"뭐, 나도 이상한 건 마찬가지야."

토드가 말했다.

❧ ❧ ❧

운전을 하면서 이런 말을 할 수 없다는 게 죽을 것 같았다. **제기랄, 어젯밤엔 대체 왜 그런 거야?** 그렇지만 토드가 옆에 있기 때문에 당연히 입을 다물어야 했다. 그래서 내가 한 말이라곤 토드와 조지핀에게 들려준 아주 최소한의 설명이 다였다. 셰인이 사람 필요하대.

"그 유명한 셰인 말이야?"

"어, 그 유명한 셰인."

셰인이 노래 한 곡 녹음하는데 좀 도와 달래. 딱 한 곡만. 그러면 그걸 오늘 밤 로스앤젤레스의 대단한 프로듀서한테 보낼 거야. 너희도 알게 되겠지만, 이 동네 일이 다 그런 거니까(마치 뭘 좀 아는 양 떠들어 댔지만 100퍼센트 웃기는 소리였다. 하지만 하도 자신감 넘치고 위엄 있게 말하는 통에 나조차도 내 말을 믿을 뻔했다).

가벼운 잡담을 나누기에 조지핀과 토드와 나의 조합보다 더 나쁜 예는 찾기도 힘들었다. 따라서 우리의 임무가 무엇인지 내가 간단히 지침을 준 것 외에는 차 안에서 벌어진 모든 대화는 모조리 각자의 머리통 속에만 머물렀다.

주차를 했다. 나는 잠시 걷는 동안 말할 필요가 없도록 빨리 이동하며 두 사람보다 계속 앞서 걸었다.

스튜디오에 도착한 뒤 우리는 줄지어 로커 녀석을 지나쳤다. 그는 컴퓨터 게임 같은 걸 하느라 다섯 개의 뇌세포 중 단 하나 분량의 관심도 우리에게 내어 주지 않았다. 잠시 공상을 해 보았다. 라마를 몇 마리 빌려서 이 앞을 행진한다면 로커 녀석이 알아차릴까 못 알아차릴까.

에드가 모니터링 실 의자에 구부정하게 앉아 문자를 보내고 있었다. 우리가 들어서자 에드는 고개를 들었다. 녹음실엔 아무도 없는 것 같았다.

"셰인 아저씨 갔어요?"

내가 묻자 에드가 대꾸했다.

"아직 있어. 있기는 해."

토드는 불빛을 내뿜는 버튼들과 슬라이더 컨트롤과 모니터들을 바라보고 있었다.

"와"

"말했잖아. 진짜라고."

내가 말했다.

에드는 여전히 구부정하게 앉은 채 조지핀과 토드에게 왔다 갔다 시선을 옮기며 말했다.

"어……. 안녕?"

"조지핀은 아시죠? 어젯밤에. 파티에서."

"안녕하세요."

손을 살짝 흔들며 조지핀이 말했다.

"그래. 안녕."

"그리고 이쪽은 토드예요."

"그……렇구나, 그런데……?"

에드는 여전히 움직임이 없었다.

"같이 밴드 할 거예요, 가자."

조지핀과 토드를 녹음실 입구로 이동시키며 내가 말했다. 곁눈으로 에드가 콧대를 문지르는 게 보였다.

"이게 뭐야? 아무도 없잖아."

안으로 들어서자 어두침침한 공간을 찡그리고 바라보며 토드가 말했다. 그때 소리가 들렸다. 드르렁, 분명 코 고는 소리였다. 녹음실 저 끝에서 들려왔다. 소리는 잠시 멈추었다. 좀 불안하다 싶게 오래 조용하더니 다시 드르릉 소리가 났고 그 뒤론 나무를 톱질하는 속도로 규칙적인 코골이가 들렸다.

"드럼 세트에 누가 보이는 것 같은데."

조지핀이 말했다.

맞았다. 셰인이 드럼 세트 밖으로 삐져나와 있었다. 셰인은 베이스 드럼 안에 머리를 디밀고 소리를 줄이기 위해 안에 넣어 놓은 베개를 벤 채 바닥에 드러누워 있었다. 코골이의 주인공은 셰인이었다.

우리는 녹음실을 가로질러 걸어가 삼각 편대를 짜고 서서 셰인을 내려다봤다.

"이 사람이 그 유명인이야? 어?"

토드가 물었다. 난 들은 척도 하지 않았다.

"아저씨. 아저씨."

셰인은 계속 코를 골았다.

셰인에게 가까이 다가가려는데 토드가 먼저 살짝 쭈그리고 앉아 자세히 살폈다.

"괜찮은 거야?"

조지핀이 물었다.

"유명인께서 술에 취하신 것 같은데."

토드가 말했다.

"그냥 잠든 거야."

토드 말이 맞는 줄 알면서도 내가 말했다.

"술 냄새도 나는데."

"일을 너무 많이 해서 그래."

토드가 나를 쳐다봤다.

"어허. 이것 때문에 사람을 잘리게 만든 거야?"

"아저씨, 아저씨!"

나는 다시 불렀다.

"가는 게 나을 것 같은데. 상태 좀 봐."

조지핀이 말했다.

나도 보았다. 좋지는 않았다. 입은 헤벌리고 티셔츠는 치켜 올라가서 39년 묵은 뱃살이 몇 센티미터 드러나 보였다. 창피하고 당혹스러운 마음에 얼굴이 달아올랐다. 셰인도 창피하고 나 자신도 창피했다.

옆에 잔뜩 어수선하게 널린 종이 더미가 눈에 띄었다. 상당수는 공 모양

으로 구겨져 있었다. 내게는 매우 친숙한 종류의 난장판이었다. **으, 집어치**
워 하는 어떤 순간의 여파였다. 아니면 그런 순간이 수도 없이 벌어졌을 수
도 있고.

그 와중에 토드는 드럼 세트 뒤로 빙 돌아 들어갔다. 토드가 베이스 페달
을 살짝 밟았다. 둔탁하게 쿵 소리가 났다.

"음으으."

셰인이 소리를 냈다.

토드가 드럼 의자에 앉아 스네어 드럼 위에 있던 스틱을 집어 들고 다시
페달을 밟았다. 이번에는 쾅 하고 큰 소리가 났다.

"크흐으으."

셰인이 중얼댔다.

두구두구 다가다가 디기디기 칭!

"으아아아!"

셰인이 벌떡 일어나 앉다가 드럼 안쪽 꼭대기에 머리를 박았다.

"아악!"

아름다운 그레치 베이스 드럼의 나무 프레임 속에서 비속어가 쏟아져 나
왔다.

"일어난 것 같은데."

토드가 말했다.

셰인이 끙 소리를 냈다. 그가 끙끙대며 몸을 끌어내면서 구시렁구시렁 욕
을 몇 마디 더 내뱉고 마침내 옆으로 굴러서 팔꿈치로 몸을 일으켜 세우는

동안 우리는 가만히 기다렸다. 셰인은 얼굴을 문지르더니 나를 향해 눈을 깜빡였다.

"무슨 일이야?"

"드러머 구했어요."

셰인이 가까스로 일어나 앉았다. 셰인은 토드를 바라보았다. 토드도 셰인을 마주 보았다.

"얘 말이야?"

"이것 보세요. 그 꼴로 바닥에 누워 계셨던 분이 누군데 지금 날 보고 실망하는 거예요?"

셰인이 다시 토드를 쳐다보더니 나를 봤다.

"흠, 하는 짓을 보니 영락없이 드러머군."

이윽고 셰인이 용을 쓰며 일어섰다. 중간중간 쉬어 가며 여러 단계를 거쳤다. 일단 양손과 무릎으로 땅을 짚고 엎드린다. 그런 다음 무릎을 꿇고 엉덩이를 뒤꿈치에 대고 앉는다. 그러고는 한쪽 무릎을 세운다. 그리고 마침내 똑바로 선다. 셰인이 이 과정을 거치는 동안 나는 토드도 조지핀도 차마 보지 못했다.

일어서서 양손으로 얼굴 문지르는 것까지 다 마친 다음에야 셰인은 비로소 조지핀을 알아봤다.

"아, 이런. 안녕."

겸연쩍은 듯 셰인이 말했다.

"안녕하세요."

"조지핀은 기억하죠?"

"기억하고말고, 왜 이래."

"괜찮으세요?"

조지핀이 물었다.

"뭐가? 그럼 괜찮지. 다시 만나서…… 반갑다. 이런."

셰인이 민망한 듯 셔츠 앞섶과 청바지를 털었다. 그러곤 꾸짖는 듯, 묻는 듯 나를 휙 쳐다봤다.

"아저씨가 여자애도 필요하다 그랬잖아요."

"내가?"

"네. 화음 넣을 사람이요. 드러머랑 가수는 준비됐고, 내가 베이스 치면서 노래도 하면 된다고 생각했어요. 그러면 노래 만들 수 있잖아요."

셰인은 우리 셋을 차례로 쳐다봤다. 내 제안을 이해하는 수준까지 맨정신 측정기 바늘이 도달하는 데에 그만큼의 시간이 필요한 것만 같았다.

"아, 오스틴. 난 네가 진짜로 그럴 거라곤……."

"진짜로 데리고 왔잖아요."

셰인은 얼굴을 또 비볐다.

"오스틴, 다 정말 고마운데, 그런데……."

"왜요?"

셰인은 토드와 조지핀을 보더니 내게 가까이 오라는 손짓을 하고는 몇 발짝 떨어졌다. 나는 가까이 갔다. 셰인이 손을 허벅지에 올리고 미식축구 작전 회의처럼 구부정하게 몸을 숙였다. 나도 따라 했다. 셰인에게서 위스키 냄새가 풍겼다.

"오스틴, 무슨 짓이야?"

"도와드리려는 거예요."

"돕는다고."

"네."

"어떻게 도울 건데?"

"쟤네들이랑요! 밴드잖아요!"

셰인은 시큰둥하고 짜증스러운 소리를 내다가 낄낄 웃다시피 했다.

"오스틴, 이건 옛날 뮤지컬 영화 같은 게 아니야. 얘들아, 우리 아빠 스튜디오 있다, 우리 밴드 만들어서 공연하자. 이런 게 아니라고."

"여자 한 명, 드러머 한 명, 베이스 주자 한 명 필요하다면서요. 여기 여자 하나, 드러머 하나, 베이스 주자 하나 있잖아요."

"야, 왜 이래……."

"조지핀 노래하는 거 알죠. 나도 노래하는 거 알죠."

"알지. 그런 얘기하는 게 아니잖아."

"최소한 시도는 할 수 있잖아요."

"난 시도할 수 있는 상태가 아니야. 시도하기 싫다고."

"아저씨……."

"미안하다, 얘야. 다 끝났어."

셰인은 똑바로 서더니 토드와 조지핀을 향해 돌아섰다.

"미안하다, 얘들아. 와 줘서 고마운데 지금은 못 하겠다."

셰인은 이 말과 함께 돌아서서 갔다. 우리는 그가 녹음실 반대편 방음문을 향해 터덜터덜 걸어가는 모습을 지켜보았다. 우리 중 누구도 말이 없었다. 그때 토드가 말했다.

"저기요! 저기요!"

셰인이 멈칫하더니 돌아서서 다시 우리를 향했다.

"이게 다예요? 그냥 가는 거예요?"

셰인이 한숨을 내쉬었다.

"잘 들어. 다들 와 준 건 고마워. 조지핀, 너 노래 잘해. 정말 잘해. 그리고 오스틴도……. 그런데 난 두 시간 정도밖에 시간이 없어. 지금 나한테 필요한 건 노련한 프로들이라고."

셰인은 다시 몸을 돌리려 했다.

"그래요? 그런데 어쩌죠? 여긴 우리밖에 없는데. 아마 난 누군지 알지도 못할 테고요. 그런데 나도 아저씨 몰라요. 그리고 제기랄 여기 온다고 일도 때려치웠어요. 그럼 최소한 책임지고 서둘러서 스케이트를 신어야 하는 거 아니에요!"

셰인은 잠시 아무 말도 못 했다.

"스케이트를 신으라고?"

"하키 선수예요."

내가 말했다.

"내 말은 쫄보짓 그만하고 해 보자고요!"

토드가 똑똑히 말했다.

"그래, 알아들었어. 이런. 너 진짜 드럼 치는 거 맞지?"

"네, 잘 쳐요."

잠시 침묵이 흘렀다.

"아저씨, 그냥 한번 해 봐요."

내가 말했다.

셰인은 또 한 번 땅이 꺼져라 한숨을 내쉬고는 또 한 번 얼굴을 문질렀다.

"말도 안 돼. 내가 이런 짓을 하다니."

셰인이 말하고는 드럼 뒤로 걸어가 종이 더미 옆에 쭈그리고 앉았다. 그러곤 뭐라 중얼대면서 초조하게 종이를 뒤지며 한 장 한 장 집어 들어 살펴보고는 버렸다.

"여기 있다."

셰인이 내 옆을 지나가며 쭈글쭈글한 종이 두 장을 내 가슴팍에 철썩 문질렀다.

"같이 봐야 해. 몇 분만 기다려."

셰인이 밖으로 나갔다.

나는 종이를 들여다봤다. 가사와 코드 변화와 손으로 휘갈겨 쓴 음악 부호가 있었다. 어디가 벌스이고 어디가 코러스인지 표시도 별로 없었다.

"저 사람 어떻게 알아?"

토드가 물었다.

"얘는 몰라?"

조지핀이 말했다.

"몰라. 저 사람…… 우리 아빠야."

"헐."

토드는 몸을 숙여 킥 드럼 옆에 놓인, 반쯤 빈 버번위스키 병을 들었다. 토드는 뚜껑을 열고 킁 냄새를 맡았다.

"너희 아빠 주정뱅이네."

"주정뱅이 아니야."

"야, 괜찮아. 우리 아빠도 그래."

토드는 위스키 병을 건배하듯 들어 올리고는 한 모금 마셨다. 그러곤 코르크 마개를 다시 닫아서 조지핀에게 병을 넘겼다. 그러곤 스틱을 쥐더니 드럼을 때려 부수다시피 두드렸다. 귀를 찢어놓을 듯 공격과 분노를 퍼붓는 소리에 조지핀과 나는 머리통을 움켜쥐었다.

꼬박 3분 동안 12만 비트로 두드리고 난 뒤 땀을 뻘뻘 흘리고 숨을 헐떡이며 토드가 말했다.

"와! 기분 죽이는데."

♯ 다듬어지지 않은 연주

꿈처럼 당신을 사랑해요. ♩
유령 이야기처럼 당신을 사랑해요. ♫
긴 세월 기다려 온 카드처럼 당신을 사랑해요. ♪

"아니, 아니, 아니, 아니야, 아니라고!"

녹음을 하려고 시작한 지 20분이 지났다. 그리고 이제 나는 왜 아무도 세인과 일을 안 하려고 하는지 이해하게 되었다.

세인이 스튜디오를 나간 뒤 돌아오기까지 족히 30분은 걸렸다. 그동안 토드는 여러 가지 리듬을 두드리고 드럼과 심벌즈를 조정한 다음 다시 연주를 하고 조율을 했다. 조지핀과 나는 보면대 앞에 서서 나는 기타로 코드를 치고 조지핀은 눈으로 음표들을 훑었다. 그런 다음 이렇게 저렇게 화음을 넣어 보고 상형문자 같은 세인의 글씨를 해독하면서 몇 차례 노래를 불러 보았다. 그러는 내내 그 상황이 하나도 기이하지 않은 척, 어젯밤에는 아무 일도 없었던 척을 했다.

에드가 들어와서 마이크를 놓고 조정했다. 하나는 내 것, 하나는 세인 것, 또 하나는 조지핀 것이었다. 마이크 사이 간격을 충분히 떨어뜨려 마이크 바로 앞에서 나는 목소리만 잡을 수 있게 했다. 에드는 짐짓 무표정한 얼굴을 하고 있었다. 못마땅한 심기를 드러내지 않으려 애쓰는 동시에 이게 뭐야, 난 허락 못 해, 하는 마음이 전달되기 바라는 사람의 표정이었다.

"어때?"

조지핀을 위해 마이크 높이를 조절하며 에드가 물었다.

"어……."

조지핀이 머뭇거리자 에드가 말했다.

"됐다. 좋아."

그때 셰인이 들어오더니 말했다.

"아니. 옛날식으로 할 거야. 마이크 하나에 원테이크#로 갈 거야. EQM 더 블와이드 6만 5000 가져와."

이런 비슷한 말이었다. 그러자 에드는 특유의 한숨을 내쉬며 사라졌다가 다른 종류의 마이크를 들고 와서 있던 마이크들을 치우고 가운데에 놓았다.

셰인이 토드에게 물었다.

"트레인 비트 칠 줄 알아?"

"당연하죠."

투투 타타 투투 타타…….

셰인이 한 손을 들어 중단시켰다.

"트레인 비트 제대로 칠 줄 알아?"

그리고 그렇게 시작됐다.

#원테이크 : 촬영이나 녹음에서 엔지 없이 한 번에 촬영하거나 녹음하는 일.

꺅　꺅　꺅

우리는 멈췄다, 시작했다, 한 테이크 연주했다, 쉬었다 또 한 테이크 연주했다를 반복했다. 셰인은 매번 거슬리는 구석을 찾아냈다. 여기 화음을 바꾸자, 거기서 나오면 안 돼, 으, 이 가사는 틀렸어, 다시 해, 이런 식이었다. 다 같이 마이크 주변에 자리를 잡기도 쉽지 않았다. 나는 어설프게 전자 베이스 기타를 튕겼고 조지핀은 마이크 쪽으로 몸을 기울이며 화음을 넣었고 셰인은 기타와 괴팍함을 담당했다. 뒤를 돌아보진 않았지만 갈수록 커지는 토드의 불만이 등 뒤로 느껴졌다. 조지핀은 나와 눈이 마주치진 않았지만 혼란에서 걱정을 지나 짜증으로 표정이 변해 갔다.

마침내, 아니나 다를까, 셰인이 그냥 노래를 그만뒀다. 한 테이크를 가다가 중간에 멈춰 버렸다. 노래를 부르다 말고 갑자기 그냥 서 있었다. 이번엔 화난 모습은 아니었다. 마치 저 멀리 언덕 위로 생기는 구름을 바라보는 듯 덤덤히 먼 곳을 응시했다. 우리는 몇 마디 더 계속하다가 어수선하게 들쑥날쑥 연주를 멈췄다.

셰인은 여전히 저 멀리 구름만 보고 있었다.

"아저씨? 아저씨."

내가 불렀다.

"문제는 곡이야. 곡이 형편없어. 쓸 만한 게 하나도 없어. 〈안전거리를 유지하면 재미있는 사람〉 다음엔 제대로 된 노래를 단 한 곡도 못 썼어."

셰인은 숨을 깊이 들이쉬더니 한숨 쉬듯 내뱉었다. 하아아아.

♪♫♩🎧

셰인은 비로소 우리에게 관심을 돌리더니 모두를 향해 몸을 돌려 뒤로 물러났다. 따뜻함이 넘치고 눈가에는 주름이 잡힌 예전 셰인의 모습이었다. 완전히 포기해 버렸기 때문에 행복하고 편안해 보였다.

"미안하다, 다들. 너희는 다 잘했어. 내 잘못이야, 너희 잘못이 아니라. 모두 시간 내줘서 고맙다."

"포기하는 거예요?"

토드가 물었다.

"응. 스케이트 벗을래. 에이, 뭘 그렇게 침울해."

"아직 시간 좀 있어요."

내가 말했다.

"시간이 문제가 아니야. 난 10년 동안 제자리였어. 몇 시간 안에 고칠 수 있는 그런 게 아니라고."

"접는 거야, 셰인?"

스튜디오 방송 설비를 통해 에드의 목소리가 들렸다.

우리는 모두 셰인을 바라봤다.

"셰인, 접냐고?"

셰인이 우리를 바라봤다.

"셰인?"

에드가 다시 물었다.

셰인은 나를 쳐다봤다. 그리고 조지핀을 보았다. 그러고는 다시 나를 보았다. 그러더니 그렇게 몇 번을 더 반복했다. 나, 조지핀, 나, 조지핀.

이런.

"아니, 아니야, 안 접어."

셰인이 말했다.

환하게 반사되는 빛 탓에 두꺼운 유리 너머를 보기는 힘들었지만 에드가 눈 위로 한 손을 툭 얹는 모습이 보이는 것만 같았다.

"우리가 할 노래는……."

셰인이 말을 꺼내자 내 입에서는 이미 대답이 튀어나오고 있었다. "아저씨, 안 돼요……."

"오스틴 노래 중에 하나다."

"말도 안 돼요. 오스틴 노래란 건 없어요."

"어제 강가에서 같이 부른 노래 있잖아. 그 반쪼가리 노래를 온전한 곡으로 만들 거야."

"아저씨, 그건 부르면 안 돼요. 지금은 안 돼요."

셰인은 음흉하게 조지핀 쪽을 곁눈질했다. 공황 상태가 점점 심해지고 있는데 셰인이 노래를 시작했다.

오, 로잘리, 로잘리, 내 간절한 애원을 들어줘.
누군가는 날 사랑해야 하잖아. 나일 순 없잖아…….

셰인은 '로잘리' 부분에서 내게 윙크를 했다.

셰인은 곡을 계속 진행했다. 기본 코드 진행을 연주하며 몸을 돌려 토드에게 고개를 까딱했다. 토드는 망설이며 리듬을 치기 시작하더니 이내 세게 두드렸다.

"아저씨, 제발요."

내가 말했지만 셰인은 계속하며 벌스를 덧붙였다.

그녀가 내게 전화를 걸어 말했지

다시는 전화하지 않겠다고

그녀는 내게 찾아오라고 했지

내 앞에서 문을 닫아 버리려고……

셰인은 다시 코러스 부분으로 돌아와 눈썹을 치켜세운 채 조지핀을 바라보며 누군가를 가르칠 때 사용하는 과장된 강조를 곁들여 조지핀에게 가사를 불러 주었다. 조지핀은 슬그머니 미소 짓더니 마이크 쪽으로 기대고 목소리를 보탰다. 셰인은 코러스 부분을 계속하라는 신호를 보내고는 화음을 얹었다. "아저씨, 이건 아닌 것 같은……" 그 와중에 내가 입을 열자 셰인이 내 엉덩이를 툭 차 버렸다. 나도 노래를 시작했다.

브리지[#]가 나와야 할 부분에 다다랐다. 하지만 노래의 첫 부분과 두 번째 부분 사이엔 브리지가 놓이지 않아 강물만 흐를 뿐이었다. 셰인은 손가락을 빙빙 돌려 계속하라고 토드를 북돋웠다. 그러고는 앞뒤로 왔나 갔나 하며 눈

#브리지 : bridge, 음악에서 벌스와 코러스 혹은 코러스와 코러스를 연결하는 파트.

249

을 위로 치켜뜬 채 혼잣말을 중얼대면서 이런저런 코드 진행을 시도했다. 그러더니 하나가 떠올랐는지 노래를 불렀다.

나의 지난 모든 실수가 지긋지긋해
잘못될지도 모르지만 새롭게……

셰인의 목소리가 잦아들더니 다시 중얼대며 생각에 잠겼다. 그리고 놀랍게도 내가 노래를 부르기 시작했다.

난 정말 행복할 거야
네가 다정히 대해 준다면
나도 너에게 쓸모가 있을 거야……

그러자 셰인이 껄껄 웃음을 터뜨렸고 우린 함께 노래했다.
"로잘리, 로잘리. 내 간절한 애원을 들어줘……."
우리는 한 25분 만에 노래 하나를 만들었다. 셰인이 가사를 내놓자 내가 대구를 불렀고 셰인이 그걸 적어 내려갔다. 그러곤 숨을 고르고 생각도 해 보기 전에 말했다.
"다 알았지? 알았지? 그렇지? 좋았어, 시작하자. 원테이크로. 해 보자."
그렇게 우리는 시작했다. 우리는 마이크 주변에 둘러섰다. 토드가 연주하고 나도 연주하며 다 함께 노래를 불렀다. 셰인의 얼굴에는 어젯밤 파티에서 보았던 행복한 표정이 피어올랐다. 조지핀 역시 자기도 모르게 같은 표정을 짓고 있었다. 그리고 나도 그렇다는 걸 알고 있었다. 그냥 함께 노래하는 게 즐거웠다. 엉성하고 다듬어지지 않았지만 진실했다. 그 3분 10초 동안 우리의 문제와 다툼과 분노는 모두 사라졌다. 노래가 끝났을 때 뮤지컬 영화에서처럼 다 함께 까르르 웃음을 터뜨리진 않았지만 잠시 서로를 향해 바보 같은 웃음을 지어 보였다. 흠, 토드는 아니었지만. 토드는 무표정한 얼굴로 가만히 앉아 있었다. 이윽고 에드의 목소리가 다시 스피커를 타고 흘러나왔다.

"자, 끝났네. 이제 집에 가도 되지?"

ㄣ ㄣ ㄣ

셰인은 믹싱 작업을 하느라 남아야 했다. 토드와 조지핀은 집에 가야 했다. 나는 토드와 조지핀을 어떻게 집에 보내고, 나는 어떻게 집에 가며, 또 내 오토바이는 어떻게 끌고 가야 할 건지 생각해 내야 했다. 그리고 (바라건대) 그러면서 나와 조지핀이 함께 갈 수 있도록 정리를 해야 했다. 내가 목소리를 낮춰서 셰인에게 이야기를 꺼내자 셰인은 바로 알아들었다. 그리고 조지핀이 화장실 가느라 자리를 비운 사이 토드에게 20달러짜리로 100달러를 건네며 말했다.

"오늘 잘했어. 택시 타고 집에 갈 수 있지?"

토드는 돈을 쳐다보며 눈을 깜빡거리더니 어깨를 으쓱해 보였다.

"그러죠."

나는 토드와 함께 복도를 걸어 출구 쪽으로 향했다. 우리 사이에 끈끈한 유대감이 생겨서 명랑하게 이런저런 대화를 나누었으리라 생각할지도 모르겠다. **오늘 우리 정말 대단한 경험을 했지, 나의 새 친구야!** 하지만 턱도 없는 소리. 토드는 입에 지퍼를 채운 것 같았다. 문 앞에 이르자 토드는 내게 눈길도 주지 않고 고개만 한 번 까딱하고는 영혼 없이 **고마워**라고 말하며 밖으로 나갔다. 버스에서 내릴 때 기사에게 건넬 법한 말투였다. 그러더니 토드는 잠시 머뭇거렸다.

"혹시 다시 연주할 일 있으면, 알려 줘."

모니터링 실로 돌아오자 셰인과 조지핀이 녹음한 노래를 듣고 있었다. 조지핀은 괴로운 얼굴이었다. 노래가 끝나자 조지핀이 말했다.

"제가 아저씨 노래를 망쳤어요."

"무슨 소리. 네 덕분에 한 거야. 그리고 내 노래 아니야, 오스틴 노래지."

셰인은 일어서서 조지핀을 끌어안고는 나를 끌어안았다.

"둘 다 고맙다."

셰인은 큼지막한 헤드폰을 다시 쓰며 말했다.

"이제 가 봐. 나중에 다시 보자."

다시 복도를 걸었다. 이번에는 조지핀과 함께였다.

"토드는 어디 갔어?"

"택시 타고 집에 갔어. 너도 그래도 돼. 아니면 내가 오토바이로 데려다줄까?"

백 걸음 같은 몇 걸음을 걸으며 조지핀이 생각했다.

"그래, 좋아."

Y Y Y

내 옆구리에 닿은 조지핀의 손은 따뜻했다. 조지핀은 대체 손을 어디에다
둬야 하는 거야라고 외치는 듯한 위치에 손을 두었다. 망설이듯 내 갈비뼈
위에 손을 얹고는 울퉁불퉁한 길을 지날 때마다 반사적으로 손가락을 꼭
쥐었다. 간지러워 죽을 것 같았지만 말할 생각은 전혀 없었다.

나는 헤니핀 길을 따라 달렸다. 아일스 호수 주변을 둥그렇게 도는 길이었
다. 오른쪽으로 널따란 잔디 오르막 끝에 으리으리하고 오래된 저택들이 보
이고 왼쪽으로는 호수가 펼쳐졌다. 오토바이를 타고 있으면 대화란 걸 하기
가 힘들다. 그래서 우리는 아무 말도 하지 않았다. 사실 오토바이가 주차돼
있는 식당 근처로 걸어갈 때도 조지핀은 내 말에 별 대꾸가 없었다.

"오늘 와 줘서 고마워."

"그래."

"진짜 재밌었지?"

"응."

"있지, 너 목소리 진짜 좋더라."

"고마워."

"와, 세상에, 제발 제발 제발 무슨 일인지 말 좀 해 줄래? 어젯밤엔 별들의 바다에서 나랑 키스해 놓고 오늘은 다시 나를 미워하고 그런데 또 나랑 스튜디오에는 왔고. 말도 안 되게 이상하고 돌아 버릴 것 같단 말이야."

(생각뿐이었다. 진짜 말한 건 아니고.)

어쨌든 우리는 지금 달리고 있다. 이제 조지핀을 데려다주면 조지핀은 집으로 들어가 버릴 거고 그러면 우리는 내가 친구도 하기 싫어 문자를 받았던 딱 그 상태로 다시 돌아가게 될 테지. 그때 숲길로 접어드는데 조지핀이 말했다.

"멈춰."

"뭐?"

"멈춰. 세우라고."

나는 멈췄다. 조지핀은 아무 설명도 없이 오토바이에서 내리더니 호수 쪽으로 길을 건너며 헬멧을 벗었다. 그러고는 잔디밭을 지나 보행자 도로와 자전거 도로를 건너 호숫가 갈대밭 근처에 멈춰 서서 호수를 바라보았다.

"괜찮아?"

내가 소리쳤지만 대답이 없었다. 내 뒤에서 차 한 대가 빵 경적을 울렸다. 역시 예의 바른 미네소타였다. 나는 운전자를 향해 미안하다는 듯 손을 흔들고는 오토바이를 끌고 길 건너 반대편 보도를 올라가 잔디 위에 세웠다. 땅거미가 졌다. 달리기하는 사람, 산책하는 사람, 자전거 타는 사람 몇 명이 있었다. 은발의 중년 여자가 오토바이를 보고는 내게 눈을 흘겼지만 말을 하지는 않았다. 역시 깐깐한 미네소타였다.

"괜찮아?"

가까이 다가가며 내가 다시 물었다. 조지핀은 대답하지 않았다. 대신 휙 돌아서더니 말했다.

"왜 그랬어?"

"뭘 왜 그래? 왜 뭘?"

"왜 어젯밤에 나한테 키스했어?"

"미안해. 미안하다고 했잖아! 모욕적이었다면 사과할게!"

"이게 무슨 바보짓이람!"

조지핀이 말했다. 우리가 처음 만난 날 조지핀이 교실을 뛰쳐나가며 한 말이 번뜩 떠올랐다.

"너한텐 그냥 다 장난이잖아! 애들 수집하는 게 다잖아."

"무슨 말이야. 알아듣게 얘기를 해!"

"너한텐 나도 그냥 바보 같은 여자애 한 명이잖아. 또 한 명의 여자애, 네⋯⋯."

"내 뭐?"

"네 빌어먹을 플레이리스트에 추가할 여자애."

아, 데번, 이런 머저리, 떠버리 화상 자식⋯⋯.

"플레이리스트? 무슨 소릴 하는 거야?"

"무슨 소린지 잘 알잖아. 네 플레이리스트 모르는 사람이 어딨어!"

"그런 게 아니라⋯⋯ 내 말은⋯⋯ 내가 만든 것도 아니야!"

이미 꺼진 땅이지만 굴이라도 파고 들어가고 싶었다.

"아, 그러니까 내가 무슨 말 하는지 너도 아는 거네. 진짜 있는 거야?"

"아니야, 없어. 하…… 있어, 그래. 그런데 내 생각이 아니야! 난 그렇게 부른 적 없어!"

"아, 그러셔? 그럼 넌 뭐라고 부르는데?"

"뭘 뭐라고 불러?"

"너랑 같이 잔 여자애들 다 모아 놓은 그 깜찍한 리스트 말이야!"

"나 누구랑 잔 적 없어!"

너무 큰 소리가 와락 튀어나와 버렸다. 때마침 대학생쯤 돼 보이는 남자가 소리가 들릴 만한 거리로 달리기를 하며 다가왔다. 히죽거리는 얼굴로 보아 내 말을 들은 게 분명했다.

남자가 저 멀리 적어도 50미터는 떨어지고 나서야 조지핀이 가까스로 말했다.

"뭐?"

"아무것도 아니야!"

"너 한 번도……."

"없어! 그래! 없다고! 어쩌라고! 그만해!"

"너 총각이야?"

"제발 좀 그만해 줄래?"

"그런데……."

"다른 건 많이 해 봤어, 됐어? 그냥 그것만……. 있지, 나 엄청 쪽팔리거든. 여기 서서 이런 얘기 하기 싫다고."

"왜?"

"그런 얘기가 왜 싫냐고? 왜냐면……."

"왜 아직 총각이냐고?"

"그럼 안 돼?"

"아니! 근데 왜?"

"왜 아직 총각이냐면 우리 엄마가 스무 살에 날 낳았으니까. 그리고 내 꼴을 봐. 얼마나 훌륭한가."

"아."

"그리고…… 그건 특별한 일이니까. 알았어? 난 그게 특별했으면 좋겠다고. 특별한 사람이랑. 이제 됐어? 그만 갈래? 제발, 좀? 차라리 너한테 키스했다고 또 소리를 지르지 그래. 난 너도 원한 줄 알았지만. 아님 데번이 만든 그 플레이리스트인지 뭔지 가지고 소리를 치든가. 그것도 아니면 한 번도 안 해 봤다고 놀리든가. 아무튼 그건 너 혼자만 알았으면 좋겠어. 가능하면. 아, 또 뭐야? 머리는 왜 흔드는 거야?"

"넌 누구니?"

"으! 제발 알아듣게 말을 해, 조지핀!"

"넌 누구야, 오스틴!"

"무슨 말이냐고!"

"누가 너냐고. 모든 게 장난이고 플레이리스트나 만들고, 그러면서 사람을 홀리고 웃기는 폭주족 날라리, 그게 너야? 아니면 다른 사람이야?"

"무슨 다른 사람?"

"그 사람…… 너 노래할 때 내가 봤던 그 사람."

난 멈칫했다.

"모르겠어, 조지핀. 아마 전부 다겠지."

이 상황을 모조리 씻어 버리려는 듯 나는 양손으로 얼굴을 비볐다.

머릿속으론 외치고 있었다. 그냥 가자. 오늘 일도 잊어버리고 어제 일도 잊어버리고 널 만난 다음 있었던 일들은 모조리 잊어버리면 돼. 난 이 허튼 짓거리가 다 네가 원한 일이라고 생각했어. 널 특별하다고 생각했어. 왜 너랑 키스했냐고? 왜냐면 난 네가 미우니까. 왜냐면 네가 멍청하고 따분하고 못생겼다고 생각했으니까.

하지만 나는 말했다. "내가 키스한 건, 네 생각을 멈출 수가 없었고, 네가 나오는 꿈을 꾸고, 너랑 대화하는 흉내를 내고, 너랑 같이 있고 싶었기 때문이야. 너는 네 끔찍한 언니보다 두 배는 더 예쁜데 그런 건 알지도 못하니까. 넌 똑똑하고 재미있고 내 머릿속을 맴도는 노래들하고 닮았으니까. 내가 늘 쓰고 싶어서 안달하는 그런 모든 노래랑 닮았으니까. 그런데 넌 네가 바보 같다고? 바보는 나야. 머저리라고. 널 좋아하고 혹시나 너도 날 좋아해 줄까 생각하니까. 그런데 뭐야, 너는 무슨……."

내가 한 말은 여기까지였다. 왜냐면 우린 다시 입을 맞추었으니까.

—

나와 조지핀의 비밀 이야기

선을 따라 온통 칠했어요.♩ 모든 빛깔의 파란색으로.♪
부탁할게요.♬ 거짓으로 대하지 말아요.♪ 난 진실하니까.♬

"뉴욕에 가면 고양이 키우자."

조지핀이 말했다.

"나 고양이 싫어해."

"뉴욕에 가면 고양이 다섯 마리 키우자."

"제발."

"뉴욕에 가면 고양이는 키우지 말자."

"강아지 키우자."

"고양이처럼 구는 아주 작은 강아지를 키우자."

나는 조지핀 린달 곁에 알몸으로 있었다. 조지핀도 벌거벗고 있었다.

우리는 서로에게 몸을 꼭 포개고 별 아래 누워 있었다. 호수의 물결을 따라 우리 아래 수영 발판이 살랑살랑 흔들렸다.

"알았어. 그럼 우리 결혼하는 거다?"

조지핀이 대답했다.

"당연하지."

"좋아. 난 널 사랑하니까, 그게 다니까. 다른 방법은 없어. 그러니까 결혼해야 할 것 같아."

"그래."

"그래, 좋아. 결정한 거다."

아일스 호숫가에서 키스한 뒤 조지핀이 말했다.

"집에 가기 싫어."

그래서 우리는 시더 호수의 은밀한 만으로 와서 또 키스를 했다. 시더 호수, 이 모든 일이 시작된 곳. 카누를 타고 가서 치어리더들에게 노래를 불러주고 그 대가로 머리를 얻어맞은 곳. 내 평생 벌어진 일 가운데 최고의 일일거다. 그 일이 아니었으면 조지핀과 나는 지금 여기에 없었을 테니까.

우리는 만에 누워서 키스하고 이야기하고 키스하고 이야기했다. 키스도 이야기도 모두 절실했다. 숨 가쁘게 달려들어 서로에게 서로를 드러내고 바로 그 한 사람과 나누기 위해 평생 아껴둔 이야기와 비밀을 모조리 털어놓았다.

한 번은 말이야…… 그거 알아? 난…… 이건 아무한테도 말한 적 없는데…….

우리가 처음 만난 이후로 무슨 생각을 했었는지 정확히 얘기해 줄 수 있었다.

난 조지핀에게 말했다. 교실로 들어간 순간 너와 사랑에 빠졌어.

그러자 조지핀이 말했다. 네가 노래하는 걸 본 순간 너와 사랑에 빠졌어.

진짜 널 볼 수 있었으니까.

그리고 잠시 뒤 조지핀이 말했다.

"그런데 뭐 하나 알려 줄까? 내가 네 개인 교사가 된 거, 우연이 아니었어."

"뭐?"

"너랑 사랑에 빠진 건 네가 무대 위에 섰을 때야. 그런데 끌리기 시작한 건 10학년 때부터였어."

"뭐? 왜? 날 어떻게 알고?"

"복도에서 널 봤으니까. 토드 멀로이가 에드 리세를 밀치고 있었는데, 뇌성마비 있는 그 아이 말이야. 그런데 네가 토드를 말렸어. 그러다 토드랑 싸웠고."

쳐다보는 여자애가 있었어! 여자애라고! 드디어 성공이야!

"싸움은 아니고. 토드 멀로이가 내 얼굴을 갈겼지."

"정말 고귀했어."

"나한테 고귀하다고 한 사람, 아무도 없었어."

"나한테 예쁘다고 한 사람, 아무도 없었어."

내가 말했다. 처음 봤을 때 너 나한테 너무 못되게 굴었어.

"네가 늦게 나타났잖아. 내가 너무 바보처럼 느껴졌어. 무슨 대단한 계획이랍시고 네 개인 교사가 되었는데 그런……."

조지핀이 고개를 설레절레 흔들었다.

"누굴 먼저 상처 주고 싶은 적 없었어?"

"파티 다음에, 우리가 키스하고 나서……."

"똑같은 거야. 내가 머저리 같이 느껴졌어. 내내 그 감정과 싸웠어. 오토바이 타고 기타 치는 나쁜 남자한테 빠지는 그런 멍청한 여자애는 되지 않겠다고 마음속으로 다짐하면서."

"너 안 멍청해. 넌 나쁜 남자한테 빠진 똑똑한 여자애지."

조지핀이 팔꿈치를 괴고 몸을 일으켰다.

"나한테 꼬맹이 사촌이 있는데 여섯 살이야. 내가 동물들도 말할 수 있다느니 하면서 장난을 쳤거든. 그런데 걔가 뭐라 그런 줄 알아? '날 거짓으로 대하지 마. 난 진실해.'"

"귀엽네."

조지핀이 나를 바라봤다. 달빛이 밝아서 호수를 환히 비추었고 호숫가에서 30미터쯤 떨어진 수영 발판도 환히 비추었다.

"왜?"

결국 내가 물었다.

"너도 날 거짓으로 대하면 안 돼, 알았지? 난 진실하니까."

"절대 거짓으로 대하지 않을게, 조지핀. 절대로. 나도 진실해."

우리는 또 키스를 나누었다.

찰싹찰싹 모기도 잡으면서. 역시 미네소타였다. 그리고 또 입을 맞추고 얘기를 하고 모기를 잡은 뒤 조지핀이 일어나 앉더니 수영 발판을 가리켰다.

"나 저기서 수영하고 싶어."

"뭐? 지금?"

"응."

"나 수영 진짜 못하는데."

조지핀이 일어서며 말했다.

"내가 구해 줄게. 빠져 죽게는 안 돼. 눈 감아."

지퍼 내리는 소리, 옷이 부스럭대는 소리가 들렸다.

"훔쳐보지 마."

첨벙 첨벙 첨벙 조지핀이 물살을 헤치며 호수로 걸어 들어갔다. 그리고 이내 더 커다란 첨벙 소리와 함께 호수로 뛰어들더니 물 밖으로 고개를 내밀었다.

"이제 네 차례야."

조지핀이 불렀다. 조지핀은 호숫가에서 몇 미터 떨어진 곳에서 물 밖으로 고개만 내밀고 있었다.

"알았어, 근데 뒤돌아."

"알았어."

나는 조지핀을 등지고 서서 옷을 벗은 다음 호숫가에 놓인 조지핀 옷 옆에 내 옷을 두었다. 다시 뒤를 돌자 조지핀이 나를 똑바로 바라보며 싱글거렸다.

"야!"

조지핀이 깔깔대며 "이리 와!" 하고 말하더니 헤엄쳐 나가기 시작했다. 니도 와 소리를 지르며 달려가 뛰어든 다음 개헤엄으로 조지핀을 뒤쫓았다. 수영 발판에 다다르자 조지핀이 기다리다가 내게 입을 맞추었다. 우리의 손은 서로의 몸을 쓰다듬었다.

"와, 너 한다면 하는구나."

내가 말했다.

조지핀은 웃음을 터뜨리며 "이리 와." 하고 다시 말하더니 물 밖으로 몸을 끌어올렸다.

"너도 올라와."

"쪽팔려."

"네 알몸 벌써 봤어."

"알몸 플러스 딴 게 또 있어."

"아하."

"부끄러워."

"보고 싶어. 알몸 플러스 딴 거."

그래서 나도 발판 위로 올라갔다. 중요한 어떤 것도 걸리지 않도록 조심조심 올라갔다. 조지핀이 말했다.

"알몸 플러스 딴 거."

"응." 그 순간 내가 또 말했다. "어!"

조지핀의 손이 어딘가에 놓였던 까닭이다.

"괜찮아?"

"응."

난 목소리가 갈라졌다. 내가 물었다.

"너 만져도 돼?"

♪♫♪ ∩

"부디."

이후 얼마간의 일이 벌어지기에 수영 발판이 최고로 안락한 장소는 아니었지만 그런 건 괜찮았다. 또 다들 관심 있어 하니까 알려 주자면 그래, 난 내 소중한 순결을 유지했다. 그러고 나선 조지핀도 나도 다시 호수로 뛰어들었다가 발판으로 올라왔다. 그렇게 우리는 돔 모양으로 펼쳐진 별들 아래 다정히 서로를 끌어안고 따뜻한 온기를 느꼈다. 우리는 이야기를 나누었다. 완벽했다. 우리는 말이 없었다. 완벽했다. 우리는 함께였다. 완벽했다.

내가 웅얼거렸다.

"왜 나야?"

"이젠 네가 누군지 아니까."

"내가 공연하는 걸 봤으니까?"

"그런 것도 있고."

우리는 느릿느릿, 조용조용, 문장과 문장 사이에 길게 뜸을 들이며 이야기했다.

"그런데 네가 음악을 잘해서 그런 것만은 아니야. 내가 본 그 사람 때문이지."

"그 사람은 누군데?"

"노래할 때 너는 하나도 숨김이 없어. 마치…… 어린아이 같아. 신에게 이야기하는 사람 같기도 하고."

난 정신없이 들었다.

"그래도 그냥 공연이잖아. 연주하는 모습일 뿐이고."

"아니. 너의 아주 일부만 보여 줬을 뿐이야."

᭟ ᭟ ᭟

집까지 데려다주자 조지핀은 오토바이에서 내려 내 앞으로 돌아오더니 가만히 섰다. 우리는 끝도 없이 서로를 바라보며 미소 지었다. 조지핀이 다시 내게 키스했다. 그러곤 뒤를 돌아 양팔을 날개처럼 펴고 현관으로 둥글게 이어진 길을 이리저리 왔다 갔다 하며 걸어갔다.

᭟ ᭟ ᭟

집에 도착했을 때 나도 똑같이 했다. 차고에 오토바이를 세우고 뒷문으로 날아가, 부엌을 지나친 다음, 손가락으로 벽을 훑으며 계단을 날아올라, 깜깜한 방으로 날아 들어간 다음 문을 닫고 문에 기댔다. 그리고……

으아아악!!! 별안간 불이 켜지자 비명을 질렀다!!

"친구, 어떻게 죽여줄까?"

엄마가 말했다.

엄마와 격렬한 말싸움

연기가 걷히면♪ 난 거기 없을 거예요. ♬
그래도 뼛가루는 간직해 줘요. ♩ 당신이 눈물 흘릴 수 있도록. ♩♩

"엄마! 도대체 뭐 하는 거예요!"

"도대체 뭘 하냐고? 그런 걸 묻다니 깡이 제법인데!"

엄마는 나이트가운을 입고 내 책상에 앉아 있다가 내가 들어오자 빌어먹을 스파이 영화처럼 스탠드 스위치를 켰다. 나는 하마터면 지난 13년 동안 저지르지 않았던, 바지를 적시는 사고를 칠 뻔했다.

"너랑 나랑 할 얘기가 아주 많지?"

"전 할 얘기 없는데요."

"괜찮아. 어차피 대부분 내가 얘기하는 거로 계획돼 있으니까."

"엄마, 그냥 내일 하면 안 돼요?"

"안 돼. 침대에 앉아. 지금 당장 얘기할 거니까. **그 망할 놈의 전화기 좀 치우고.**"

난 전화기를 주머니 속으로 다시 밀어 넣었다. 방금 온 문자를 확인하고 싶어서 죽을 지경이었다.

"엄마, 자고 싶어요."

"나도. 그런데 잠도 못 자고 네가 이렇게 당당하게 걸어 들어오는 걸 기다려야 했지."

"엄마, 내 방에서 나가요."

"내 앞에서 그런 목소리로 말하지 마, 오스틴 메슌! 휴대 전화 다시는 꺼내지 말고!"

"엄마, 나가 주세요."

"앉아. 그리고 입 닥쳐!"

"좋아요, 그럼 아래층에서 잘게요."

"안 돼. 하지 마!"

"아니요, 할래요!"

나는 침대 위의 베개를 와락 움켜쥐었다. 엄마는 벌떡 일어서서 베개를 확 낚아채더니 번쩍 들어서 내 앞에 내동댕이쳤다. 그래 봤자 베개였으니까 별 효과는 없었지만 그래도 매우 극적이었다. 나는 베개가 바닥에 떨어지기 무섭게 엄마를 향해 걸어찼다. 멍청한 짓이었다. 그러자 엄마가 베개를 휙 집어 던졌고 스탠드가 넘어질 뻔했다. 스탠드가 비틀거리며 방 안의 불빛이 정신없이 휘청댔다. 그러자 우리는 고래고래 소리를 지르며 싸움을 시작했고 폐가 터져라 맹렬히 달려들었다.

내 입에서 무슨 말이 튀어나왔는지는 모르겠지만 모조리 **튀어나왔고** 엄마도 엄마 몫의 소리를 질렀다. 넌 스스로를 어떻게 생각하는 거냐, 빌어먹을 셰인이랑 몰려다니면서 무슨 짓을 하는 거냐, 셰인은 **아무짝에도 쓸모없**

♪♫ 🎧

는 쓰레기다. 너를 키운 사람은 나고 **정말이지 너무 힘들었다.** 그래서 나도 말했다. **최소한 셰인 아저씨는 나를 이해한다고.** 그러자 엄마가 가소롭다는 듯 웃기 시작했다. **아하하하하하, 퍽이나.** 그때 릭 아저씨가 들어와 불빛에 눈을 찡그리며 양손으로 툭툭 치는 시늉을 하면서 상황을 진정시키려고 했다.

"자, 자. 새벽 1시야."

그러자 내가 소리쳤다.

"빌어먹을 아저씨가 무슨 상관이에요!"

"빌어먹을 릭이 상관할 일이고말고. 릭은 우리 가족이니까!"

엄마가 소리를 질렀다.

"아니요. 가족 아니에요!"

"맞아. 제기랄, 엄연한 가족이라고! 릭은 이리로 들어올 거야. 아니 들어왔어. 우리 결혼할 거니까 너도 그런 줄 아는 게 좋을 거야!"

나는 입을 떡 벌리고 있었다. 릭 아저씨가 말했다.

"자기, 그런 말 할 때가 아니……."

"그런 말 할 때야. 규칙을 정하는 건 오스틴이 아니라고."

"이리로 들어온다니 무슨 말이에요! 못 들어와요!"

내가 왜 이런 말을 하고 있는지 모르겠다. 진짜로 놀란 것도 아니면서.

"아니, 아니. 들어와. 이미 들어왔고. 지난주 내내 네가 집에 있었다면 실제로 의논을 할 수도 있었겠지."

"아, 말도 안 돼. 나 나가요. 데번네 집에 갈게요."

"오스틴, 오스틴!"

엄마가 "오스틴, 오스틴." 하고 소리 지르는 와중에 나는 옷가지랑 물건을 가방에 쑤셔 넣고 방에서 뛰쳐나와 계단을 내려왔다. 속력이 빨라지자 엄마가 고함을 쳤다.

"빌어먹을 사관학교에 처넣어 버릴 거야! 오스틴!"

하지만 난 이미 뒷문을 발로 뻥 차고 나온 뒤였다. 난 오토바이를 향해 전속력으로 달려간 다음 엄마가 밖으로 나올 틈도 없이 부르릉 소리와 함께 진입로를 빠져나와 텅 빈 밤거리를 향해 내달렸다.

두 블록을 달린 뒤 연달아 왔던 문자가 떠올랐다. 오토바이를 세우고 확인했다.

오 마이 갓. 엄마 아빠가 기다리고 있었어. 완전 뚜껑 열렸어.

꼬맹이처럼 혼나고 있어.

정말 웃겨.

전화를 걸자 신호가 울리기 무섭게 조지핀이 전화를 받았다.

"오스틴, 나 완전 망했어."

"나도. 난 방금 나왔어. 오늘 밤엔 집에 안 들어갈 거야."

"어디 있을 건데?"

내가 말해 주었다.

아무 말이 없었다.

"듣고 있어?"

내가 물었다.

"와서 나도 데려가."

조지핀이 말했다.

셰인 타일러와 어린이 십자군

높이높이 들어 올려 줄게요. 당신이 볼 수 있도록♬
당신을 들어 올리는 일만이 내게 남을 때까지.♪

휴대 전화 소리에 잠을 깼다. 침대 머리맡 탁자에 놓였던 휴대 전화를 실수로 떨어뜨리자 카펫 없는 바닥에 부딪히며 쿵 소리가 났다. 나는 버튼을 눌러 소리를 죽였다. 내 옆에서 조지핀이 뒤척이며 자세를 고쳐 누웠다. 휴대 전화는 굴하지 않고 끈덕지게 울렸다.

"누구야?"

조지핀이 잠에 취한 목소리로 베개에 얼굴을 반쯤 파묻고 말했다.

조지핀이 여기에 있다. 내 곁에 있다. 꿈이 아니었고 지금도 아니다.

"누구냐니까?"

엄마는 아닐 거라고 생각했다. 지금까지 세 번인가 내가 집을 뛰쳐나가 데번네 집에서 지낼 때마다 엄마는 나를 아예 무시해 버렸다. 전화 한 통 없었을뿐더러 데번 엄마에게 연락해서 내가 살아는 있는지 확인하는 법도 없었다. 적어도 이틀이 지날 때까지는 그랬다.

"몇 시야?"

조지핀이 웅얼거렸다.

나는 소파 침대 가장자리로 몸을 숙여 전화기를 쥔 다음 실눈을 뜨고 쳐다봤다. 오전 7시 48분이었다. 그리고 엄마 전화는 아니었다.

"여보세요, 안녕하세요, 셰인 아저씨."

"안녕! 내가 깨운 거야?"

에너지 넘치는 활기찬 목소리였다.

"아니에요, 괜찮아요."

"그래. 다행이다. 너 일하러 가기 전에 연락하고 싶어서. 그러니까…… 어제 일 말이야, 고맙다고 얘기하고 싶었어. 스튜디오에서 그렇게 즐거웠던 게 얼마 만인지……. 뭐, 처음에는 좀 힘들었는데 마지막에는 알지? 너희랑 같이 노래를 만드니까 그렇게 즐거울 수가 없더라. 진심이야. 뭔가를 만들어 내려고 애를 쓸 수 있고 또 그 과정이 즐거울 수 있다는 걸 잊고 있었어. 넌 재미있었니?"

"네? 그럼요, 당연하죠."

"잘됐다."

"배리가 마음에 들어 해요?"

"배리? 아, 배리. 배리는 괜찮아."

"마음에 든대요?"

"응! 지금 어디야? 일하러 가는 중이니? 아직 집인가?"

"어…… 네. 아직…… 집이에요. 집에 있어요. 네."

거짓말은 아니었다. 집은 집이니까. 우리 집이 아니라 그렇지. 셰인의 집이었다. 셰인 소유의 집이라고 해야 하나. 정확히는 차고 위의 별채였다. 셰인이 침실 창을 열고 또 나도 열면 목소리를 별로 높이지 않아도 뒷마당을 사이에 두고 지금 이 대화를 할 수 있었다.

"난 너무 오랫동안 꼼짝 못 하고 아무것도 못 했어, 오스틴. 그런데 어제는 좀 달랐어. 자유를 얻은 느낌이랄까…… 이런 건 다 잊고 있었는데 말이야. 원래 이런 기분이었는데 말이야."

"다행이에요."

조지핀이 좀 더 옆으로 몸을 돌려 손으로 머리를 괴고는 나를 바라봤다. 조지핀은 큼지막한 티셔츠를 입고 있었다. 어젯밤 조지핀네 집 앞에 오토바이를 세웠을 때 어깨에 걸치고 있던 작은 배낭에 세면도구와 함께 넣어온 물건들 가운데 하나였다. 조지핀은 어둠 속에서 불쑥 나타나더니 집 앞 잔디를 가로질러 내 쪽으로 걸어왔다. 오토바이 타는 불량 청소년하고 야반도주할 때조차 정돈되고 준비성 철저한 모습이었다. 조지핀은 내게로 걸어와 나를 잡고는 내 입술에 입을 맞추었다.

그러더니 말했다.

"빨간불에 길 건너 본 적 있냐고 물었지. 이거면 되지 않아? 어때?"

"물론이죠, 사모님. 인정입니다. 어, 잠깐. 그것 때문에 이러는 건 아니지?"

조지핀은 내게 다시 키스했다.

"아닌 거 알잖아."

어두운 거리를 달리자 조지핀이 나를 꼭 붙잡았다. 에디나 동쪽을 향해 달리자 내게 매달렸다. 낡은 집과 더 낡은 집들을 지나쳤다. 에디나를 벗어나 속도를 올리자 조지핀은 내 목에 입을 맞추었다. 우리는 다시 호수 주변을 지나 업타운과 셰인의 집으로 향했다. 셰인의 집에서 한 블록 떨어진 곳에 오토바이를 세우고 집까지 손을 잡고 걸었다. 뒷길로 걸어가 내 열쇠고리에 달린 작은 칼을 이용해서 뒷문 걸쇠를 들어 올린 다음 뒷마당으로 들어갔다. 별채 현관 앞에 깔린 매트 아래에서 숨겨둔 열쇠를 찾았다. 우리는 문을 살짝 닫고 계단을 올라갔다. 꼭대기에서 내가 조지핀을 안아 올린 다음 비틀비틀 문턱을 넘자 조지핀이 키득키득 웃었다.

그러자 조지핀도 나도 불쑥 부끄러워졌다. 좀 전에 우리는 한 시간가량 수영 발판 위에 알몸으로 누워서도 서로 편안했다. 하지만 미니어처 부엌과 피자 쟁반만 한 둥그런 탁자와 조그만 욕실이 딸린 그 방 안에 단 둘이 들어서자 우리는 말을 잃었다.

"먼저 샤워할래?"

내가 물었다.

"나 샤워했어. 너 해."

안도의 한숨이 절로 나왔다. 조지핀 앞에서 오줌을 누게 되면 어쩌나 고민할 필요가 없어져서 다행이었다.

침대로 들어가 우리는 마주 보고 누웠다. 조지핀이 손가락으로 내 얼굴의 윤곽을 쓸었다. 우리는 가까이 몸을 기대고 키스했다. 좀 전처럼 열정에 휩싸인 키스가 아니라 부드럽고 나른하고 느긋한 키스였다. 다시 음악이 들렸다. 너무 생생해서 조지핀의 귀에도 들리나 궁금할 지경이었다. 이마를 맞댄 채 서로의 뺨에 손을 올렸다. 반쯤 잠에 취한 목소리로 내가 웅얼거렸다.

"이 노래가 어떻게 끝날지 모르겠어."

"알게 되겠지."

조지핀이 속삭였다. 그 말을 곰곰이 생각해 보는데 음악이 부드럽게 내 주위를 맴돌았다. 그리고 잠이 들었다.

♩   ♩   ♩

"알다시피 난 곧 떠나야 하니까."

셰인이 계속 이야기했다.

"네."

"그래서 내 생각엔, 그냥 생각해 본 건데, 혹시 나 떠나기 전에 좀 같이 지내고 싶으면 스튜디오에 와서 연주도 하고 그러자고."

"진짜요?"

나는 침대에 앉았다. 내 모습에 조지핀도 몸을 일으켜 팔로 받쳤다.

"응, 진짜. 이번 주 말까지 스튜디오를 빌렸어. 쓰는 게 낫지."

"앨범은요? 앨범은 어떻게 돼 가요?"

"앨범 걱정은 안 해도 돼. 몇 달 있다 다시 스튜디오 잡아서 마무리하면 되니까."

"배리가 그래도 된대요?"

"어, 배리는 괜찮아. 배리 걱정은 하지 마. 내가 이 기간 동안 하고 싶은 건 즐기는 거야. 뭔가를 만드는 거 말이야. 압박도 없고, 하라는 사람도 없

♪♫♪ 🎧

이 그냥 음악을 하는 거. 아주 오랫동안 그걸 못 했어. 여기 있는 동안은 이 느낌을 잃고 싶지 않아. 너도 같이할래?"

"네, 그럼요, 당연하죠."

"그런데 일해야 하잖아, 그렇지?"

"어, 아니에요, 아니에요. 이번 주는 쉬어요. 한 주 내내 쉬어요. 할 수 있어요."

말을 하며 나는 조지핀을 바라보았다. 조지핀이 의아한 눈길로 마주 보았다.

"잘됐네!"

셰인이 대답했다.

"저, 조지핀 데려가도 돼요?"

"나도 그 말 하려던 참이었어. 그리고 있잖아, 그 다른 친구도 데려와."

"토드요?"

"그래, 토드. 그 자식 재수 없긴 한데 드럼은 좀 하더라."

"그냥 부담 없이 막 하고 싶은 거죠?"

"맞아. 그리고 그러다 잘되면, 생각이 또 있지."

✔ ✔ ✔

셰인이 자기 생각을 다 들려주고 난 뒤 나는 생각에 잠긴 채 전화를 끊었다. 조지핀이 물었다.

"무슨 일이야?"

"1분만 있다가 말해도 돼? 먼저 네 얼굴 좀 보고 싶어."

"좋아."

그래서 우리는 그렇게 했다. 침대에 누워 서로를 바라보며 미소 짓다가 가끔 소리 내어 웃었다. 조지핀이 말했다.

"이제 키스 타임이야."

키스 타임 동안 조지핀의 휴대 전화가 일고여덟 번 울렸다. 조지핀이 전화기를 들여다보고는 인상을 썼다.

"받아야 할까 봐."

조지핀은 숨을 깊이 들이마시고는 내뱉었다.

"안녕, 엄마."

나는 화장실로 들어가 조지핀이 하는 말을 들었다.

"맞아요, 엄마. 폭주족이랑 같이 있어요. 코카인도 하고 걔네랑 피임도 안 하고 돌아가면서 자고 있어요. 다 무슬림이고요. 네? '가출'이요? 엄마, 무슨 티브이 드라마 찍어요? 그냥 친구네 집에 있어요. 약속해요, 학점에는 영향 없게 할게요. 잊으신 것 같은데요, 언니는 카일네 집에서 자고 와도 된다고 엄마가 만날 허락해 주거든요? 아니요, 언니랑 나이 차이가 얼마나 난다고 그래요. 언니 나보다 한 살 많아요. 그리고 솔직히 언니 하는 짓을 봐요. 아직도 열네 살짜리처럼 굴잖아요."

나는 그동안 토드에게 문자를 보냈다.

오늘 스튜디오에 와서 연주 좀 더 할래?

1분쯤 지나자 답이 왔다. ㅇㅇ. 그게 다였다. 나도 이모티콘 따위를 기대한 건 아니었다. 그래서 또 문자를 보냈다. **10시에 데리러 갈게.** 그러고는 데리러 갈 장소를 제안했다.

ㅇㅇ.

조지핀은 아직도 통화 중이었다. 나는 화장실에서 나와 침대 옆 작은 탁자에 앉았다.

"엄마, 엄마의 육아에 도움 말씀 한마디 드릴게요. 지금 상황은요, 고개를 들고 다른 방향을 쳐다보면 문제가 다 사라지는 그런 상황이라고요. 아니요. 말했잖아요. 오늘 밤에 간다고요. 네? 아니, 아니요. 오늘은 거기 안 갈래요. 맞아요. 그럼 이렇게 말하죠. 린달 선거운동 본부에 정중한 사의를 표합니다. 가족들하고 조금이라도 시간을 덜 보내기 위해서죠. 끊을게요."

전화를 끊고 나자 조지핀이 침대에 앉은 채로 우리는 다시 마주 보며 미소를 지었다. 이윽고 조지핀이 말문을 열었다.

"미친 것 같지?"

"응."

"완전 미친 노래야."

"최고의 노래고."

"최고지. 셰인 아저씨가 뭐래?"

"오늘 스튜디오로 오래."

조지핀이 고개를 끄덕였다.

"좋아."

"그리고 다른 얘기도 있어. 무슨 생각이 있나 봐."

"뭔데?"

"셰인 아저씨한테 직접 들어."

Y Y Y

"셰인 타일러와…… 뭐요?"

내가 물었다.

"셰인 타일러와 어린이 십자군. 기막힌 이름이지, 안 그래? 단 하룻밤. 단 한 번의 공연. 이번 금요일."

셰인이 대꾸했다.

"우리가요?"

조지핀이 물었다.

"그래, 너. 그리고 너 그리고 너."

셰인이 조지핀과 나와 토드를 차례로 가리키며 말했다.

"그리고 나. 어쨌든 나는 공연하기로 되어 있어. 나는 내 리스트를 할 테니까 너희는 같이 우리 노래를 하면 돼."

우리는 볼링장 식당에서 저녁을 먹고 있었다. 하루를 스튜디오 안에서 보내고 난 뒤 지치고 들뜬 상태였다. 반쯤 기억나는 꿈같은 하루가 흘러갔다.

머릿속에 아스라이 장면들이 맴돌았다. 전부 "그래, 한번 해 봐."라고 셰인이 말하면 내가 머릿속에 들어 있던 조각을 노래하는 장면들이었다. 어젯밤

♪♫♩ 🎧

조지핀과 함께 누워 있을 때 내게 온 조각들이었다. 셰인은 "좋아!" 하고 말하며 악보에 끼적인 다음 늘 그렇듯 천장을 올려다보며 앞뒤로 왔다 갔다 하면서 웅얼거렸다. 그러고는 가사를 노래로 불러 보고 악보에 적었다. 하루가 쏜살같이 지나갔다. 크고 작은 장애물로 가득한 여정이었다. 하나씩 장애물을 넘었고 넘을 때마다 집중해서 정신을 모아야 했다. 그래서 의심하거나 다른 데 한눈팔 시간 따위는 없었다. 셰인은 음악 감독이었다. 조지핀, 너는 여길 불러, 키를 바꿔 보자, 토드는 여기서 들어오고, 오스틴, 네가 높은음을 맡아…….

알지도 못하는 사이에 벌써 늦은 오후가 되었고 우리는 노래 두 곡을 완성했다. 벌스, 코러스, 브리지를 다 갖춘 완벽한 노래 두 곡이었다. 우리는 밖으로 나와 밝은 빛에 눈을 깜빡였다. 셰인이 우리를 데리고 저녁을 먹으러 갔다. 우리는 앉아서 먹고 웃고 떠들며 그날 하루 있었던 일을 이야기했다. 다만 토드는 말이 없었다. 웃고 떠들고 그날 일을 이야기하는 대신 그저 먹기만 했다. 식사를 마칠 무렵 셰인이 말을 꺼냈다.

"자, 나한테 아주 기막힌 아이디어가 있어."

셰인은 아침에 내게 전화로 했던 말을 했다.

"오늘 우리가 한 게 몇 개지? 두 곡이지?"

셰인이 이야기했다.

"어제 만든 것까지 하면 총 세 곡이고 준비할 시간이 사흘 남았으니까 한여섯 곡은 같이 할 수 있지 않을까? 너희 생각은 어때?"

조지핀이 나를 보고 싱긋 웃으며 말했다.

"좋아요."

"오스틴 너는?"

"네, 당연하죠. 아시잖아요."

우리는 모두 말 없는 토드를 쳐다봤다. 토드는 우리보다 남은 감자튀김에 더 관심이 있는 듯했다. 조금 시간이 지난 뒤에야 토드는 우리가 모두 대답을 기다리고 있다는 사실을 깨달았다. 대답은 이랬다.

(어깨를 으쓱하며) "그러죠, 뭐."

어이, 친구들, 우리 아빠가 스튜디오를 빌렸대. 우린 밴드를 만들 거고 공연도 할 거야.

♩ ♩ ♩

새롭게 결성된 셰인 타일러와 어린이 십자군이 단체 식사를 마치고 식당 밖으로 줄지어 나오자 밴드 멤버들은 열정적으로 악수를 하고 손바닥을 마주치며 서로를 끌어안았다(드러머는 예외로 하자. 그는 아무것도 하지 않았다). 어린 여성 보컬은 어린 남성 백업 보컬이자 악기 연주자에게 속삭였다.

"오늘 집에 들어갈 거야?"

어린 남성 보컬은 그 어처구니없는 생각에 대해 곰곰이 생각해 보았다.

"그럴 리가."

"알았어. 그럼 나도 안 갈래."

♯ 사흘간의 여름 캠프

영혼들이 속삭이네. 이것은 전부이자 모든 것♬
더는 없다고♪ 끝은 없다고♩ 아멘 아멘 아멘♩♬

당신이 아는 최고의 노래에서 최고의 부분을 생각해 보자.

들으면 세상이 사라져 버리는 그런 부분, 듣고 또 들어도 가슴이 저리고, 끝나면 더 저리는 그런 부분.

이 시간이 바로 그런 음악이다.

세상에서 제일 부담 없는 사흘간의 여름 캠프가 펼쳐졌다. 스튜디오. 음악 작업. 단체 저녁 식사. 조지핀과 나는 낮 동안 모든 순간 함께였고, 밤마다 우리의 비밀 은신처, 우리만의 은밀한 세상에서 함께였다.

내 품 안에 누워 조지핀이 속삭였다.

"언제나 이랬으면 좋겠어. 이 노래가 영원히 계속됐으면 좋겠어."

우리는 달걀과 베이컨과 시리얼을 샀고 아침이면 내가 식사를 준비했다. 전날 밤 마신 술로 하루 중 절반은 자느라 보내는 엄마를 둔 아이라면 일찌감치 배우게 되는 기술이다. 우리는 작은 탁자에 의자를 나란히 붙이고 앉아 먹고 얘기하고 웃었다. 그러고는 발아래 차고 문이 열리고 셰인이 차를

283

몰아 스튜디오로 향할 때까지 기다렸다. 그런 다음에는 정교한 각본대로 움직였다. 조지핀이 버스를 타고 시내로 가면 나는 오토바이를 타고 황량한 에디나로 돌아가 토드를 태운 다음 스튜디오로 가서 셰인과 함께 작업을 하는 것이었다.

셰인은 빛을 내뿜으며 지친 기색 하나 없이 즐거워했고 그 어느 때보다 명랑했다. 끊임없이 용기를 주고 긍정으로 넘치는 우리들의 대장이었다. 성마른 짜증쟁이인 데다 패배감에 사로잡힌 또 다른 셰인은 애초에 존재하지도 않은 느낌이었다.

셰인이 내게 조지핀 얘기를 직접 꺼낸 적은 한 번도 없었지만 가끔 우리를 바라보며 알 수 없는 미소를 짓는 건 보았다. 즐거운 것도 같고, 자랑스러운 것도 같고, 다른 뭔가가 있는 것도 같은 그런 미소로, 공연 도중 오래전 사라져 버린 고음 파트에서 먼 하늘을 응시할 때 셰인이 보이는 그런 우울한 미소에 가장 가까웠다. 나와 눈이 마주칠 때면 셰인은 눈가의 주름이 짙어지며 더욱 활짝 웃었고 한 번은 고개도 까딱해 주었다.

이 노래가 영원히 계속됐으면 좋겠어.

나 역시 그랬다.

그리고 그럴 수 없다는 것도 알고 있었다. 마음 한구석으론 엄연히 중력이 존재한다는 걸 알았다. 신발 한 짝이든 한 켤레든 저 멀리서 떨어지길 기다리는 것에게 결국 중력이 제힘을 발휘하리란걸. 조그마한 빨간 깃발이 다시 펄럭였다. 나는 다른 곳을 바라보았다.

아직 엄마와는 이야기하지 않았다. 하지만 모르는 번호로 문자가 오기 시작했다. 첫 번째 문자를 열어 보았다. **안녕, 나 릭 아저씨다.** *거기까지만 읽었다.* 나머지는 무시해 버렸다.

두 번째 날 아침 조지핀과 나는 조지핀네 집에 몰래 들어가 옷 몇 벌을 더 챙겨왔다. 그날 밤 조지핀은 가족과 전화 통화를 했다. 엄마와 날카로운 말싸움이 오갔다.

"아, 경찰에 신고하신다고요? 신문에 광고를 내는 건 어때요? 엄마, 내 말 좀, 엄마, 내 말 좀 들어 봐요. 알았어요. 아빠 바꾸세요. 아빠 바꾸시라고요."

잠시 침묵이 흘렀다.

"안녕, 아빠."

조지핀은 아빠의 말을 듣고 있었다.

"아빠, 잠깐만요. 아빠. 아빠. 아빠. 아빠, 퍼트리샤 래프톤이요."

조지핀은 우울한 안도감이 어린 얼굴로 기다렸다. 수화기 저편의 소리는 하나도 들리지 않았다. 영원과 같은 침묵이 흘렀다. 조지핀은 턱을 앙다문 채 미동조차 없었다. 눈물이 가득 차오르며 조지핀의 눈이 반짝였다. 마침내 조지핀이 입을 열었다.

"며칠 있다 들어갈게요, 아빠."

전화를 끊자 조지핀은 손으로 머리를 감싸고 울음을 터뜨렸다. 나는 당황해서 조지핀을 붙들었다. 이윽고 조지핀이 말했다.

"그럴 줄 알았어. 그럴 줄 알았다고."

"뭘 그럴 줄 알아?"

"아빠랑 선거 사무장 여자랑……."

"아, 그러면……?"

조지핀이 나를 처다봤다.

"아. 아, 이런."

그러니까 조지핀은 협박을 통해 짧은 자유를 얻어 낸 것이었다.

♉ ♉ ♉

오스틴 메순과 조지핀 린달, 사랑에 빠진 두 십 대는 매일 밤 로맨틱한 은신처의 침대에 누워 감시하는 눈 하나 없이 그러니까 음, 그랬을까?

거짓말은 하지 않겠다. 그렇고 그런 일들이 거듭 벌어졌다.

하지만 그렇고 그런 일들은 함께 있고, 서로를 품에 안고, 속삭이고, 비밀을 나누고, 뒤엉켜 잠이 들던 순간들과 비교할 수 없다. 누군가 이제 시간이 멈출 거라고, 이게 전부이고 더는 영원히 아무것도 없다고 발표한다 해도 나는 기꺼이 만족할 거다.

질문에 좀 더 정확히 답변하겠다. 그렇고 그런 순간에도 그렇고 그런 일은 없었다. 엄밀히 말하자면 난 여전히 총각에 속했다.

하지만 조지핀이 아빠를 협박했던 날 밤 서로 몸을 포개고 침대에 누웠을 때 조지핀이 말했다.

"내가 처녀인지는 안 물어보네."

"내가 상관할 바는 아닌 거잖아."

"알고 싶어?"

♪♫♪ 🎧

"아니라도 상관없어."

"아니라도 상관없다는 거 나도 알아."

"그래?"

"응."

"그럼 너?"

"맞아."

"너는 왜 기다리는데?"

"나도 특별한 누군가를 원해."

우리는 그렇게 어둠 속에 누워 있었다. 조지핀이 미소를 짓자 나도 따라 미소 지었다. 그러다 둘 다 큭큭 웃어 버렸다.

"좋아, 그래."

내가 말하자 조지핀도 말했다.

"그래."

"그런데 아직은 아니야. 아직은 안 돼."

내가 말했다.

"그럼 언제?"

"공연하는 날 밤에."

"알았어. 공연하는 날 밤에."

우리는 키스를 하며 정신없이 달려들었다. 하마터면 우리의 약속을 깰 뻔했지만 가까스로 지켰다. 이유는 이랬다. 우리가 영원히 함께한다는 걸 아는데, 서두를 필요가 있을까?

이제 토드 이야기를 해 보자.

토드를 데리러 간 첫날, 토드는 스틱을 손에 쥔 채 길모퉁이에서 기다리고 있었다.

"안녕."

내가 말했다.

"안녕."

토드가 그렇게 말을 한 건 아니고 고개만 까딱했다. 그러고는 뒷자리에 올라탄 다음 우리는 스튜디오까지 말없이 달렸다.

사실 토드는 내내 그 모습이었다. 잔디 깎는 팀 눈을 피해 토드를 빼내오던 날 이후 토드가 한 말을 다 적어도 종이 반쪽도 안 될 터였다.

스튜디오에서 한 말도 다섯 문장이나 될까. **좋아요, 네, 그러죠, 이렇게요? 알았어요.**가 전부였다. 잔디를 깎으며 내 생명을 위협하던 때 내게 훨씬 말을 많이 했던 것 같았다. 운동하는 애들의 대인관계란 이게 다인 것 같았다. 쿵 소리를 내며 고개를 까닥함, 한 번씩 잡아먹을 듯 버럭댐, 서로 이를 잡아 줌.

이상한 예외가 한 번 있기는 했다. 셰인은 담배 피우러 나가고 조지핀은 화장실에 가서 스튜디오에 둘뿐이었다. 나는 작업 중인 내 노래 한 곡을 기타로 튕기며 나지막이 가사 몇 군데를 불러 보고 있었다.

"네 노래야?"

토드의 목소리에 나는 펄쩍 뛸 뻔했다.

"응."

토드는 방금 말한 사람이 바로 자신인 걸 잊은 듯 잠시 말이 없더니 입을 열었다.

"노래 좋다."

"고맙다."

"근데 좀 더 자신 있게 해 봐."

그것 말고는 침묵으로 일관했다. 매일 밤 저녁 식사 자리에서도 마찬가지였다. 토드는 우리와 함께 있지만 함께 있지 않았다. "멀로이군? 지금까지 10분 동안 우리가 토론한 내용을 한 번 이야기해 보겠나?" 약아빠진 선생님들이 주로 하는 수법을 토드에게 쓴다면 토드는 매번 망할 게 뻔했다.

셰인은 대체로 토드를 토드인 채로 두는 게 좋은 듯했고, 이따금 "토드, 제발 그 입 좀 다물어 줄래?" 같은 농담을 하며 즐거워했다. 그런데 셋째 날 밤 볼링장 식당의 늘 앉던 자리에 모두 앉아 있는데 셰인이 머릿속에 질문을 굴리며 토드를 힐끗거리는 게 자꾸 눈에 들어왔다. 결국 셰인은 토드 뺨 위의 희미해져 가는 멍을 가리켰다.

"토드, 얘기 좀 해 봐. 그거 왜 그런 거야? 하계 하키 리그 주먹질이라도 있었나?"

토드가 음식을 씹으며 말했다.

"아빠가 때렸어요."

조지핀이 글루텐 성분이 없는 샐러드 위에 포크를 내려놓고 뒤로 몸을 젖히며 말했다.

"정말?"

토드는 한 입 더 베어 물며 슬쩍 내 쪽을 봤다.

"어, 맞아. 내가 봤어."

조지핀이 나를 쳐다봤다. 셰인은 토드를 바라보며 얼핏 기이한 미소를 지었다.

"전에도 그런 적 있어?"

조지핀이 토드에게 물었다.

토드는 멍하니 고개를 끄덕이며 콜라를 빨았다.

"그럼…… 너희 엄마는?"

"어, 맞아, 엄마도 몇 번 때렸지."

조지핀은 소스라치게 놀랐다.

"뭐? 사람들한테 알려야지! 경찰에 신고해! 집을 나와!"

토드는 째려보듯 조지핀을 한 번 쳐다보고는 다시 햄버거에만 집중하며 입을 다물어 버렸다.

"그래, 흠, 막상 그런 생활을 하고 있으면 말처럼 그렇게 쉬운 일이 아니지, 그렇지?"

셰인이 이야기하며 토드를 봤다.

토드는 천천히 음식을 씹다가 멈추었다.

"음, 난 오데사 근처에서 컸어. 텍사스주 오데사. 관목 덤불이 펼쳐지고 유전하고 더블와이드#가 늘어선 곳이지." 와아아이드 하고 길게 발음이 늘어

♩♫♪ 🎧

지며 셰인의 억양이 강해졌다. "우리 집 영감, 그러니까 얘 할아버지는……." 셰인이 내 쪽으로 고개를 슬쩍 기울였다. "유전에서 일했어. 막노동꾼이라고들 하지. 허구한 날 술에 절어서는, 퍽." 셰인이 주먹 날리는 시늉을 했다. "열여덟 살 땐가, 난 집을 나왔어. 대스타가 되겠다고. 그 후론 본 적도 얘기한 적도 없어."

우리는 셰인이 맥주를 한 모금 들이켜는 동안 기다렸다. 토드는 손에 든 채 잊고 있던 햄버거를 삼켰다.

"뭐, 내가 아버지 노릇 운운할 자격은 없지만……." 셰인은 나를 힐끔 쳐다보고는 말을 이었다. "절대 늦지 않았다는 건 말할 수 있다."

"뭐가 절대 안 늦어요?"

토드가 물었다.

"아버지처럼 안 되는 거."

❧ ❧ ❧

식당을 나서자 토드는 어쩐지 전보다 더 조용해졌다. 내면 깊숙이 어딘가로 숨어든 것 같았다. 셰인이 날 옆으로 끌며 말했다.

"집에 가야 해? 오늘 밤에 집에 와서 같이 놀래?"

그래서 조지핀을 집에 데려다주는 척 약간 속임수를 썼다. 나 · "괜찮겠

#더블와이드 : 트레일러 두 대를 연결한 이동식 주택.

어?" 조지핀 : "당연하지. 가서 아빠랑 시간 보내." 그런 다음 나는 편자가 걸린 셰인의 집 현관으로 가서 초인종을 눌렀다.

우리는 지붕에 올라가 누웠다. 공연과 음악에 관해 이야기를 나누고는 아무 말도 하지 않았다. 셰인이 원한 건 이게 다인가, 그냥 같이 있을 사람? 그런 의문이 들었다.

"편자는 어디서 난 거예요?"

"할아버지가 주셨지. 외할아버지. 외할아버지는 그 당시에 진짜 카우보이였거든."

"아저씨 아버지 말이에요. 그런 얘기는 몰랐어요."

"그럼. 네가 어떻게 알아. 어쩌면 그렇게 자랐기 때문에, 그래서 케이디를 떠난 걸지도 몰라. 우리 아버지처럼 될까 봐 두려워서."

내가 생각에 잠긴 사이 셰인은 담배에 또 불을 붙였다.

"그러니까 내가 생긴 줄 알았단 말이네요."

셰인은 말이 없었다. 셰인이 뿜어낸 담배 연기는 잠시 별빛도 흐리고 달빛도 약간 흐린 다음 사라졌다.

"그래. 짐작했었지."

"나한텐 몰랐다고 했잖아요."

"맞아. 너한테도 나한테도 솔직하지 못했어. 그 생각은 오랫동안 지워 버리고 살았어. 오스틴, 미안하다. 솔직하지 못해서 미안하고 떠나서 미안하다."

셰인이 고개를 돌려 나를 보았다. 아마도 지난번 바에서처럼 내가 버럭

히스테리를 부릴까 걱정되는 모양이었다. 이번에 나는 벌떡 일어나 앉았다.

"괜찮니?"

"네, 괜찮아요. 저번에 바에서 했던 말은 진심이 아니었어요. 아저씨가 돌아와서 기뻐요. 우리가 만나게 돼서 기뻐요."

"나도."

세인이 내 어깨를 다독였다. 이번엔 나도 뿌리치고 싶은 마음이 들지 않았다.

"그런데 또 떠날 거잖아요?"

"그래, 그래야 해."

"그럴 필요 없잖아요."

"여긴 진짜 내 집이 아니야, 오스틴."

"하면 되잖아요. 진짜 집으로 하면 되잖아요. 여기서 살아도 돼요. 여기서 음악 하는 사람들 많아요. 프린스도 여기서 음악을 했어요."

"흠, 내가 프린스는 아니잖니. 게다가 난 여기서 겨울을 보낼 자신이 없어. 난 여기저기 돌아다닐 거야. 요즘은 음악 해서 돈을 벌려면 계속 공연을 해야 해. 예전처럼 판만 팔아서는 안 된다고. 그 스트리밍인지 뭔지가 다 망쳐버렸어. 옛날에도 내 판이 많이 팔린 건 아니지만."

세인은 담배를 한 모금 또 빨았다.

"그래서 어쨌거나 난 이동할 거야. 내일 공연이 끝나면 다음 주엔 뉴욕으로 날아가서 공연할 거고. 그다음엔 다시 이리로 와서 이달 말까지 몇 주 지낼 거야. 그러곤 아마 다시 내슈빌에 잠시 가 있을 거고."

"앨범 작업 끝내려고요?"

"응. 네가 괜찮으면 가기 전까지 같이 지내도 돼."

"좋아요."

셰인이 나를 향해 고개를 돌렸다.

"저기……"

"네?"

"내가 간 다음에도 나는 여기 있을 거야. 무슨 말인지 알아?"

"아니요."

셰인은 옆으로 돌아누워 팔꿈치로 머리를 괬다.

"내 인생에 네가 있었으면 좋겠어. 내가 네 인생에 있었으면 좋겠고. 서로 왔다 갔다 하고 네가 어느 정도 나이 들면 나한테 와서 같이 지내기도 하고. 뭐 그런 거?"

"네?"

"그래, 널 만나고, 오스틴, 널 만나고 내 인생이 변했어. 나는 떠나겠지만 그렇다고 내가 떠나는 건 아니야. 알겠니? 다시는 널 떠나지 않을 거야. 듣고 있지? 다시는 널 떠나지 않을 거야."

♩ ♩ ♩

내가 침대 속으로 들어가자 조지핀이 뒤척였다.

"얘기 잘했어?"

잠에 취한 목소리로 조지핀이 물었다.

"응."

"잘됐네. 내일 일 기대돼?"

"응. 셰인 타일러와 어린이 십자군. 이름도 마음에 들어."

조지핀은 비몽사몽 간에 딱히 내 말에 동의하지 않는 듯한 소리를 냈다.

"뭐?"

"아무것도 아니야."

"뭔데?"

조지핀이 하품을 했다.

"어린이 십자군이 어떻게 됐는지 알지?"

"아니."

"중세 시대였어. 아이들이 무리를 지어서 성지를 해방시키려고 행군을 나섰어."

"그런데?"

조지핀은 대꾸하지 않고 다시 까무룩 잠이 들었다.

"야."

"응?"

"그래서 어떻게 됐는데?"

"아이들? 다 죽었어."

조지핀은 다시 하품을 하더니 바로 잠이 들었다.

나는 한동안 깨어 있었다.

잊어버린 엄마의 생일

한밤중에 서성였어요. 두 번이에요. ♪
처음엔 즐거웠어요. ♫
두 번째엔 ♩ 그렇게 행복하지 못했죠. ♪♩

중력이 돌아왔다. 록 밴드 리플레이스먼트 티셔츠를 가지러 갔을 때였다.

금요일이었다. 공연 당일. 오후 늦게 스튜디오에 모여 리허설을 한 다음 뭘 좀 먹고 공연을 할 계획이었다.

그런데 공연을 하려면 리플레이스먼트 티셔츠가 필요했다. 그냥 필요했다. 그 티셔츠 없이 공연한다는 건 상상도 안 됐다. 문제는 티셔츠가 집에 있다는 것.

집에 가서 리플레이스먼트 티셔츠를 가져와야 한다고 조지핀에게 설명하자 ("그래, 잠깐만. 왜?" "그냥 필요해.") 조지핀은 호수 주변을 걷고 있을 테니 나중에 만나자고 했다. 그래서 아침나절 집으로 향했다. 엄마는 네일숍에 있을 테고 릭 아저씨는 나가서 누굴 고소 중이던가 뭐 그러리라 생각이었다.

진입로에 오토바이를 세우고 현관으로 걸어 들어가다 걸음이 멈췄다. 사방에 풍선과 꽃이 있었다. 거짓말 안 보태고 온 사방에 가득했다. 바닥에는 풍선들이 고정돼 있었고 꽃잎은 흩날리고 의자와 탁자에 묶어 놓은 헬륨 풍선들은 에어 커튼 바람에 살랑살랑 흔들렸다.

"이게 다 뭐야?"

나는 앞을 가로막는 풍선들을 발로 걷어차며 혼잣말을 중얼거렸다.

"왔어?"

릭 아저씨의 목소리였다. 행복하고, 열정 넘치고, 깜짝 놀라며 기뻐하는 목소리였다. 부엌문으로 껑충대며 달려와 나를 발견할 때까지는. 릭 아저씨는 깜짝 놀라며 불쾌해했다. 나 역시 마찬가지였다.

"아."

"아."

우리는 서로를 바라보았다. 아저씨는 앞치마를 두른 채 핸드 믹서를 손에 들고 있었다.

"네가 올 줄은 몰랐네."

"네. 물건 좀 챙기러 잠깐 들렀어요."

나는 풍선과 꽃들을 둘러봤다. 릭 아저씨는 나를 지켜봤다.

"내가 보낸 문자, 하나도 안 읽은 줄 알았는데."

"안 읽었어요."

"그래. 그럼 게다가 잊어버리기까지 했다는 거네."

"뭘 잊어버리기까지 해요?"

"오늘 엄마 생일이야."

"아, 이런, 망할."

가슴이 쿵 내려앉는 익숙한 감정이 밀려왔다.

"맞아요. 죄송해요."

릭 아저씨는 어깨를 으쓱했다.

"나한테 사과할 일은 아니고."

"뭐라도 사 올게요."

"그러든가."

나는 온갖 장식을 다시 둘러보았다. 비로소 **생일 축하해, 켈리!!**라고 두꺼운 매직펜으로 쓴 거대한 종이가 눈에 들어왔다. 릭 아저씨는 그 위에 하트와 웃는 얼굴을 그려놓았다.

"그래도 무사하니 다행이다."

나는 아무 말도 하지 않았다.

"잔디 서비스 일도 그만둔 것 같던데."

"그래도 돈은 갚을게요. 시간이 조금 더 걸릴 뿐이에요."

릭 아저씨는 고개를 끄덕이고는 "그래. 난 케이크 만드는 중이라서."라며 다시 부엌으로 사라졌다.

나는 잠시 그대로 서서 아저씨가 다시 나오진 않을까 생각했지만 아저씨는 나오지 않았다. 그래서 위층으로 올라가 엉망진창인 서랍을 마구 뒤지며 리플레이스먼트 티셔츠를 찾았다. 위잉 믹서 돌아가는 소리가 들렸다.

"난 케이크 만드는 중이라서. 난 케이크 만드는 중이라서."

나는 중얼거렸다.

찾았다. 나는 티셔츠를 손에 쥐었다. 티셔츠에는 음반 제목이 쓰여 있었다. **리플레이스먼트 : 미안. 엄마, 쓰레기 내놓는 거 깜빡했어요.** 얄궂은 일

♪♬ 🎧

이었다. 계단을 내려가며 릭 아저씨한테 말을 하고 가야 하나 말아야 하나 생각했다. **저 이제 가요. 다음에 봐요.** 같은 말. 아님 그냥 가 버릴까? 하지만 결정은 이미 내려져 있었다. 계단 끝에 다다르자 릭 아저씨가 행주로 손을 닦으며 다시 부엌에서 나왔다.

"오스틴, 아무 말 안 하려고 했는데, 내가 나설 일이 아닌 것 같아서, 그런데 다시 생각해 보니까 아니야. 너를 존중해야겠다는 생각이 들었어. 이런 상황이라면 누구라도 할 이야기를 나도 할 거다. 우선 돌아가는 상황하고 다 상관없이 생일에도 엄마랑 같이 안 보낸다는 건 정말 무신경한 일이라고 생각한다."

"그러세요?"

"그래."

"좋아요. 조금 전에 한 말 말이에요. 나설 일이 아닌 것 같다는 말. 맞는 말이에요. 아저씨가 나설 일이 아니에요."

"그래. 그렇다면 주제넘게 나선 건 미안하구나. 그렇지만 네 엄마한테 생일이 얼마나 중요한지 알잖니."

"얼마나 중요하냐고요? 진짜요? 엄마한테 물어보세요. 내 열다섯 살 생일은 얼마나 중요했었는지. 엄마가 빌어먹을 알코올 중독 재활원에 있느라 그냥 지나간 내 생일이요. 그것도 중요했대요?"

"아, 그래. 끔찍한 얘기구나. 그런데 언제까지 그런 일에 매달릴 거니?"

"아저씨 변호사예요? 심리 치료사예요?"

"그럼 그게 뭐지? 엄마한테 복수라도 하겠다는 거니? 그런 뜻이야?"

"복수요? 복수하고 싶은 마음 없어요. 그냥 아저씨가 여기 서서 나한테 삶의 지혜를 전파하는 게 싫을 뿐이에요."

"오늘은 엄마 생일이고, 엄마는 널 사랑하고 널 무척 걱정했고, 또 보고 싶어 한다는 걸 아는데 그렇게 대단한 지혜가 필요하지는 않아."

"그거 알아요? 아저씨가 엄마랑 자는 사이라고 해서 우리 아빠가 되는 건 아니에요."

"아, 그런 상투적인 말은 삼가길 바란다. 게다가 엄마한테 무례한 말이기도 하고. 너희 엄마가 그런 소리 들을 사람은 아니다."

"그러세요? 아저씨한테 우리 엄마는 그런 존재 아니었어요? 섹스 상대?"

"그건 우리 관계를 아주 근본적으로 오해하는 말이구나."

왜 그렇게 증오와 원한과 독기로 똘똘 뭉친 말이 튀어나왔는지 나도 모르겠다. 릭 아저씨는 한 치의 흔들림도 없이 침착했고 목소리에도 화난 기색이라곤 없었다. 그것 때문이었다. 아저씨는 너무나도 태연하게 냉정을 잃지 않았고 그것이 나를 더 화나게 했다.

릭 아저씨는 내 마음을 읽고 있는 것 같았다.

"오스틴, 네가 무슨 말을 해도 날 상처 주거나 화나게 하지 못해. 몇 년 동안 사람들이 나한테 무슨 말을 했는지 넌 상상도 못 할 거다."

"그건 아저씨가 개자식이라 그렇겠죠."

릭 아저씨는 진짜로 슬쩍 웃는 것 같았다.

"그럴지도 모르지. 중요한 건 이미 말했다시피 나한테는 아무 말이나 하고 싶은 대로 해도 좋아. 정말이다. 네가 엄마를 모욕하는 건 싫지만 일단 그 얘긴 밀어 두자. 난 네가 나에게 좀 더 솔직해진다면 우리 관계에 도움이 될 거라 생각한다."

"휴, 아저씨, 고마운데요, 우리한테는 관계란 게 없어요. 나한텐 아빠가 있다고요."

얼토당토않은 말이 입 밖으로 튀어나왔다.

"알고 있어. 네 아버지도 아주 단호하더구나."

"뭐요?"

릭 아저씨는 고개를 저었다.

"아무것도 아니다. 중요한 거 아니야. 오스틴, 나는 조금도……."

"전화했어요? 셰인 아저씨한테 전화했어요?"

"전화를 했냐고? 내가 왜 그 사람한테 전화를 하지? 직접 여기 왔었다."

난 잠시 말문이 막혔다.

"아니에요, 그럴 리 없어요."

"그래, 됐다."

"무슨 말을 하는 거예요?"

"그 사람이 여기 왔었다고."

"아저씨랑 얘기하려고요?"

릭 아저씨는 **바보야?** 하는 표정으로 나를 쳐다봤다.

"그 사람이 왜 이 동네에 왔다고 생각하니, 오스틴? 다른 데서도 얼마든지 녹음할 수 있는데."

"마음에 드는 엔지니어가 여기 있으니까 그렇겠죠!"

"됐다. 어쨌든 그건 중요한 게 아니고. 내가 괜한 소리를 한 것 같구나. 음…… 우리는 이 모든 일을, 요 며칠 동안 생긴 모든 일을 다 딛고 넘어설 수 있어. 오늘 저녁 엄마 생일 파티에 네가 와 주면 정말 좋겠구나. 엄마가 정말 고마워할 거야. 그리고 안 믿기겠지만 네가 오면 나도 기뻐."

아무 말도 귀에 들어오지 않았다.

"질투 나서 그렇죠, 안 그래요? 셰인 아저씨가 엄마한테 얘기하는 거."

릭 아저씨가 고개를 뒤로 젖혔다.

"질투하는 게 나일까?"

"당신은 개자식이야. 아주 개자식이야."

내가 말했다. 그러고는 나도 이제 다 컸다는 걸 보여 주려고 옆에 있던 헬륨 풍선을 와락 쥐고는 헤드록을 걸듯 옆구리에 끼고 오토바이 열쇠로 찔렀다. 그리고 한 번, 두 번, 세 번을 더 찌르자 풍선이 펑 터졌다.

나는 도발하듯 릭 아저씨를 쳐다봤다. 릭 아저씨는 아무 표정도 없었다.

"개자식."

나는 다시 말하고는 집을 나왔다.

♩ ♩ ♩

"개자식, 개자식, 개자식."

셰인의 집으로 가는 내내 중얼거렸다. "개자식아!" 시속 65킬로미터의 속도로 소리쳤다. "개자식!" 이번엔 정지 표지판 앞에서 내 앞을 휙 지나던 다람쥐 한 마리에게 소리쳤다. 아마도 지난번 잔디 깎다 소리를 질렀을 때 만났던 그 다람쥐 사촌일지도 모르겠다. 이제 자기들끼리 정보를 교환하겠지. **잠깐. 그 자식 어떻게 생겼다고? 진짜 희한하네!**

셰인의 집 근처에 오토바이를 세운 뒤 잠시 앉아서 투레트증후군 환자처럼 **개자식 개자식 개자식** 하고 중얼거렸다. 그러고는 다시 시동을 걸고 셰인의 집까지 마저 달렸다.

현관으로 성큼성큼 걸어가 초인종을 향해 손가락을 휙 날렸다. 그러곤 0.5센티미터 앞에서 확 멈추었다. 뭐라고 하지? 뭐라고 물어봐? 정말 답이 듣고 싶은 거야?

그렇게 그대로 서서 초인종을 누르려다 말고, 누르려다 말고를 두 번 더 반복했다.

손을 뻗어 편자에 가져다 댔다. 구멍이 숭숭 뚫린 녹슨 표면을 손가락으로 훑었다. 그러고 있는데 벌컥 문이 열리더니 셰인이 나타났다. 기타 목을 손에 쥔 채 눈앞에 등장한 나를 보고는 화들짝 놀랐지만 이내 얼굴에 미소가 피어올랐다.

"어, 여긴 어쩐 일이야?"

"모르겠어요. 그냥……."

"반갑다!"

셰인은 기타를 들지 않은 팔을 내게 두르며 슬쩍 안았다.

"별일 없고?"

"네, 저…… 어디 가요?"

"거기 가려던 참이었어. 뭐라 그랬지? 위트필드던가?"

"위트모어 씨네요."

"그래, 거기. 거기 가서 잠깐 앉아 있으려고 그랬어. 같이 가자!"

"네, 그래요."

"괜찮아? 귀신 만난 얼굴인데?"

"아니에요. 괜찮아요."

🎵 🎵 🎵

차 안에서 셰인은 공연 얘기, 우리 노래 얘기, 또 너무 행복하다는 얘기를 했다. 나는 다 놓아 버리고 셰인과 함께 즐거움의 파도를 타고 싶었다. 파도에 휩쓸려 저 아래 소용돌이치는 불안을 잊고 싶었다. 나는 알고 있었다. 무슨 말이라도 꺼내면, 뭐라도 물어보면 그건 파도를 거슬러 노를 젓는 일이 되고 그러면 거대한 파도가 나를 덮치리란 걸……

위트모어 씨네에 도착한 다음에는 전과 똑같았다. 둘이 나무에 기대고 앉아 셰인은 뭔가를 연주하고 날은 기막히게 아름답고……. 하지만 내 마음속에는 여전히 빨간 깃발이 펄럭였다. **말해, 말하라고, 말해야 한다니까.** 막 말하려던 찰나 셰인이 입을 열었다.

"저, 어젯밤에 했던 말을 좀 생각해 봤는데. 네가 뉴욕에 같이 가면 좋겠어."

"공연하러요?"

"응. 그리고 딴 일도 있고."

"딴 일이요?"

"그게, 말도 안 되는 소린데, 너랑 같이 투어를 하는 꿈이 있어. 제프 트위디도 자기 아들이랑 그랬잖아. 전국을 돌아다니면서 우리 둘이서 같이 공연을 하는 거야. 곡도 쓰고. 우리 둘이서."

"진심이에요?"

"그럼, 당연하지. 우리 둘이."

우리 둘이서.

마치 세상이 팽창하듯 아주 깊게 숨을 들이마셨다. 이건 내가 그토록 기다려왔던 응답이었다. 이번 주에 벌어진 마법 같은 황홀함을 영원히 이어갈 방법이었다.

"아저씨. 좋아요. 정말 좋아요."

셰인은 웃으며 내 등을 툭툭 쳤다. 우리는 어디로 갈지, 어느 장소에서 공연할지, 누굴 만날지 이야기를 주고받았다. 이제 모든 게 아주 분명해졌다. 모호하기만 하던 미래의 엄청난 비밀 계획이 현재의 엄청난 비밀이 아닌 계획이 되었다. 정말로 실현되는 엄청난 계획 말이다. 셰인과 나, 함께 여행하고, 함께 공연하고, 함께 곡을 만들고, 서로에게 부족했던 잃어버린 조각이 되어 주는 우리 두 사람. 늘 너무나 고통스럽도록 분명했지만 차마 생각조차 못 했던 그 계획이 이루어진다.

"내슈빌을 근거지로 하자."

"뉴욕은 어때요? 조지핀이 뉴욕에 갈 거라서요."

"좋아, 뉴욕! 부시위크나 그린포인트 같은 곳으로."

눈앞에 광경이 펼쳐졌다. 셰인과 투어를 다니고 가끔 동네로 와서 조지핀을 만나고 그러다 조지핀이 뉴욕에 있는 학교에 가면 같이 사는 그런 광경!

"아저씨, 정말 끝내줄 것 같아요."

"끝내줄 거야. 끝내주고말고. 우리가 그렇게 만들 거야."

기차가 한 대 다가오고 있었다. 기차가 덜컹거리며 기적을 울리자 셰인이 일어서서 같이 소리를 질렀다. "우우우우!" 나도 벌떡 일어나 같이 질렀다. "우우우우!" 우리는 하늘을 향해 주먹을 치켜올렸다.

돌아오는 차 안에서 셰인은 오스틴에서 공연이 어땠는지, 뉴올리언스의 관객들은 어땠는지, 생각보다 투손이 얼마나 좋은지, 들뜬 상태로 마구 떠들었다. 그제야 힐끗 밖을 보니 차가 에디나 시내 우리 집 근처, 엄마가 있는 곳 가까이를 지나고 있었다.

"어, 어, 어, 여긴 왜 가요?"

셰인은 네일숍 바로 앞 갓돌 옆에 차를 세웠다.

"그냥 잠깐 들러서 케이디한테 인사나 하려고. 작별인사도 하고."

셰인은 차의 기어를 주차에 놓았다.

"아저씨, 잠깐만요, 진짜로요?"

"응, 왜 그래, 그냥 잠깐 들를 거야. 같이 갈래?"

"아니요."

엄마가 보였다. 조그마한 탁자에 돈 많은 에디나 사모님을 마주하고 앉아 손톱에 정신을 집중하고 있었다. 셰인은 이미 차 문을 열고 밖으로 향했다.

속이 울렁거렸다. 마구 울렁거렸다. 좀 전까지 느꼈던 즐거움과 낙천적인 마음은 다 사라져 버렸다.

"아저씨, 그렇게 좋은 생각 같진 않아요."

"무슨 소리. 가서 인사하자."

"아니에요, 아저씨, 제발, 그러지 마세요."

"뭐가 그렇게 걱정이야?"

"아저씨……."

셰인은 사이드미러를 보며 눈썹을 가다듬는 척하더니 내게 윙크를 날리고 가게 입구를 향해 성큼성큼 걸어갔다.

"아저씨, 안 돼요, 제발……."

그 순간 셰인이 걸음을 멈추고는 휙 뒤를 돌아 다시 차로 돌아왔다.

"제기랄, 진짜 줄 알았잖아요."

셰인이 다가오자 내가 말했다.

"이걸 깜빡했지 뭐야."

셰인은 뒷좌석 문을 열더니 기타를 꺼냈다.

"아저씨, 제발요. 아저씨. 아저씨!"

나는 셰인의 등에 대고 외쳤다. 셰인의 등은 빠르게 멀어져 갔다. 셰인이 네일숍의 문 앞에 도착하자 나는 차마 볼 수가 없어서 의자에 몸을 파묻었다. 오, 신이시여…… 그러다 도저히 참을 수가 없어서 몸을 똑바로 세우고 차창 가장자리 너머로 상황을 훔쳐봤다.

셰인이 안으로 들어갔다. 안내 데스크에 있는 여자에게 활기차게 무언가를 이야기했다. 여자가 어리둥절한 얼굴로 조심스레 미소 짓자 셰인이 엄마를 가리켰다. 엄마가 그제야 고개를 들어 셰인을 보았다. 아무것도 들리지 않았지만 엄마의 말을 똑똑히 알 수 있었다. "셰인!" 엄마는 천장을 향해 고개를 뒤로 젖히고 어깨를 툭 떨구었다. "아으으으!" 그러더니 자세를 꼿꼿이 하고 말했다. "대체 여기서 뭐 하는 거야!"

셰인의 옆모습이 보였다. 얼굴 가득 환한 미소가 보였다. 셰인이 엄마를 달래려고 손을 뻗었다. **잠깐만요, 잠깐만요.** 셰인이 무언가 말을 했다. 엄마가 얘기하는 게 보였다. **셰인, 싫어, 싫다고. 당장 나가.** 셰인은 나가기는커녕 기타를 퉁기며 엄마에게 노래를 불러 주기 시작했다. 시더 호수에서 만돌린으로 머리를 얻어맞던 날이 번쩍 머릿속을 스쳤다.

네일숍 안의 사람들은 키득거리거나 어리벙벙하거나 깜짝 놀란 표정이었다. 엄마는 앞에 앉은 여자에게 사과를 하더니 셰인을 처리하려고 일어섰다. 셰인은 어느새 한쪽 무릎을 꿇고 열정적으로 아무렇게나 노래하고 있었다.

이쯤 되니 다들 킥킥거리며 웃었다. 엄마 앞의 돈 많은 에디나 사모님도 웃었다. **너무 사랑스럽지 않아?!** 하는 표정이었다. 좀 괴상망측하고, 말도 안 되게 바보 같고, 어이없는 일이었다. 나는 이를 악물고 손톱으로 머리 양쪽을 할퀴며 입으로만 웃고 있었다. 전형적인 우스꽝스러운 로맨틱 코미디의 한 장면이었다. 셰인은 한쪽 무릎을 꿇은 채 모든 것을 쏟아붓고 주변 여자들은 이 재미난 광경을 흥미진진하게 지켜보았다. 다만 다른 로맨틱 코미디와 차이가 있다면 여자 주인공이 손톱 다듬는 가위처럼 보이는 물체를 손에 움켜쥐고 있다는 점이었다. 내가 아는 엄마라면 그 가위로 셰인의 목을 찌르고도 남았다.

차에서 나가 봐야 했다. 차에서 나가 빌어먹을 네일숍으로 가야 했다. 지금, 당장. 그리고 셰인을 끌고 나와 진짜 끔찍한 일이 벌어지기 전에 둘 사이를 갈라놓아야 했다. 나는 계속 앉아 있었다. 문손잡이를 붙들고 **어떡하지 어떡하지** 망설이다가 다시 의자에 몸을 파묻었다. 셰인은 계속 진행 중이었다. 엄마는 주먹을 꽉 쥔 채 옆구리에 붙이고 셰인 앞에 꼼짝없이 얼어붙어 있었다. **그 여자가 작정으로 당신을 때려죽이려고 했던 그 여자라고요!** 나는 셰인에게 소리치고 싶었다. 하지만 그런 말은 갓돌에 차를 세울 때 했어야 했다.

나는 도망치고 싶었다. 어떤 무시무시한 파멸이 뒤따르더라도 나 없는 데서 벌어졌으면 했다. 하지만 그러지 못했다. 나는 의자와 한 몸이 되었다. 그때 **맙소사, 안 돼.** 엄마가 움직이기 시작했다. 셰인을 향해 저벅저벅 걸어갔다. 걸음을 옮길 때마다 속도가 빨라졌다. 엄마는 셰인 바로 옆으로 다가오더니 그냥 지나쳤다. 그러곤 곧장 안내 데스크를 지나 팔을 쭉 뻗어 문을 열었다.

인도로 걸어 나오자 엄마는 눈물을 흘리기 시작했다. 하지만 턱을 꽉 다물고 입술을 꾹 누른 채 참으려고 안간힘을 썼다. 엄마는 나와 채 3미터도 떨어지지 않은 거리에 있었다. 나는 자세를 고쳐 앉았다. 나도 모르게 손을 올려 슬쩍 흔들었다. 엄마를 부르고 싶었다. 하지만 바로 그 순간 엄마의 눈이 내게 와서 꽂혔고 엄마가 나를 알아보았다. 그러자 엄마는 뒤를 돌아 인도로 걸어가 버렸다.

끝까지 오지 않은 셰인

당신께 내 모든 비밀을 말했어요. ♩
도와줘요. 어느 것인 진실인지 알 수 있도록. ♬

"거 봐, 효과 있잖아."

차로 돌아온 셰인이 말하며 웃음을 터뜨렸다. 나는 대꾸를 하지도 쳐다보지도 않았다. 어찌해야 할지 알 수가 없었다. 처음으로 셰인 곁에 있는게 두려웠다. 셰인이 걱정돼 두려운 건지 셰인이 두려운 건지 판단이 서지 않았다.

"왜 그래?"

"아무것도 아니에요."

"알았다."

운전을 하면서도 셰인은 비정상적으로 행복한 모습이었다. 잔뜩 들떠서 노래를 부르며 핸들을 퉁퉁 두드렸다. 셰인이 이렇게 행복한 이유가 무엇인지는 생각하고 싶지 않았다. 할 수가 없었다. 코카인이나 필로폰을 한 건 아닌지 아니면 더 심각한 경우 이게 셰인의 본 모습은 아닌지 덜컥 겁이 났다. 불안감이 너무 커서 과호흡이 시작되지 않도록 싸워야만 했다. 그러다 별안간 머릿속에서 음악이 펑펑 터졌다. 기타와 되먹임 소리가 웅웅 대며 찔러 대는 통에 관자놀이를 차 벽에 꾹 눌러서 진동으로 소리를 덮었다.

운전을 계속하자 셰인의 기분이 슬슬 가라앉으며 구식 앰프의 진공관처럼 빛이 사위었다. 다시 집에 도착할 즈음이 되자 셰인은 지친 듯 조용했고 취해 있던 것이 무엇이든 들뜬 상태에서 내려와 있었다. 내가 차에서 내린 다음에도 셰인은 그대로 운전대 앞에 앉아 있었다.

"이따가 리허설 때 보자."

셰인이 말했다.

ɣ ɣ ɣ

물론 셰인은 리허설에 나타나지 않았다.

토드와 조지핀과 나만 기다리고 서성대고 전화기의 시간을 확인했다. 내가 셰인에게 문자를 몇 번 보냈지만 답이 없었다. 나를 바라보는 조지핀의 시선이 느껴졌다. 무슨 일이 있었는지 조지핀에겐 아무 말도 안 했다. 별채로 몰래 다시 돌아간 다음엔 거의 한마디도 하지 않고 함께 오토바이를 타고 나왔다.

"괜찮아?"

조지핀이 내게 물었다. 아마도 다섯 번째인 것 같았다.

"괜찮아."

"집어치워. 공연 시간 다 됐어. 공연 장소에 있을지도 몰라."

토드가 말했다.

Ψ Ψ Ψ

물론 셰인은 공연 장소에 없었다.

파티에서 만났던 사람들 몇 명이 보여서 셰인을 봤냐고 다 물어봤다. 공연 장소인 바의 매니저도 보였다. 역시 셰인을 못 보았다고 했다.

"미치겠네, 10분 있으면 공연 시작이라고."

매니저가 짜증을 내며 덧붙였다.

밖으로 나가서 기다렸다. 다시 안으로 들어와 주위를 둘러봤다. 없는 줄 알면서도 열쇠를 찾아 다섯 번째 주머니를 뒤지는 그런 꼴이었다. 토드와 조지핀과 다시 모였다. 조지핀이 말했다.

"아무도 본 사람이 없어."

그때 목소리가 들렸다.

"오스틴!"

에이미였다. 허둥지둥 인사를 하고 포옹을 하며 에이미는 셰인을 깜짝 놀라게 해 주려고 하루 일찍 돌아왔다고 했다. 조지핀과 내가 동시에 말했다.

"셰인 아저씨 봤어요?"

에이미와 조지핀이 슬쩍 끌어안은 뒤 나는 토드를 소개해 줬다.

"계속 전화하고 이메일하고 문자 보내는 데도 전혀 연락이 안 돼."

모두 가까이 모여선 가운데 에이미가 경찰에 신고할까, 응급실을 확인해

♪♫♪ 🎧

볼까 묻고 있는데 익숙한 목소리가 들려왔다.

"어이, 짜식들, 잘 있었어?"

패트릭이었다. 패트릭은 모두를 껴안으려 두 팔을 활짝 벌리고 느릿느릿 걸어왔다.

"패트릭, 셰인 봤어?"

에이미가 물었다.

"여기 안 왔어?"

"안 왔어."

"어, 이런."

패트릭은 뭔가 귀중한 물건이 깨져 버린 걸 알아차린 아이의 얼굴이 되었다.

"패트릭, 뭐야?"

에이미가 물었다.

"아니, 그냥 난……."

에이미가 패트릭의 손목을 붙잡고 다른 쪽으로 데리고 갔다. 우리는 두 사람이 대화하는 모습을 지켜보았다. 패트릭은 계속 죄지은 사람처럼 위축된 모습이었고 에이미는 갈수록 흥분하더니 손바닥으로 얼굴을 가렸다.

"심상치가 않아."

조지핀이 말했다.

에이미가 우리 쪽으로 다시 오더니 말했다.

"가서 셰인 데려올게."

"무슨 일이에요? 아무 일 없는 거죠?"

내가 에이미에게 물었다.

"아니, 모르겠어. 셰인이 파티에 갔대."

"파티에 가요? 왜 그랬대요? 나쁜 일이에요?"

나는 에이미를 쳐다봤다. 답을 알 것 같았다.

"나쁘죠, 그렇죠?"

"별일 없을 거야. 빨리 가 봐야 해."

"별일 있는 게 뻔하잖아요. 나도 같이 가요."

"안 돼. 넌 오지 마."

"아니요. 가요."

"자. 움직이자고."

출구 가까이에 서서 패트릭이 말했다.

"네가 가면 나도 갈래."

조지핀이 말했다.

♭ ♭ ♭

함께 갈지 말지 입씨름이 계속 이어진 끝에 결국 모두 패트릭의 낡은
승용차에 타는 것으로 결론이 났다. 에이미는 조수석에 앉고 조지핀과 나
는 토드와 같이 뒷자리에 끼어 앉았다. 토드도 바 밖으로 우리를 따라 나
왔다.

"너도 가려고?"

내가 말하자 토드는 슬쩍 고개를 까딱하며 동시에 어깨를 으쓱해 보였다.

운전을 하며 패트릭은 생각나는 대로 떠들었다.

"이쪽인 것 같아."

"이쪽인 것 같은 거야, 이쪽이야?"

에이미가 말했다.

"왜 이래, 도와주려는 거잖아."

"그래, 셰인도 도와주려고 그랬겠지."

"셰인이 물어보니까 파티 얘기를 해 준 거지. 내가 가라고 한 건 아니야."

조지핀은 뒷좌석에 앉아 내 옆으로 바싹 기댔다. 우리는 손을 꼭 잡았다.

패트릭은 노스 미니애폴리스 어느 지역으로 우리를 데리고 갔다. 차를 타고 지나면 으스스한 기분이 드는 그런 동네였다. 앞마루는 무너져 내리고 페인트칠은 벗겨지고 문과 창문에는 철창과 합판을 덧댄 낡은 집들이 이어졌다. 우리는 길을 잃었다. 쇠락한 블록이 지나면 거의 똑같은 모습의 쇠락한 블록이 또 나타났다. "여기다. 아니야, 잠깐, 여기가 아니네······." 그러다 어떤 길에 들어서자 갓돌을 따라 차들이 주차돼 있었다. 우리는 속도를 늦추고 천천히 움직였다. 에이미가 말했다.

"저기 있다. 레인지로버."

패트릭이 다 허물어져 가는 집들 가운데 하나를 가리켰다. 1층에 불이 켜진 집이었다.

"저 집 같은데."

우리는 진입로 아래쪽에 차를 댔다.

"좋았어, 내가 들어갈게."

에이미가 말했다. 차 문을 열자 집에서 흘러나오는 음악 소리가 더 커졌다.

"패트릭, 같이 가서 좀 도와줄래?"

"으응? 그런데…… 내가 그럴 힘이 될까? 이 파티에 온 사람 중에는……."

"맙소사. 됐어. 그냥 있어. 그리고 너희도!"

에이미가 몸을 기울이며 뒷자리의 우리 모두를 향해 말했다.

에이미가 현관문으로 들어가자마자 내가 말했다.

"나 들어간다."

"오스틴……."

조지핀이 말했다.

"걱정 마. 금방 올게."

나는 차 밖으로 나가 집을 향해 걷기 시작했다. 너덜너덜한 철제 덧문을 향해 다가가는데 불길한 예감이 눈덩이처럼 불어났다. 뒤쪽으로 차 문이 열렸다 닫히는 소리가 났다.

"오스틴, 잠깐만."

조지핀이 나를 따라오자 내가 말했다.

"넌 저기 들어가면 안 될 것 같아."

"우리 둘 다 저기 들어가면 안 될 것 같아."

나는 손을 내밀었다. 조지핀이 내 손을 잡자 우리는 현관을 향해 계속 걸어갔다.

문을 열자 바로 거실로 보이는 곳이 나왔다. 거실은 사람들로 북적였고 너저분한 카펫 위엔 가구는 하나도 없고 연기만 자욱했다. 롤링 스톤스의 노래가 쩌렁쩌렁 울렸다. 언젠가 이 비슷한 느낌의 남 학생회 파티에 간 적이 있었다. 집을 관리하는 진짜 어른은 아무도 없고 감시의 눈길로부터 못된 짓을 숨겨 주는 썩은 껍데기 같은 느낌이었다. 하지만 이 파티는 그때 느낌의 열 배는 됐다. 우리는 들어서자마자 멈칫했다. 조지핀은 코를 움켜쥐었다.

"괜찮아?"

내가 물었다.

"괜찮아. 셰인 아저씨 찾아보자."

저쪽에 에이미가 눈에 띄었다. 우리는 사람들 사이를 헤집고 나갔다. 조지핀은 내 손을 놓지 않은 채 내 뒤를 바짝 쫓아왔다.

"이 사람들 좀 무서워."

조지핀이 내 귀에 대고 속삭였다. 그리고 인정하고 싶진 않았지만 나도 그랬다. 난 무리에서 그나마 정상적으로 보이는 사람들을 골라내며 그 안에서 위안을 찾으려 했다. **보이지? 저기 멀쩡해 보이는 남자랑 또 저기 학교 선생님 같은 여자. 저 남자는 식료품점 운영하게 생기지 않았어?** 하지만 거칠어 보이는 사람들도 있었다. 교도소 창살을 안쪽에서 봤을 것 같은 그런 사람들.

에이미는 어떤 남자와 대화를 마치는 참이었다. 술 취한 라스파타리교[#]

[#] 라스파타리교 : 1930년대 자메이카에서 시작된 신흥 종교. 신도들은 머리털을 꼬아서 길게 늘어뜨리며 레게음악을 창시한 것으로 알려져 있다.

바이킹 같은 남자로 금발 머리는 가닥가닥 길게 꼬아서 늘어뜨리고 듬성듬성한 수염은 땋아서 조그만 고무줄로 묶어 놓았다.

"모르지, 거 아래층에서 찾아보든가."

조지핀을 발견하자 남자가 눈썹을 치켜세웠다.

"들어오지 말라니까……."

나를 보자 에이미가 흠칫 놀랐다.

"그냥 셰인 아저씨나 찾아요."

내가 말했다.

우리는 좁고 불도 안 켜진 계단을 한 줄로 서서 내려갔다. 석고판 벽 쪽으로 몸을 기울인 채 사람들을 피해 가며 조심조심 내려갔다. 지하실은 어두침침했고 곰팡이와 담배 연기와 마리화나 같은 냄새가 났다. 조지핀이 쿨럭쿨럭 기침을 했다.

어두운 불빛에 눈이 적응하고 나니 방 한가운데 서 있는 어슴푸레한 형체가 눈에 들어왔고 그다음엔 벽 쪽에 놓인 소파에 사람 셋이 늘어져 있는 게 보였다. 누군가 담배인지 마리화나인지 또 다른 뭔지 알 수 없는 무언가에 불을 붙이자 빛이 반짝 타올랐다. 그러자 에이미가 말했다.

"저기 있다."

셰인은 구석 자리 의자에 몸을 파묻은 채 고개를 뒤로 축 늘어뜨리고 있었다. 에이미가 먼저 다가갔다. 에이미의 목소리가 들렸다.

"셰인. 셰인. 셰인!"

내가 에이미에게로 다가가자 조지핀이 내 뒤에 꼭 붙어 따라왔다. 에이미가 셰인을 흔들었다.

"셰인!" 거듭 불렀지만 셰인은 반응이 없었다.

"술 취했나 봐요."

내가 말했다. 그냥 술에 취한 것일 뿐 더 나쁜 건 아니길 바라는 마음이
었다.

"아, 세상에."

조지핀이 말했다.

다시 불이 반짝이자 조지핀이 내게 나지막이 물었다.

"저기 저 사람들 뭐 피우는 거야?"

"뭘 피우냐고?"

에이미가 똑바로 서더니 불같이 화를 내며 말했다.

"피우는 거 아니야. 헤로인 만드는 거라고."

"아, 세상에!"

나도 모르게 이렇게 내뱉었다.

에이미는 욕을 하며 고개를 절레절레 흔들었다.

"셰인이 약속했어. 약속했다고."

"어이, 이쁜이, 뭐 필요한 거 있어?"

지저분한 긴 머리에 염소수염을 한 어떤 남자가 다가오더니 에이미에게
말을 걸었다. 미소를 짓고 있었지만 소름 돋게 위협적이었다. 아드레날린이
분비되기 시작하고 싸움을 앞둔 겁쟁이처럼 울렁증이 일었다. 조지핀이 내
팔을 꽉 잡았다. 지금 이 순간 모든 게 너무 끔찍했다. 그리고 더 끔찍해질

예정이었다. 나는 앞으로 나서며 떡진 머리와 우리들 사이에 섰다. 그런데 바로 그때 누군가 나를 옆으로 확 밀쳤다. 토드였다. 토드가 주먹을 불끈 쥔 채 내 앞으로 나섰다.

"당신한테 필요한 거 없어. 뭐 문제 있어, 친구?"

"워워, 진정하라고."

떡진 머리가 말했다. 재미있다는 듯 계속 싱글거리고 있었지만 손을 들며 뒤로 물러났다. 불쑥 나는 토드와 토드의 도사견 같은 운동선수 특유의 공격성이 눈물 나게 고마웠다.

"셰인 아저씨 데리고 나가야 해."

조지핀이 내게 속삭이는 순간 토드가 낮은 목소리로 말했다.

"메순, 이게 다 뭐야?"

"셰인."

에이미가 셰인을 흔들었지만 반응이 없었다. 에이미는 가까이 몸을 숙이며 거의 소리치다시피 했다.

"셰인! 일어나! 일어! 나라고!"

셰인은 끙 신음을 뱉더니 음으으으 하는 소리를 냈다.

에이미가 팔을 치켜올리더니 셰인의 뺨을 철썩 후려쳤다. 조지핀이 화들짝 놀라며 훅 숨을 들이쉬었다.

"셰인, 빌어먹을, 일어나라고!"

토드 뒤쪽으로 떡진 머리가 머리를 빡빡 민 야비한 얼굴의 다른 남자에게 말을 하는 모습이 보였다. 떡진 머리는 우리 쪽을 가리키고 있었다.

"토드, 아저씨 데리고 여기서 나가야 해."

"어, 물론이지."

"일어나, 셰인!"

에이미가 다시 소리쳤다. 화가 나서 눈물로 목이 메어 있었다.

셰인은 다시 끙 소리를 냈다. 떡진 머리와 빡빡이가 킬킬거리는 모습이 보였다.

토드가 말했다.

"때려치워요. 메순, 같이 일으켜 세워."

"어쩌려고?"

"어쩌긴 뭘 어째. 빌어먹을 옮겨야지."

결국 우리는 다 같이 셰인의 팔을 끌어당겨 똑바로 세운 다음 쭈그리고 앉은 토드에게 걸쳤다. 토드는 소방관처럼 셰인을 둘러업고 일어섰다.

토드가 비틀대며 계단 쪽으로 향하자 떡진 머리가 다시 한 번 하이에나 같은 웃음을 띠며 길을 가로막았다. 빡빡이는 그 뒤에 있었다. 조지핀의 손톱이 내 팔뚝을 파고들었다.

"비켜."

토드가 이를 앙다물고 조용히 말했다.

"뭐가 그렇게 급해? 여자들은 두고 가."

떡진 머리가 말했다.

"친구."

토드가 똑같이 조용한 톤이지만 날이 선 목소리로 말했다.

"내가 이 사람 내려놓으면 오늘 밤에 그쪽이 더럽게 힘들어질 텐데."

떡진 머리가 아니라 진짜 위험인물 빡빡이한테 한 말이었다. 빡빡이와 토드는 서로를 이글이글 노려봤다. 빡빡이의 덩치는 매 순간 자라나서 토드 정도는 껌처럼 씹어 먹을 것 같았다. 토드가 두려움을 느꼈는지는 모르겠지만 전혀 드러나지 않았고 들끓는 폭력성만 간신히 억누르고 있는 모습이었다.

두 사람이 영원과 같은 시간 동안 서로 노려보는 사이 내 가슴은 사정없이 두방망이질했다. 그러다 빡빡이가 따분하다는 듯 어깨를 으쓱하더니 돌아서서 떡진 머리를 데리고 가 버렸다.

토드는 끙끙, 씩씩 소리를 내며 비틀비틀 계단을 올랐다. 우리 셋은 그 뒤를 따라가며 체조 선수를 지켜보듯 손을 뻗었다. 나는 고개를 돌려 빡빡이와 떡진 머리가 따라오지는 않는지 확인했다.

1층으로 올라오자 토드는 현관을 향해 사람들을 밀치고 나가며 "제기랄 비키라고!"라는 말을 간신히 내뱉었다. 토드는 밖으로 나오자마자 드문드문 솟아 있는 잔디에 패대기치듯 셰인을 떨어뜨리더니 무릎을 세우고 앉아서 숨을 헐떡였다. 에이미가 셰인 곁에 무릎을 꿇더니 셰인의 손을 잡고 얼굴을 쓰다듬었다. 조지핀은 관목 덤불에 대고 구토를 하기 시작했다.

"엄청나다! 찾았네!"

갓돌 근처 잔디 위에 서 있던 패트릭이 말했다.

᳐ ᳐ ᳐

"안 가야 할 것 같더라니. 안 가야 할 것 같더라니."

운전을 하며 에이미는 안 가야라고 할 때마다 핸들을 주먹으로 내리쳤다. 셰인은 뒷자리, 나와 토드 사이에 앉아 이따금 신음 소리를 냈다. 조지핀은 내 바로 앞 조수석에 앉았다. 얼굴이 하얗다 못해 파랗게 질린 채 다시 토할 때를 대비해 창문을 열어 놓았다.

셰인을 레인지로버에 태우는 걸 도우며 패트릭이 물었다.

"그럼, 오늘 밤 공연은 안 하겠네?"

"그래, 네 생각엔 할 것 같아?"

에이미가 대꾸했다.

"안 가야 할 것 같더라니!"

에이미는 다시 같은 말을 반복했다.

옆에서 셰인이 가까스로 입을 뗐다.

"무슨 일이야?"

나는 손을 뻗어 조지핀의 어깨에 얹었다.

조지핀은 손을 쳐내지도 어깨가 딱딱하게 굳지도 않았지만 반응 역시 없었다. 나는 조지핀의 어깨를 살며시 쥐었다. **여보세요?** 잠시 뒤 조지핀은 손을 올려 내 손을 예의 바르게 툭툭 두드린 다음 다시 무릎으로 떨구었다. 나도 내 손을 떨구었다.

"일찍 돌아와서 깜짝 놀라게 해 주려고 했는데. 하, 깜짝 놀랄 일이 생기긴 했네. 아주 확실하게."

에이미가 말했다.

조지핀이 와락 앞으로 몸을 숙이더니 창밖으로 고개를 빼고 헛구역질을 했다.

조지핀이 다시 자리에 똑바로 앉자 나는 다시 조지핀의 어깨에 손을 얹었다. 에이미가 조지핀을 힐끗 쳐다보며 물었다.

"괜찮아?"

"그냥 집에 가고 싶어요."

"그래야지. 오스틴, 일단 셰인을 집에 데려다 놓으면 넌 불쌍한 조지핀 좀 집에 데려다줘. 오스틴이 집에 데려다줄 거야, 알았지?"

"알았어요."

나는 앞으로 몸을 기댔다.

"조지핀, 잠깐만. 진짜 집?"

조지핀은 비참한 얼굴로 고개를 끄덕였다.

"조지핀, 안 돼. 집에 가면 안 돼."

너무 큰 목소리가 튀어나와 버렸다.

"무슨 뜻이야? 안 되다니? 무슨 말이야? 그럼 어디로 가야 하는데?"

에이미가 물었다.

그 바람에 난 비밀을 불어 버렸다. 그러자 에이미가 말했다.

"뭐? 안 가야 할 것 같더라니!"

"셰인은 너희를 그냥 뒀어? 미친 거야?"

"아니에요, 에이미 누나. 그게 아니라 셰인은 우리가 거기 있었던 거 몰라요."

"뭐?"

"누나……."

"말도 안 돼. 안 가야 할 것 같더라니. 안 가야 할 것 같더라니."

"어, 자기. 자기야?"

뒷자리의 셰인이 웅얼거렸다.

"아, 입 다물어, 셰인."

ɣ ɣ ɣ

집에 도착하자 셰인이 어느 정도 정신을 차려서 토드와 나는 셰인의 양옆에 서서 부상당한 전우를 옮기듯 셰인의 팔을 각자 어깨에 걸치고 차에서 현관까지 휘청대며 걸었다. 그러고는 민망하게 낑낑대며 위층 침실까지 갔다.

"옆으로 돌려 눕혀. 그래야 토해도 질식하지 않아. 아무리 이 지경이라도 그 정도는 해 줘야지."

에이미가 말했다.

"안녕, 자기? 나 뉴욕 공연 못 갈 것 같은데."

셰인이 끈적하게 꼬인 발음으로 말했다.

에이미는 터져 나오는 악을 참으려는 듯 고개를 절레절레 흔들었다. 그러고는 내게 열쇠를 휙 건넸다.

"조지핀 집에 데려다줘."

조지핀은 아래층에 있었다. 내가 조지핀에게 다가가 포옹하자 토드는 책장에 관심을 두는 척했다. 조지핀은 그저 내 허리에 한 손을 올려놓은 채 아무 반응도 보이지 않더니 느닷없이 내게 양팔을 두르고 거의 필사적으로 꼭 끌어안았다.

"어, 어."

"오스틴, 미안해."

"뭐가 미안해?"

"나 집에 가야겠어."

"알아. 알아. 그런데 같이 있으면……."

"그래도 널 사랑해. 사랑해. 그런데 집에 가고 싶어."

조지핀은 눈물을 흘리기 시작했다.

"알았어. 데려다줄게. 지금 데려다줄게."

하지만 그렇게 말을 하는 도중에 밖에서 자동차 경적이 들렸다. 나는 조지핀을 쳐다봤다.

"우리 엄마야. 엄마한테 문자 보냈어. 오스틴, 미안해……."

"조지핀, 난 정말……."

"나 그냥 갈래. 가게 해 줘. 사랑해."

"그러지 마. 이렇게 다……."

"나 갈래. 미안해. 갈게."

다시 경적이 울렸다. 조지핀은 팔을 풀고 뒤로 물러서더니 눈물을 닦으며 애써 웃음 지었다.

"노래 아직 안 끝난 거지, 그렇지?"

내가 물었다.

"안 끝났어."

"그래."

"그래."

조지핀은 다시 눈물을 닦았다.

"토드, 너희 집 벤슨 길에 있지?"

"응, 벤슨."

"태워다 줄까?"

토드는 어깨를 으쓱했다.

"그래, 그럼."

"내일 얘기할 거지? 얘기할 거지?"

조지핀과 함께 걸어가 문을 열어 주며 내가 말했다.

"당연하지."

"내일 전화해도 돼?"

"응."

"몇 시에?"

"모르겠어. 내가 할게."

"꼭 전화하는 거다."

"그럴게."

나를 스쳐 지나가며 조지핀이 말했다. 내가 다시 한 번 껴안으려 몸을 숙이자 망설이는 듯하더니 어색하고 경직된 상태로 포옹을 했다. 그러고는 짧게 입을 맞췄다. 갓돌 앞에 캐딜락 한 대가 서 있었다. 실내등이 켜 있어 차 안에서 우리를 지켜보는 조지핀 엄마가 보였다. 조지핀의 엄마는 나를 노려보고 있었다.

"내일 얘기하는 거다. 알았지?"

차로 걸어가는 조지핀을 향해 내가 말했다.

"응."

"전화하는 거 잊지 마."

조지핀은 뒤를 돌아보지 않은 채 어깨 위로 한 손을 들어 올렸다. 조지핀은 조수석에 앉고 토드는 뒷자리에 앉았다. 조지핀이 의자 깊숙이 앉아 손으로 얼굴을 감싸는 게 보였다. 그러자 실내등이 꺼지고 차가 출발했다.

다 거짓말이었어, 난 그냥 미끼였어

어젯밤에 꿈을 꾸었죠. 머리에 구멍이 나는 꿈을♩
천사와 악마 열셋이 침대맡에서 춤을 추었죠.♪
난 여섯 번 살았고 일곱 번 죽었어요.♬

식은땀을 흘리며 악몽에서 깨어나 밝은 빛에 눈을 찡그렸다. 반투명 블라인드 사이로 햇살이 비껴 들어왔다. 밖에서 새들이 지저귀는 소리가 들렸다. 잠시 정신을 가다듬으며 내가 왜 셰인의 집 부엌에 있는지, 시야는 왜 이렇게 이상한지, 온몸은 왜 이렇게 뻣뻣하고 쑤시는지 생각했다.

어젯밤 조지핀과 토드가 가고 난 뒤 나는 어찌해야 할 바를 몰랐다. 위층에 올라가 에이미랑 얘기할 수도 없고, 집에 갈 수도 없고, 별채로 가서 조지핀 없는 침대에서 잘 수도 없었다. 그래서 그냥 식탁에 앉아 고개를 묻고 울었다. 그러다 그 상태로 잠이 든 모양이었다.

딩동.

초인종이 울렸다. 누군가 초인종을 누르고 있었다. 그 소리에 깬 것이었다.

조지핀인가 하는 생각에 고개를 들다가 말이 안 된다는 걸 깨닫고 다시 고개를 숙였다.

초인종이 다시 울리더니 또 울렸다. 그러고는 딩동 딩동 딩동 딩동 줄기차게 울려 대기 시작했다.

일어나서 나가 봐야 했지만 그냥 그대로 앉아 있었다.

쿵 쿵 쿵 누군가 아래층으로 내려왔다. 문이 열리고 에이미가 목소리가 들렸다.

"도대체……."

"그 인간 어디 있어?"

아. 제기랄.

나는 바로 의자를 박차고 일어나 거실로 간 뒤 곧장 총격전의 현장으로 뛰어들었다.

"넌 또 뭐 하는 계집애야?"

방금 온 사람이 말했다.

"누구냐니? 무슨 소리예요? 여기 찾아온 사람은 당신이잖아요!"

"엄마, 여긴 왜 왔어요?"

"그럼 그렇지. 당연히 여기 있겠지. 어련하시겠어. 주무시는 걸 깨우지는 않았나 모르겠네요."

"엄마!"

"무슨 일이에요?"

여전히 잠이 덜 깬 목소리로 에이미가 말했다. 에이미는 파자마 바지 위에 셰인의 티셔츠를 입고 있었다.

"요즘 만나는 애는 너야?"

"엄마……."

"가장 최근 여자 친구라니까 하는 말인데, 행운을 빌어."

"에이미 누나. 우리 엄마예요."

"어…… 안녕하세요?"

에이미가 말했다.

"그쪽도 안녕. 몇 살이나 먹었어, 스무 살?"

"엄마……."

"이것 보세요, 예의 없이 굴긴 싫지만 먼저 그렇게……."

"아우, 입 다물고. 그 인간 어디 있어? 누구냐는 둥 그딴 소린 집어치우고."

"엄마, 여기서 뭐 하는 거예요?"

"여기서 뭐 하는지를 네가 나한테 묻는 거야? 넌 데번네 집에서 가출 놀이하는 중 아니었어? 셰인 어디 있어?"

"위층에서 자고 있어요."

에이미가 대꾸했다.

"위층에서 술 취해 뻗어 있겠지. 데려와."

"오스틴, 이게 다 무슨 일이야? 난 그냥 위층에서 정신없이 자고 있었……."

"누나, 정말 미안해요. 엄마……."

"너랑 얘기하러 온 거 아니야. 너랑은 나중에 따로 얘기할 거야."

엄마는 에이미에게 손가락을 겨눴다.

"가서 셰인 데리고 와. 안 그러면 하늘에 대고 맹세하는데, 현관에 걸린 그 인간 할아버지 편자 뜯어 가지고 2층으로 간 다음 그걸로 그 인간 죽을 때까지 패 줄 테니까."

"이것 보세요. 첫째, 함부로 이 집에 발 들이고 나한테 이래라저래라 하지 마시고요. 둘째, 세인이 딱히 당신을 보고 싶어 할 것 같진 않네요."

에이미가 말했다.

"아, 그러셔? 그래서 그렇게 전화를 해대고 집에 찾아오고 제기랄 일하는 데까지 와서 광대 짓을 해 가지고 사람을 잘릴 뻔하게 만든 거야?"

"거짓말하지 말아요."

"아우, 세상에. 아가씨, 정신 차려. 거짓말이면 빌어먹을 여기 오지도 않았어. 그 인간이 어디 있는지 내가 어떻게 알 것 같아? 망할 놈의 주소를 다섯 번이나 문자로 보내면서 오라고 해 댔다고!"

"알았으니까 이제 가 보세요."

엄마는 에이미 말고 나를 향했다.

"어젯밤 너희들 공연은 어떻게 됐어?"

엄마가 손을 들어 올리자 꾸깃꾸깃한 종이를 쥔 게 눈에 들어왔다.

"다들 즐거우셨나?"

엄마는 종이를 동그랗게 구긴 다음 나를 향해 손등으로 툭 쳤다. 종이가 내 가슴에 맞고 튕겨 나가자 나는 반사적으로 손을 뻗었지만 놓쳐 버렸다.

"잘 들으세요, 아주머니."

에이미가 말했다.

"나한테 들어라 마라 하지 마!"

♪♫♪ 🎧

"나한테 이래라저래라 하지 마시라니까요."

두 사람이 서로 하지 말아야 할 일을 일러 주는 동안 나는 구겨진 종이를 펼쳤다. 옛날식 약장수 광고 글씨체로 인쇄된 전단이었다.

셰인 타일러와 어린이 십자군이 펼치는 당신을 위한 생일 기념 공연에 초대합니다. 피처링 : 재능 넘치는 신인, 오스틴 메순

"이제 그만 가 줄래요?"

에이미가 말했다.

"셰인!"

엄마가 2층에 대고 소리를 질렀다. 남부 억양이 그대로 드러났다.

"셰인 타일러, 거기 있는 거 다 알아."

"아주머니……."

"입 다물어. 셰인! 셰인 타일러! 당장 내려오지 못해!"

에이미는 양손으로 머리를 감싸 쥐었다.

"말도 안 돼. 무슨 이런 일이 다 있어."

"하, 이런 일이 다 있고말고. 셰인! 셰인 타일러! 셰인 타일러, 침대에서 발딱 일어나서 당장 내려와. 안 그러면……."

셰인이 계단 꼭대기에 모습을 드러냈다.

우리 모두가 지켜보는 가운데 셰인은 인상을 쓰며 느릿느릿 노인처럼 난간을 붙잡고 내려왔다. 온몸이 다 쑤시는 모양이었다. 셰인은 계단을 다 내려와 에이미를 지나치며 에이미의 어깨에 손을 얹었다. 그러곤 경직된 걸음으로 엄마를 향해 가더니 바로 앞에서 멈췄다. 두 사람은 그렇게 서서 서로

333

를 바라보았다. 둘 다 팔은 옆구리에 붙인 채 한마디도 하지 않았다.

셰인이 모습을 드러낸 이후 난 숨도 제대로 못 쉬었다.

아무도 꼼짝도 하지 않았다. 두 사람의 얼굴은 돌 조각처럼 굳어 있었고 정지 화면처럼 서로를 마주했다. 나는 곧 벌어질 사태에 대비해 마음의 준비를 하고 있었다. 엄마가 와인드업 자세로 팔을 치켜든 다음 셰인을 내리치거나 아니면 입을 열고 악을 쓰기 시작하는 그런 사태.

그런데 엄마의 눈에 눈물이 그렁그렁 맺히는 게 보였다. 셰인도 마찬가지였다. 엄마도 셰인도 그 자리에 못 박힌 채 눈물을 흘리기 시작했다. 그러다 셰인이 한 걸음 다가가 팔을 벌리자 엄마 역시 셰인 쪽으로 다가가 가볍게 끌어안았다. 두 사람은 부둥켜안은 채 이리저리 몸을 흔들었고 엄마의 감은 두 눈에선 눈물이 뺨을 타고 흘러내렸다. 셰인도 똑같았다. 엄마는 손목으로 코와 눈을 훔치더니 셰인의 어깨에 머리를 기댔다.

"아, 셰인. 셰인, 셰인, 셰인. 왜 그렇게 멍청하게 굴어."

"모르겠어."

뒤쪽에선 에이미가 마치 추위를 피하는 사람처럼 어깨를 치켜세우고 양팔로 자신을 감싼 채 이 광경을 지켜보고 있었다.

"아직도 당신을 사랑해. 그 모든 시간 동안 늘 당신을 사랑했어."

셰인이 말했다.

엄마가 다시 눈물을 닦아냈다.

"나도 당신을 사랑해, 셰인. 이 세상 누구보다도 당신을 사랑했고 앞으로도 그럴 거야. 그런데, 셰인, 다시는 당신을 보고 싶지 않아. 다시는."

"그래, 그래."

엄마는 뒤꿈치를 들고 셰인의 이마에 입을 맞추더니 마지막 포옹을 하고 뒤로 물러섰다. 셰인은 갈망과 슬픔이 뒤섞인 표정으로 무기력하게 엄마를 지켜봤다. 미치게 사랑하는 사람이 세상을 떠날 때 보일 법한 얼굴이었다.

엄마가 나를 향해 돌아섰다.

"가자."

나는 가만히 있었다.

"오스틴."

엄마가 말했다. 그러곤 또 말했다.

"오스틴."

"다 거짓말이었어."

내가 맥 빠진 목소리로 말했다. 셰인은 내 눈을 보지 못하고 카펫만 내려다봤다.

"이게 다."

나는 손을 들지 않고 몸짓으로 광고 전단을 가리키며 조용히 입을 열었다. 있는 에너지를 다 끌어모아도 팔조차 들어 올리기 힘든 까닭이었다.

"이게 다 엄마 때문이었어. 공연도 다른 것도 다 그냥 날 이용한 거야. 난 그냥 미끼였어."

내가 손가락을 펼치자 전단이 툭 떨어졌다.

"그 곡 배리한테 보내지도 않은 거죠, 그렇죠?"

그제야 셰인이 고개를 들었다.

"오스틴……"

세인은 사과의 뜻인지 이제 어쩔 수 없다는 뜻인지 고개를 저었다.

나는 고개를 까딱했다.

"가자."

엄마가 말했다.

나는 엄마를 따라 나와 차를 탔다. 우리는 차를 몰고 떠났다.

Ψ Ψ Ψ

"나한테 조금만 더 시간을 줘."

조지핀이 말했다.

"일주일이라 그랬잖아. 일주일 지났어."

"오스틴, 사흘밖에 안 지났어."

"나한텐 일주일 같아. 아니 한 달 같아."

"오스틴……"

땅거미가 내려앉았다. 나는 놀이터에 있었다. 마사 마인케에게 잘 보이려다 팔이 부러졌던 그 놀이터였다. 한 손으로는 휴대 전화를 귀에 대고 다른한 손으로는 테더볼# 기둥을 붙잡고 최대한 멀리 몸을 기울인 채 빙빙 돌고 돌고 또 돌았다. 한 번 돌 때마다 하나씩 저쪽 흙무더기에다 담배꽁초

#테더볼 : 기둥에 매단 공을 라켓으로 치는 게임.

를 밟아 껐다. 이번이 다섯 번째였다. 그리고 한 개비 더 불을 붙일까 생각 중이었다.

"오늘 밤에 제이슨 굿맨네 집에서 파티가 있어."

내가 말했다.

"오스틴, 이제 파티는 좀 그만 가도 되지 않아?"

"같이 가자. 그냥 같이만 가자."

"안 돼. 오늘은 안 돼."

"알았어. 내일은. 내일은 어때?"

"안 돼. 아빠 도와 드리기로 약속했어. 쇼핑몰에서 전단지 나눠 줄 거야."

"뭐?"

"설명하기 복잡해. 착하게 굴려고 노력 중이야. 멋대로 판단하지 마."

우리는 말이 없었다.

"다 꿈만 같아."

조지핀이 말했다.

"그래."

"안 끝났으면 하고 바랐는데."

"안 끝날 거야."

"셰인 아저씨한테 소식 있어?"

"아니."

"아저씨한테 화났어?"

"모르겠어."

"엄마랑은 아직 말 안 해?"

"안 해."

"노력해 봐."

셰인의 집에서 나를 데리고 온 뒤 엄마가 한 말은 "일하러 가야 해."가 전부였다. 그날 저녁 집에 와서도 엄마는 저녁을 만들어 본인 것은 위층으로 들고 올라갔다. 그 후로도 계속 그런 식이었다. 엄마도 나도 각자의 방에서 저녁 시간을 보내며 마주치는 일을 피했고 다음 날이면 엄마는 내가 일어나기 전에 출근해 버렸다. 서로 다른 언어를 쓰는 룸메이트 같았다. 서로 전쟁 중인 나라에서 온 룸메이트.

릭 아저씨는 첫째 날에만 집에 있었고 지금은 무슨 대단한 사업상의 일로 위스콘신주 밀워키에 가 있다. 그야말로 '하나님, 감사합니다.'였다. 이 상황에 릭 아저씨와 말을 섞어야 했다면 나는 **잠시만요** 하고 자리를 피한 다음 청소도구함에 있는 세제란 세제는 다 마셔 버렸을 테니까.

오늘 저녁엔 짜증이 나고 온몸이 근질대고 안절부절못하겠는 게 견딜 수가 없었다. 곡도 안 써지고, 티브이도 눈에 안 들어오고, 〈캘빈과 홉스〉 만화도 두 컷 이상 넘어가지 않았다. 집 안을 서성거렸다. 엄마 책상 위의 메리마운트 사관학교 지원서가 눈에 띄었다. 그 위에는 펜이 놓여 있었다. 나는 집을 나와 오토바이를 탔다. 그리고 결국 여기 놀이터에 와서 조지핀에게 백 번째 전화를 거는 중이었다.

"보고 싶어."

이 말 역시 백 번째였다.

"나도 보고 싶어."

"그런데 왜 파티에 같이 안 가?"

"오스틴, 나 안 가. 그리고 너도 가면 안 돼."

"조지핀, 그냥 말해. 그냥 말하라고. 나랑 헤어지려는 거지?"

"아니야! 그냥 두려워서 그래. 두려워서 생각할 시간이 필요해. 그래야 돌아갈 수 있어."

"그래도 돌아올 거지?"

"오스틴, 내가 전에 뭐라 그랬어?"

"뭐?"

"호숫가에서. 나는 진실하다고 그랬지. 그거 진심이었어. 그 말 기억해 줘. 나는 진실해. 너는?"

"나도."

"그럼 나한테 시간을 좀 줘."

나는 해가 질 때까지 공원에 머물렀다. 여섯 번째 담배를 피웠다. 그러고는 그것도 모자라 한 개비를 또 피웠다. 안 보낼 걸 알면서도 셰인에게 보낼 문자를 또 썼다.

나는 셰인에게 화가 난 걸까? 모르겠다. 공연도 마법 같은 일주일도 다 뭐였을까? 엄마를 공연에 오게 하려는 셰인의 눈물겨운 노력일 뿐이었다.

너희 엄마가 셰인 아저씨한테 안 간다고 한 게 분명해. 공연 날 아침에. 조지핀이 말했다.

그럴듯한 추측이다. 그날 일어난 모든 일을 생각해 보면 그렇다. 그렇게 무너져 내리기 전에 셰인이 뭐라고 했더라? 그냥 잠깐 들러서 케이디한테 인사나 하려고. 작별인사도 하고.

화가 나야 하는 상황이었다. 셰인은 내게 거짓말을 하고 나를 이용했다. 하지만 나도 얼마간은 셰인을 이용했다는 생각이 들었다. 그리고 그게 다는 아니었다. 셰인이 나를 바라보는 눈빛은 나를 아끼는 것 같은 그런 눈빛이었다. 나를 자랑스러워하는 것 같았다.

그래서일까. 화가 난다기보다는…… 뭐라고 해야 하나? 공허했다. 공허하고 혼란스러웠다.

그래서 결국 나는 다시 오토바이를 타고 셰인의 집으로 향했다. 가서 셰인에게 물을 참이었다. 조지핀이 내게 던졌던 그 질문을. 당신은 누구예요?

갓돌 앞에 오토바이를 세웠다. 셰인이 집에 없으면 올 때까지 기다릴 작정이었다. **당신은 누구예요, 셰인 타일러?** 현관으로 향하는 길을 따라 걸었다. 반쯤 가자 걸음이 느려지며 거의 멈추었다.

"아니야."

다시 속력을 내 현관에 도착한 다음 가만히 서서 문을 쳐다보았다. 열심히 쳐다보면 사라진 것이 다시 나타나기라도 하는 듯.

편자. 편자가 없어졌다.

"안 돼!"

편자가 있던 자리에는 봉투 하나가 압정에 꽂혀 있었다.

오스틴에게. 셰인의 글씨였다.

창 안을 들여다보거나 뒤를 둘러보며 레인지로버를 찾을 필요도 없었다.

셰인은 갔다. 영원히 가 버렸다.

셰인은 그런 사람이었다.

그러자 화가 났다.

바에서 그랬던 것처럼 분노와 노여움이 화르르 타올랐다. 그리고 이제 머릿속의 음악까지 가세해서 온갖 불협화음과 소음과 삐죽삐죽한 칼날을 들이대며 나를 너덜너덜하게 했다. 나는 비틀비틀 뒤로 물러나 눈을 감고 터지는 두개골을 붙들려는 듯 머리를 꼭 쥐었다.

𝄃 𝄃 𝄃

맥주를 들이부었다. 마음속의 목적지를 향해 들이부었다. 한 잔, 두 잔, 세 번째 잔을 따르러 맥주 통을 향해 다가가는데 사람들의 목소리가 들렸다. **오스틴! 반갑다! 야, 괜찮아? 왜 이렇게 심각해……**

귀청이 떨어질 듯한 음악 소리와 소리치며 대화하는 목소리가 가득한 가운데 시큼한 맥주 냄새와 달콤한 마리화나 냄새와 역겨운 담배 냄새가 사방에 진동했다. 구석에선 아이들이 애무를 하고, 화장실 앞엔 줄이 늘어서 있고, 맥주 통은 다시 바닥이 났고, 지하 화장실에서 또 부모님 방 부모님 침대에서 누구랑 누구랑 섹스한다는 말들이 들렸다.

셰인의 집 현관에서 귀가 다시 걷히고 눈의 초점이 돌아왔을 때 나는 문에 붙은 봉투를 뜯어서 구긴 다음 던져 버렸다. 그러고는 잡아먹을 듯이 악을 쓰고 욕을 하며 발로 짓이겼다. 읽을 필요도 없었다. 어떤 쓰레기 같은 작별인사일지는 안 봐도 뻔했다. 오스틴에게, 정말 미안하지만 이러는 편이 더 나을 거란 걸 이해해 주길 바란다…… 뭐, 그런 얘기일 테지.

그러고는 조지핀에게 문자를 했다. **전화해 줘.** 그런 다음 셰인의 집 앞 잔디 위를 걸으며 전화를 걸어 횡설수설 말도 안 되는 메시지를 남겼다. "셰인이 떠났어! 안 떠난다고 해놓고…… 약속해 놓고……." 그리고 또 문자를 했다. **전화해전화해전화해** 그리고 곧 뒤이어 썼다. **파티에 갈 거야.** 쿵쿵대며 오토바이로 걸어가 뒤를 돌아보고는 다시 쿵쿵대며 돌아가 납작하게 짓이겨진 봉투를 주워 주머니 속에 쑤셔 넣었다. 그러고는 전속력으로 파티를 향해 달렸다. 신호도 정지 표지판도 무시했다.

다시는 널 떠나지 않을 거야.

셰인의 마지막 거짓말. 자신이 누구인지 속인 거짓말.

그래, 셰인을 위하여! 첫 잔을 마시며 나는 말했다. **셰인을 위하여!** 두 번째 잔을 마시며 말했다. **셰인을 위하여 원 샷!** 세 번째 잔을 마시며 말했다. 마침내 알코올이 내가 원하는 곳으로 나를 데려다주었다.

모든 것이 즐겁고 뿌옇게 빛나는 가운데 실없는 대화가 오갔고 여기저기서 춤을 추고 땀에 젖은 몸으로 포옹을 했다. **야, 인마! 잘 지내! 하이파이브!** 나의 파티가 시작됐다.

바로 그때 누가 나를 불렀다.

"오스틴!"

오. 마이. 갓. 앨리슨은 너무 예뻤다.

앨리슨과 나는 지금 키스를 하고 있다.

시작은 이랬다. 앨리슨이 내게 다가와 말을 걸었다.

"오스틴! 진짜 반갑다!"

그러곤 나를 꼭 끌어안았다.

"와우, 좋은데. 안 돼, 가지 마. 날 떠나지 마."

내가 말했다.

앨리슨이 키득대며 내 허리를 꼭 잡았다. 그리고 내 귀에 속삭였다.

"네가 와서 너무 좋아. 누구랑 같이 왔어……?"

"아니."

그 누구는 내 문자를 거들떠보지도 않았다. 그래서 그 누구는 잊었다.

그러자 앨리슨이 싱긋 웃으며 말했다.

"잘됐다."

"잠깐. 너 토드랑 헤어진 것 맞지?"

"응."

"진짜지?"

"진짜야."

"그러니까 완전, 깨끗이……."

"어떻게 해야 그 입 좀 다물래?"

"글쎄, 키스해 주면."

앨리슨은 정말 키스를 했다. 내 입을 다물게 하려고 애를 썼다. 그리고 진짜, 진짜, 진짜 제대로 먹혔다.

마음 한구석에서 **안 돼, 안 돼, 안 돼, 안 돼, 안 돼**라고 말하고 있었지만, 뇌의 나머지 부분에선 핀볼 게임기 천 개가 동시에 와르르 쓰러지는 가운데 불꽃놀이가 배경으로 펼쳐지고 옆으로 초신성이 빛났다.

다시 정신을 차렸을 때 나는 눈을 휘둥그레 뜨고 물었다.

"왜 이래?"

앨리슨은 다시 야릇한 미소를 지었다.

"너만 플레이리스트 있는 거 아니야, 다 알면서."

그렇게 앨리슨과 나는 지금 키스를 하고 있다. 여기저기 손이 오가고 더는 거칠 것이 없었다. 앨리슨이 내 손목을 잡고 끌었다. 우리는 사람들 사이를 헤치며 2층으로 올라갔다. 앨리슨은 복도를 지나 문이 열린 방으로 나를 이끌더니 문을 닫고 잠갔다. 우리는 부모님 방에 있는 애들이 되었다. 할퀴듯 다급한 손길이 오가고 옷이 벗겨지며 침대로 뛰어들었다. 앨리슨이 속삭였다.

"나 콘돔 있어……."

그렇게 나는 특별한 누군가와 특별하게 하고 싶었던 일을 했다. 특별한 누군가 대신 앨리슨하고. 그리고 땀에 젖어 상기된 얼굴로 옷매무새를 가다듬으며 밖으로 나오자 계단 끝에 조지핀이 있었다. 우리를 보자 한쪽 발은 꼭대기 바로 아래 계단에 올려놓고 난간을 움켜쥔 상태로 그 자리에 얼어붙었다. 얼떨떨한 얼굴이 충격으로 바뀌더니 곧이어 절망으로 변했다. 내가 "아니야, 조지핀……." 소리를 낼 겨를도 없이 조지핀은 휙 뒤를 돌아 사람들로 붐비는 계단을 내려갔다. 음료수를 옆으로 부딪히며 사람들이 벽과 난간으로 바짝 붙어서 사라져가는 조지핀을 바라보았다.

무대 위 끔찍한 순간

우리 둘을 합치면♪ 그건 나의 모든 것♩
그 둘에서 당신을 빼면♩ 계산이 안 돼요.♪
나는 다시 0으로 돌아가요.♬

쇼핑몰 안의 공기는 지나치게 차가웠고 패스트푸드 냄새와 양초랑 화장품에서 풍기는 역한 향내로 찌들어 있었다. 나는 가족들과 보행 보조기를 미는 노인들과 열여섯 살짜리 여자애들 무리를 휙 지나쳤다. 저 앞 중앙 교차로에 플란넬 작업 셔츠 소매를 걷어 올린 채 활짝 웃는 제럴드 린달 후보가 눈에 들어왔다. 린달 후보는 악수를 하며 선거 유인물을 돌리고 있었다.

조지핀도 보였다. 조지핀은 린달 후보에게서 10미터쯤 떨어진 곳에 등지고 서서 따분하고 무관심한 쇼핑객들에게 무기력하게 전단지를 나눠 주고 있었다. 조지핀에게 가려면 린달 후보 바로 옆을 지나쳐야만 했다. 린달 후보가 얼굴에 전단지를 확 들이미는 바람에 나는 넘어질 뻔했다.

"여기요, 젊은이!"

무심코 전단지를 받는 순간 재클린의 목소리가 들렸다.

"걔는 주지 마세요!"

내가 피해서 지나가려 하자 재클린은 왼쪽, 오른쪽으로 움직이며 내 앞을 막아섰다.

"여긴 왜 왔어?"

재클린이 으르렁대며 내 손의 전단지를 낚아챘다.

린달 후보는 우리를 바라보면서도 여전히 환한 정치인 미소를 잃지 않았다. 마치 엄청난 장난이 벌어지고 있지만 자신이 상황을 제어하고 있다는 걸 보여 주고 싶은 듯했다.

"괜찮니?"

린달 후보가 물었다.

"아니요! 애가 그 남자애예요. 그…… 야! 이리 와!"

나는 휙 재클린을 피해서 조지핀을 향해 잰걸음으로 걸었다. 조지핀은 여전히 다른 방향을 바라보며 선거 전단지를 유심히 살펴보는 할머니와 이야기하고 있었다.

파티에서 조지핀이 뛰쳐나갔을 때 나는 뒤쫓아 갔다. 하지만 사람들로 꽉 막히는 바람에 조지핀을 놓쳐 버렸다. 그리고 그제야 나는 조지핀에게서 온 문자와 부재중 통화 목록을 보았다. **저녁 먹고 있어서 전화 못 받았어. 괜찮아? 너무 걱정돼……**

"조지핀!"

재클린이 소리치자 조지핀이 어리둥절한 얼굴로 돌아보았다. 그러더니 나를 발견하고는 욕을 하며 휙 돌아서서 빠른 걸음으로 걸었다. 할머니가 고개를 들고 놀란 얼굴로 쳐다보았다.

"조지핀!"

나는 속보하다시피 걷기 시작했다.

"기다려! 잠깐만!"

조지핀은 계속 걸었다. 그러다 별안간 멈추더니 내가 옆에 도착하려는 순간 뒤로 돌았다. 나는 조지핀하고 부딪히며 조지핀이 휘두른 검지에 오른쪽 눈알을 찔릴 뻔했다.

"여기서 나가!"

"조지핀, 제발 난……."

"듣기 싫어!"

"제발, 제발 내 말 좀 들어 봐."

하지만 조지핀은 나를 옆으로 밀어 버리고 다시 왔던 방향을 향해 성큼성큼 걸었다.

"조지핀!"

내가 조지핀의 팔꿈치를 잡자 조지핀이 다시 돌아서서 내 손을 확 뿌리치더니 양손으로 내 가슴팍을 아무렇게나 200번쯤 떠밀었다.

"부끄럽지도 않아? 난 널 믿었어. 널 사랑한다고 생각했는데 넌 그 앨리슨이란 애랑 자 버렸어. 어떻게 그럴 수가 있어? 어떻게!"

우리는 화장품과 향수를 파는 수레 바로 옆에 있었다. 수레 앞의 여자는 대놓고 신이 나서 슬로모션으로 껌을 씹으며 우리를 지켜보고 있었다.

조지핀의 아빠가 쇼핑몰 보안요원과 무언가를 상의하는 가운데 재클린이 열정적으로 우리 쪽을 가리켰다. 보안요원은 고개를 끄덕이며 연장 벨트를 고쳐 매더니 나를 향해 어슬렁어슬렁 다가오기 시작했다.

"조지핀, 제발 얘기 좀 하면 안 돼?"

"지금 하고 있잖아. 우리 지금 얘기하는 중이라고. 그 앨리슨이란 여자애가 나 같은 사람들을 어떻게 취급하는지 알아? 걔가 복도에서 나한테 뭐라그랬는지 알아? 네가 알기나 해? 그런데도 넌 걔랑 잤어. 걔가 사방에 떠들고 다녔어. 네가 나 말고 자기를 선택했다고. 네가 걔를 선택했다고! 내가 진실하다고 말했잖아. 나는 진실하다고. 그리고 너도 기다리겠다고 했잖아. 그래놓고……"

조지핀은 말을 맺지 못하고 흐느끼기 시작했다.

"미안해, 조지핀. 정말, 정말 미안해."

나는 조지핀을 달래려고 손을 뻗었다.

"사랑해. 누구도 너처럼 사랑해 본 적 없어. 밤새 한숨도 못 잤어. 영혼이활활 타는 것 같아, 조지핀. 우주의 모든 불이 다 꺼진 것 같고……"

"아, 세상에. 그만해, 오스틴. 노래는 끝났어. 이건 현실이라고."

"조지핀……"

"다시는 너랑 말하고 싶지 않아. 다시는. 절대로."

조지핀이 나를 옆으로 밀쳤다. 뒤돌아 따라가는데 보안요원과 딱 마주쳤다. 보안요원은 농구 골대 앞에서 길을 막아서는 선수처럼 양팔을 벌리고 섰다.

"어어, 젊은 친구. 잠깐만."

"조지핀! 조지핀! 조지핀!"

나는 조지핀의 뒤에 대고 소리쳤다.

하지만 조지핀은 멀어져 갔다. 빠른 걸음이 달음질로 바뀌더니 전속력으로 재클린과 린달 후보를 지나치며 계속 달려서는 모퉁이를 돌아 사라져 버렸다.

"가지, 친구, 가자고."

보안요원이 말했다.

"일어나, 가자고."

내가 쭈그리고 앉아 머리를 감싸고 울음을 터뜨렸기 때문이었다. 보안요원이 나를 잡아당겨 일으켜 세웠고 나는 저항하지 않았다. 화장품 수레 여자는 역겹다는 듯 나를 향해 고개를 절레절레 흔들었다.

"나쁜 자식."

여자가 말했다.

♩ ♩ ♩

뿌우우우우!

철길이 너무 세게 흔들려서 뒤통수가 아프고 구름이 울퉁불퉁 오르락내리락 뿌옇게 뒤틀려 보였다. 기차가 다시 경적을 울렸다. 경적 소리도 흔들리는 철길도 다 마음에 들었다. 제멋대로 밀고 들어오는 음악 소리를 떠내려 보내니까. 이제 난 모든 게 다 지긋지긋했다.

경적이 다시 울렸다. 고개를 돌려 쳐다보지도 않았다. 이번엔 나를 끌어낼 데번도 앨릭스도 없었다. 데번도 앨릭스도 떠났다. 조지핀도 떠났다. 엄마는 있지만 엄마도 떠났다. 셰인도 떠났다.

나는 진실하다고 말했잖아.

다시는 널 떠나지 않을 거야.

그런데 셰인은 떠났다. 또다시 나를 떠났다. 내일 밤 뉴욕의 무대는 텅 빌 거다. 왜냐면 셰인은 안 나타날 테니까. 그냥 느낌으로 알았다. 편지 봉투를 보는 순간 셰인이 영원히 사라졌다는 걸 안 것처럼.

뿌뿌우우우우!

몇 분 뒤면 나도 영원히 사라진다. 일어나야 할 이유가 단 한 가지도 없으 니까.

눈을 감는다. 조지핀이 내 품에 안겨 누워 있다. 셰인이 나를 향해 미소를 보내자 나는 그가 있는 무대로 오른다. 조지핀과 내가 함께 노래를 부르고 우 리의 눈이 마주친다. 무대가 텅 비고 셰인이 도망친다. 영원히 도망친다. 있지 도 없지도 않은 구름 같은 존재로 사라진다.

무대는 텅 비었고 채울 사람은 아무도 없다.

무대는 텅 비었다.

아, 그렇다면⋯⋯.

᛭ ᛭ ᛭

농장을 지난다. 마을을 지난다. 숲을 지난다. 농장을 지난다. 꽉 막힌 도 로를 지난다. 뻥 뚫린 도로를 지난다. 에스유브이(SUV)를 탄 가족들. 회의장 을 향해 운전 중인 듯한 사람들. 코를 파는 사람들. 음악에 맞추어 노래 부르는 사람들. 휴대 전화에 대고 얘기하는 사람들을 지난다.

릭 아저씨의 아우디 승용차 지피에스(GPS)가 뉴욕까지 14시간이 남았다고 알려 준다. 텅 빈 무대가 기다리는 장소까지 가기에 넉넉한 시간이었다.

릭 아저씨 아우디의 보조 열쇠는 늘 넣어 두는 부엌 서랍에 있었다. 엄마가 차고를 열어 보고 차가 없어진 걸 알아채지는 않을 것 같았다.

더플백 가득 옷을 담아 트렁크에 싣고 수프 통조림, 빵 덩어리, 땅콩 잼과 그냥 잼도 보이는 대로 다 챙겼다. 그리고 기타, 셰인의 낡은 기타도 뒷좌석에 실었다.

연락도 받지 않고 위치 추적도 당하지 않도록 휴대 전화를 꺼 버렸다. 그전에 조지핀에게 문자를 하나 보냈다.

나 뉴욕에 가. 미안해. 영원히 널 사랑해.

조지핀의 목소리가 귓가에 울리는 듯하다. **뭐 하는 거야?**

내가 말한다. **공연해야 해.**

그런 다음엔? 조지핀이 묻는다.

나는 라디오를 켰다.

♩♫ ♩ ♩

나는 줄곧 맨 오른쪽 차선에서 제한 속도를 지키며 달렸다. 고속도로 순찰차가 보일 때마다 숨을 죽였다. 계기판이 남은 기름으로 달릴 수 있는 거리를 알려 줬다. 숫자가 떨어지고 또 떨어졌다. 숫자가 20킬로미터를 가리키고 방광이 찢어지려 할 때까지 한 번도 멈추지 않았다. 기름을 채우는데 옆 펌프의 커플이 나를 두고 수군거리는 것 같았다. 애가 운전을 하네? 나는 현금으로 주유 비를 내고 에너지 음료와 초코바와 육포를 잔뜩 산 다음 최대한 서둘러 주유소를 빠져나왔다.

해가 질 때까지 차를 몰고, 깜깜해질 때까지 차를 몰았다. 기름을 넣으러 두 번 더 멈췄다. 나는 계속 달렸다. 눈을 뜨는 게 고통스러워 일직선 도로니까 그냥 잠깐만 눈을 감을까 하는 생각이 들 때까지……

차바퀴가 갓길의 방지턱을 넘어서며 덜컹 흔들렸다. 심장이 쿵 내려앉으며 화들짝 정신이 들었다. 핸들을 확 꺾어 차를 다시 차선 안으로 돌렸다. 그다음 출구에서 고속도로를 내려 이름 모를 텅 빈 시골길을 달릴 때도 여전히 숨이 가빴다. 지피에스 지도는 내가 펜실베이니아주 서쪽 어딘가에 있다고 알려 줬다. 새벽 2시가 지난 시각이었다. 너무 피곤하고 끔찍하게 힘이 들었지만 어찌해야 할지를 몰랐다. 모텔에 갈 수도 없고 사방이 훤히 뚫린 곳에 차를 세우기도 겁났다. 문 닫은 지 10년은 돼 보이는 주유소가 보여 주유소 건물 뒤 쓰레기 수집 통 옆에 차를 세웠다. 그리고 생각을 정리하려고 잠시 눈을 감았다.

눈을 뜨니 동이 터 있었다. 처음 몇 분간은 정신이 들지 않아 경찰 특공대에게 포위라도 당한 건가 다시 심장이 쿵쿵 뛰었다. 경찰 특공대는 없었다. 보이는 것은 다 쓰러져 가는 주유소뿐이었고 그 아래 움푹움푹 팬 아스팔트는 어딘지 알 수 없는 외로운 도로변의 숲으로 이어졌다.

나는 나무 뒤에서 오줌을 누고 아무렇게나 스트레칭을 몇 번 한 다음 차로 돌아와 다시 고속도로를 타고 계속 달렸다.

그 후로도 몇 시간을 내처 달리다 한 번 차를 세우고 길가 식당에서 밥을 먹었다. 사람들이 나를 보고 수군대는 건 아닌지 또다시 공포가 밀려왔다. 뉴욕시가 몇 킬로미터 남았다는 표지판이 나타나기 시작했다. 초저녁이 되자 차가 막히고 주변 풍광에서 탁 트인 시골 느낌이 점차 사라져 갔다. 뉴욕시 표지판도 더 자주 보였다. 산업 시설이 많아진 주변 풍광은 기괴하고 울퉁불퉁한 모습으로 변해 갔고, 나는 녹슨 형교와 습지를 망쳐 놓은 고속도로 고가도로가 뒤엉킨 곳을 지나 처음으로 요금소에서 요금을 지불했다. 그러자 사위가 어둑어둑해지는 가운데 저 멀리로 드디어 보였다. 지평선 너머 맨해튼이 불쑥 솟아 있었다.

♩ ♩ ♩

홀랜드 터널을 통과해 얼떨떨하고도 들뜬 기분으로 맨해튼으로 들어갔다. 비디오 게임처럼 교통이 혼잡한 곳. 마약쟁이들이 득시글대고 블록마다 사건, 사고가 이를 갈며 나를 기다리는 바로 그곳으로. 윌리엄스버그 다리를 건너 브루클린에 도착했다. 째깍째깍 시간은 흐르고 공연은 30분 후에 시작할 예정이었다. 지피에스 목소리가 나를 공연 장소로 데려다주었다. 근처에 도착하자 나는 천천히 속도를 줄였다. 그러고는 주차할 자리를 찾아 20분 동안 블록을 빙빙 돌았다. 땀이 삐질삐질 흐르고 욕이 튀어나오기 시작했다.

마침내 누군가 차를 빼는 게 보였다. 나는 최선을 다해 평행 주차를 했다. 으으으 소리를 내며 앞으로 갔다 뒤로 갔다 주차 공간에 차를 집어넣었다. 뒤에서 사람들이 경적을 울리며 욕을 했다.

이미 늦었지만 공연 장소를 향해 전속력으로 달렸다. 복제 인간처럼 하나같이 수염이 덥수룩하고 플란넬 셔츠에 딱 붙는 청바지를 입은 사람들이 온 동네 술집에서 쏟아져 나와 담배를 피우며 길을 가득 메웠다. 나는 사람들을 휙휙 피해 가며 달렸다. 폐가 타는 것 같고 팔도 타는 것 같았다. 기타 케이스가 몸에 퉁퉁 부딪히지 않도록 몸통에서 멀리 떨어뜨려 들어야 했고 발을 내디딜 때마다 지나치게 흔들리지 않도록 박자도 잘 맞춰야 했다.

수위가 커다란 손을 내밀며 나를 가로막았다.

"저 오늘 밤에 공연해요, 저 오늘 밤에 공연해요, 저 공연해요!"

나는 헉헉 숨을 몰아쉬었다.

"신분증 주세요."

"저 지금 당장, 헉헉, 무대에 올라가야 해요!"

나는 문 옆에 걸린 조그만 칠판을 가리켰다. 오늘 저녁 출연자 명단에 **셰인 타일러 오후 9시**라고 적혀 있었다.

수위는 눈썹을 찌푸리며 인상을 썼다.

"제발요."

수위는 고개를 돌려 안쪽에 대고 소리쳤다.

"벤, 벤!"

벤이 나타났다. 힙스터의 황제 같은 모습이었다. 전설의 그룹 지지 톱(ZZ

Top)처럼 수염을 기르고 두꺼운 뿔테 안경에 플란넬 셔츠를 입고 있었다.

"무슨 일이야?"

"자기가 셰인 타일러라는데."

"너 셰인 타일러 아닌데."

"아니요, 전 아들이에요."

벤이 나를 빤히 쳐다봤다.

"뭐?"

"아들이요. 셰인 타일러 아들이요."

"와, 그러셔, 잘됐네. 셰인은 어디 있는데? 오늘 셰인은……."

벤은 시계를 확인했다.

"5분 전에 공연을 시작해야 했는데, 안 왔네. 회사에 전화해도 거기서도 모른다 그러고. 셰인한테 전화해도 받지도 않고. 너는 셰인 아들이라면서 어떻게 아빠가 어디 있는지도 모를까?"

"안 올 거예요. 그런데 제가 연주할 수 있어요."

벤이 나를 뚫어져라 쳐다봤다. 벤이 채 대답할 겨를도 없이 누군가의 목소리가 들렸다.

"벤! 무슨 일이야?"

벤이 내 뒤의 누군가를 향해 무뚝뚝하게 고개를 까딱했다.

"셰퍼드."

벤이 말하더니 어떤 키 큰 남자와 악수를 하고 손을 꼭 쥔 다음 슬쩍 껴안았다. 빡빡 민 머리에 실없이 실실거리며 '뽕 가네'라고 쓰인 티셔츠를 입은 남자였다.

"잘 지내?"

셰퍼드가 수위에게 인사를 건네자 둘은 주먹을 맞부딪쳤다. 셰퍼드는 마치 아는 사람처럼 내게도 "잘 지내?"라고 물었다. 나는 나도 모르게 주먹을 부딪쳤다.

"다들 왔어?"

벤이 셰퍼드에게 물었다. 내 존재는 아랑곳하지 않았다.

"벌써? 우린 10시는 돼야 올라가는 줄 알았는데. 난 셰인 타일러 보려고. 벌써 시작한 거야?"

"꼴통 자식, 잠수타 버렸어."

"허, 저런."

"셰인 나오는 줄 알고 온 사람들이 한가득이야."

"제가 할게요."

내가 말했다.

"너희 팀 얼마나 빨리 이리로 올 수 있어?"

벤이 셰퍼드에게 물었다.

"제가 할게요."

내가 또 말했다.

"20분 안에 다 모일 수 있을 것 같아?"

"에이, 장난해? 다들 어떤지 알면서."

"빌어먹을 저 사람들 다 환불해 주게 생겼단 말이야."

"제가 할게요."

"그래? 회사에 청구해."

"그래야지. 네가 사람들 좀 어떻게 해 봐."

"제가 할게요."

"일단 하우스 뮤직을 계속 틀어 놓을 테니까. 너희가 최대한 빨리 무대에 올라가 줘."

벤이 말했다.

"말했잖아. 한 시간 안에는 안 나타날 거야."

"제가 할⋯⋯."

"들었다고."

벤이 내게 말하더니 셰퍼드를 향했다.

"자기가 셰인 타일러 아들이래."

"뭐? 이런 짜식!"

셰퍼드가 내게 손을 휙 내밀어 악수를 했다.

"너희 아빠 진짜 끝내줘."

"진짜 개자식이지."

벤이 화를 내자 셰퍼드가 다독였다.

"워워."

"아니에요, 맞는 말이에요. 개자식이에요."

셰퍼드가 껄껄 웃더니 말했다.

"한 번 시켜 보지 그래?"

"너는 그냥 좀……."

벤이 헛소리하지 말라는 투로 대꾸했다.

"미니애폴리스에서부터 운전해서 왔어요. 꼬박 운전해서 왔다고요."

"와우. 록. 앤. 롤! 들었어? 진짜 로큰롤답지 않아? 미니애폴리스에서 여기까지 운전해서 왔다잖아. 하게 해 줘."

벤이 나를 쏘아보며 고개를 절레절레 흔들었다.

"좋아. 그런데 공연료는 없어."

벤은 안으로 들어가 버렸다.

ㄊ ㄊ ㄊ

벤이 하라고 하는 순간, 난 하기가 싫어졌다.

나는 관객석 쪽은 쳐다보지 않은 채 조율을 하고 짧게 음향을 확인한 다음 끙끙대며 마이크 높이를 조절했다.

그러고는 마침내 보았다. 정말 커다란 공연장에 사람들이 가득했고 모두 서 있었다. 하우스 뮤직이 꺼졌다. 이제 시작할 시간이었다. 호기심 가득한, 기대에 찬 얼굴들이 나를 향하고 있었다. 진땀이 흘렀다. 심장이 터질 것 같았다. 드디어 시작이었다. 그 긴 길을 달리며 하려고 했던 것, 언제나 꿈꿔 왔던 바로 그 일.

"어, 안녕하세요. 셰인이 오늘 공연을 못 하게 돼서요. 저는 아들, 오스틴입니다."

관객들이 놀라서 웅성웅성했는지 아니면 아무 반응도 없었는지 나는 알지 못했다. 말이 끝나기가 무섭게 눈을 감고 바로 〈안전거리를 유지하면 재미있는 사람〉의 처음 코드를 연주하기 시작했으니까. 첫 번째 벌스를 시작하는데 목소리는 힘없이 떨리고 손은 땀으로 미끌미끌했다. 노래를 부르며 나는 계속 눈을 감거나 아니면 시선을 관객들 위쪽으로 고정했다. 노래가 반쯤 지나가자 목소리가 점차 안정되며 차분해졌고 조금씩 자신감이 생겼다. 할 수 있다. 할 수 있다.

나는 시선을 아래로 내렸다. 맨 앞줄의 어떤 남자가 눈에 들어왔다. 가죽 재킷에 티셔츠를 입은 삼십 대쯤 돼 보이는 남자였다. 바로 그 순간 남자는 고개를 돌려 친구를 바라보았다. 두 사람은 눈을 치켜뜨며 저게 뭐야 하는 웃음을 지었다. **그럴 줄 알았어.** 그런 표정이었다. 그러자 마치 깨끗한 수영장에 떨어진 잉크 한 방울이 주위로 퍼져나가며 전체를 탁하게 더럽히듯, 다른 관객들도 비슷한 웃음을 주고받았고 모두 한꺼번에 똑같은 결론에 이른 듯했다. 관심은 잦아들고 사람들은 음악은 안 듣고 슬슬 떠들기 시작했다. 심지어 적대적이지도 않았다. 더 심각했다. 지루하고 관심 없는 얼굴이었다.

세인과 함께 연주할 때는 하늘을 날아다니는 꿈 같았다. 이건 시험을 까먹고 가사를 못 외우고 벌거벗은 채 무대에 올라가는, 생각할 수 있는 모든 악몽을 다 합친 악몽이었다.

세 번째 벌스로 들어가자 코드를 잘못 쳐서 다시 쳐야 했다. 마음속으로 노래의 다음 부분을 간절히 기다렸지만 안개 속으로 사라져 버리는 길 같았

♪♩♪ 🎧

다. 당장이라도 가사가 없어질 상황이었다. 드디어, 드디어, 잊어버렸다. 사라져 버렸다. 목소리가 떨려왔다. 나는 노래를 관두고 그냥 기타만 쳤다. 그러다 그것마저 못 했다.

세 번째 벌스 처음부터 다시 시작했지만 또 멈췄다.

다시 시작했다. 멈췄다.

모든 사람의 관심이 다시 내게로 향했다. 좋지 않은 이유에서였다. 사람들이 고개를 돌렸다. 내 모습에 어찌할 바를 몰라 했다. 무대 위의 이 딱한 아이 때문에 당황스러워했다. 차마 보기가 힘든 듯 남자 한 명은 정말 손으로 눈을 반쯤 가렸다. 코앞에서 차 사고라도 난 듯한 얼굴이었다.

끔찍한 순간이었다. 나는 연주도 못 하고 무방비 상태로 꼼짝없이 서 있었다. 내가 그렇게도 두려워하던 무대 위에서 벌어질 수 있는 최악의 상황이었다.

"죄송합니다."

내가 말했다. 마이크에서 멀찍이 떨어져서 말한 바람에 목소리가 제대로 잡히지도 않았다. 나는 기타 끈을 풀고 기타 목을 쥔 채 무대에서 뛰어내렸다. 케이스는 신경 쓰지 않았다. 무슨 상관이람. 수치심으로 가득 차 고개를 푹 숙인 채 관객들 사이를 최대한 빨리 헤치며 지나갔다. 셰퍼드가 "야! 거기!" 하고 불렀지만 아랑곳하지 않았다. 비틀비틀 밖으로 나와 숨을 헐떡였다. 별안간 화가 치밀었다. 온몸의 세포가 모조리 폭발하는 것 같았다. 쾅, 셰인의 기타를 길바닥에 내리쳤다. 쾅 쾅 쾅 몸통이 산산조각 났다. 멈췄다. 남은 건 목뿐이었다. 브리지와 넝마가 된 몸통에 아직 줄이 매달려 있었다.

나는 기타를 통째로 멀리 내던져 버리고는 그대로 서서 숨을 몰아쉬며 눈을 희번덕거렸다.

"흠, 그 기타 말이야. 그건 내 탓 아니다."

뒤를 휙 돌아보았다.

토드 멀로이였다.

♪ 오스틴, 우리가 해냈어

분노한 청년으로 지내요.♬ 가능한 한 오래도록♪
문제가 하나 있다면♩
언제 어떻게 다시 땅으로 내려올지 알아야 한다는 것.♩♬

도망치고 싶었다. 바닥에 주저앉아 울고 싶었다. 아무 말이나 되는대로 지껄이고 킬킬거리고 머리를 쥐어뜯고 싶었다. 토드의 품으로 달려가고 싶었다.

하지만 얼이 빠져서는 입을 떡 벌린 채 가만히 서 있었다.

내 입에서 제일 먼저 튀어나온 말은 이랬다.

"맹세할게. 둘이 헤어진 줄 알았어."

토드가 그저 고개를 젖히고 뭔 소리야 하는 얼굴로 나를 쳐다보자 내가 물었다.

"토드, 네가 여기 왜 있어?"

"아빠 카드 훔쳐서 비행기 표를 샀어."

"질렸군!"

셰퍼드였다. 바에서부터 나를 따라온 게 분명했다.

"돌았냐?"

내가 말했다.

"인마, 빌어먹을, 저는 차 훔쳐서 여기까지 운전해 온 주제에."

"환상적이야."

셰퍼드가 말했다.

"이 사람 누구야?"

토드가 셰퍼드를 향해 엄지손가락을 까닥했다.

"난 셰퍼드."

셰퍼드가 손을 내밀며 말했다.

"잠깐 좀 기다리실래요?"

토드가 말했다.

"그래, 그래, 그럼."

셰퍼드는 1미터쯤 떨어진 곳으로 물러났다.

"나 여기 있는지 대체 어떻게 알았어?"

"조지핀이 전화해서 너 봤냐고 묻더라고. 무슨 일이 있었는지 얘기하면서. 그래서 생각했지. 망할. 그 자식이 가면 나도 간다."

한참 후에야 나는 토드의 왼쪽 눈 아래 시퍼렇게 새로운 멍이 든 걸 알아보았다.

"어, 그래."

내 시선을 알아채고 토드가 말했다.

"그것도 한몫했지. 어쨌든 내가 왔으니까 너 저기 다시 들어가야 해."

"뭐?"

"내가 상관할 바는 아니지만 얘 말이 맞아."

셰퍼드가 끼어들었다.

"제발 좀."

"미안."

"토드, 나 다시 안 들어가."

"아, 넌 다시 들어갈 거고 무대에 올라갈 거야."

"못 해."

"할 거야. 넌 무대에 올라갈 거야. 내가 드럼 칠게. 넌 기타 치면서 노래
해."

"기타 없어."

나는 길바닥에 버려진 잔해를 가리켰다.

"내 전자기타 써."

셰퍼드가 굳이 제안했다.

"저 사람 전자기타 써."

토드가 다시 부탁했다.

"드럼 세트가 어딨어."

"바에 드럼 세트 다 설치돼 있지."

셰퍼드였다.

"토느, 나 아까 완진 밍헀이!"

"어, 맞아. 봤어. 도착하니까 아주 똥을 싸고 있더라고. 잘 들어. 한 번은
경기를 하는데 어떤 자식이 나를……."

"으, 제발. 운동 경기 비유 좀 들지 마."

"쫄지 마, 쫄지 말라고."

"쫄 거야. 이미 쫄았어. 난 끝장이라고."

내가 걷기 시작하자 토드가 내 앞으로 달려와 앞을 막아섰다.

"토드, 이러지 마. 가게 놔둬."

"메순, 너희 아빠가 갔던 파티 기억나? 그 지하실?"

"그래. 뭐."

"그 자식 말이야. 날 뭉개 버릴 수도 있었어. 나를 뭉개. 버릴. 수도 있었다고. 그런데 내가 잘하는 게 두 가지 있어. 드럼 치는 거랑 딱 버티고 서서 안 물러나는 거. 나는 안 물러날 거야. 너도 물러나면 안 돼. 알아들어? 넌 진짜…… 넌 진짜 빌어먹을 좋은 놈이야, 메순. 저런 개자식들 앞에서 물러나지 마."

"지금 나 칭찬하는 거야?"

"그래. 또 하게 만들지 마."

나는 다시 밀치고 지나가려 했다. 토드는 한 손을 내 가슴에 대며 막았다.

"토드, 너야말로 이러지 마."

"아니. 너 할 수 있어, 메순. 할 수 있어."

"내가?"

"그래, 너 할 수 있어. 우린 할 수 있어."

셰퍼드와 토드가 내 팔을 잡고 공연장으로 다시 끌고 갔다. 가면서 셰퍼드가 말했다.

"그냥 시끄럽게 연주해."

"또 망치면 어떡해요?"

"더 시끄럽게 연주해."

급하게 막판 계획을 짜면서 셰퍼드가 관객들 사이를 헤치며 우리를 무대로 이끌었다. 토드는 연주 목록을 검토했다.

"그리고 질질 짜는 사이면 앤 가펑클 같은 건 안 해. 강하게 나갈 거야. 제대로 잭 화이트, 블랙 키스. 그런 거. 알았지?"

모든 일이 척척 진행됐다. 셰퍼드는 매니저처럼 자기 기타를 앰프에 연결하고 짧게 연주하며 소리를 확인했다. 토드는 베이스 페달을 쿵 밟더니 이것저것 조절했다. 나는 기타 끈을 바로잡고 관객 쪽은 쳐다보지도 못한 채 셰퍼드를 향해 말했다.

"못 힐 깃 같……"

셰퍼드는 마이크를 쥐더니 소리쳤다.

"잘들 있었어요, 여러분? 박수로 환영해 주세요. 오스틴 메순입니다."

그러자 모두가 우리를 돌아보았고 뒤에서 쾅 콰광 토드가 드럼을 찢어 놓을 기세로 두드렸다. 내가 처음 코드를 튕기자 앰프가 화산처럼 폭발했다. 셰퍼드는 무대에서 휘익 날아 관객석으로 뛰어내렸고 한 번도 들어 본 적 없는 울부짖음이 내 목을 타고 터져 나오는 소리가 들렸다. 아, 시작이었다.

ㅕ ㅕ ㅕ

똑 똑 똑

잠에서 깨는 진짜 끔찍한 방법 또 하나 : 변호사 릭 아저씨가 당신이 잠들어 있는 차의 운전석 유리창을 열쇠로 두드리는 것. 변호사 릭의 소유이자 당신이 훔쳐서 다른 주까지 운전해 온 바로 그 차 말이다.

똑 똑 똑

운전석 의자를 뒤로 끝까지 젖혀 놓았기 때문에 나는 팔꿈치로 받치고 일어나 눈을 휘둥그레 뜨고 릭 아저씨를 바라보았다. 릭 아저씨는 문 바로 앞에 서서 손을 옆구리에 올린 채 허리를 숙여 교통경찰처럼 차 안을 유심히 들여다보고 있었다. 표정 역시 경찰 같았다. 속을 알 수 없는 말간 얼굴.

이런, 제기랄.

ㅕ ㅕ ㅕ

공연 이야기로 돌아가 보자.

공연을 생각하면 뜨겁게 열기를 내뿜으며 흐리멍덩하게 일그러진 장면들이 떠오른다. 그저 조각조각 단편적인 기억만 남아 있을 뿐이다. 고래고래악을 쓰며 노래하는 모습, 토드가 악센트 음을 발사하자 총성이 들렸다고신고가 들어간 장면, 깜짝 놀란 표정으로 나를 바라보는 얼굴들. 존경을 담아 나를 보는 얼굴들.

공연이 끝나고 무대에서 뛰어내리자 "그래, 짜식들!" 하며 셰퍼드가 우리손에 맥주를 들이밀었다. 마시고 또 마셨다. 셰퍼드의 밴드가 고막이 찢어질듯한 곡들을 연주했다.

토드와 내가 비틀대며 바를 나왔을 때 내가 말했다.

"끝내줬어! 너 끝내줬어! 우린 끝내줬다고!"

"아니, 우리 엿 같았어. 그런데 무슨 상관이야? 넌 해냈어, 메순."

토드가 말하더니 주먹으로 내 어깨를 쳤다. 아우! 난 토드 멀로이를 사랑한다.

계획을 세웠다. 즉, 토드는 아침 9시 비행기를 타고 돌아간다. 우리는 밤을 새운다. 여긴 브루클린이잖아, 안 그래? 파티를 하는 거야! 그런데 일단차로 가서 아주 잠깐 눈을 붙인다······.

❧　❧　❧

똑 똑 똑

"어······ 죄송해요, 잠깐······ 만요."

나는 문을 더듬거렸다. 잠에 취해 어리벙벙한 상태에서 창문을 내려야 하는지 문을 열어야 하는지 또 창문은 어떻게 내리는지 문은 어떻게 여는지 생각해 내느라 허둥댔다. 릭 아저씨가 몇 초간 나를 지켜보더니 손에 든 무언가를 짧게 바라봤다. 삐삐. 차 문이 열렸다. 자기 열쇠를 갖고 있는 모양이었다.

나는 문을 10센티미터 정도만 열어 현실이 한꺼번에 밀어닥치지 않도록 했다. 릭 아저씨는 왼손은 문 꼭대기에 오른손은 차 지붕에 올린 채 몸을 숙였다. 우리는 서로를 빤히 쳐다봤다. 릭 아저씨가 초점 안으로 들어왔다 사라졌다.

아저씨가 마침내 입을 열었다.

"차에 로잭 달렸어. 차량 위치 추적기."

"아."

"누구……야? 무슨 일이야?"

토드가 팔뚝으로 입 주변의 침을 닦으며 조수석에서 일어났다.

"이런 망할. 누구세요?"

"이 차 주인이다."

"이런 망할."

"그래, 이런 망할."

릭 아저씨가 말했다.

우리는 모두 이 이런 망할 상황에 대해 곰곰이 생각했다.

"어쨌거나 차 좋네요."

토드가 말했다.

❦ ❦ ❦

"내려."

릭 아저씨가 내게 말했다.

"너도."

토드에게도 말했다.

토드도 나도 순순히 밖으로 나와 뻘쭘한 얼굴로 인도에 섰다. 릭 아저씨는 차를 한 바퀴 빙 둘러보며 머리 위에서 빛나는 가로등 불빛에 비추어 흠집 난 곳은 없는지 살폈다. 그러고는 만족한 듯 고개를 까딱했다. 그런 다음 바로 토드를 향해 걸어가 양손을 허리에 얹고 무표정한 얼굴로 잠시 살피더니 검사처럼 신문하며 토드의 혼을 쏙 빼놓았다.

"성명?"

"토드 패트릭 멀로이입니다."

"거주지?"

그렇게 속사포 같은 심문이 이어졌고 토드는 반항이나 저항의 기미는 눈곱만큼도 없이 선서라도 한 것처럼 고분고분 시시콜콜 다 털어놓았다. 릭 아저씨를 인정할 수밖에 없었다. 정말…… 감동적이었다.

"제발 스무 살이라고 했으면 좋겠구나."

"스무 살입니다."

"아니잖아. 그렇지?"

"어…… 아닙니다. 아닙니다."

"부모님은 네가 여기 있는지 모르실 것 같은데."

"전에도 밤새 안 들어간 적이 있습니다."

"그렇지만 허락도 없이 아예 다른 주에 간 적은 없었겠지."

토드는 아무 말도 못 했다.

"좋아."

릭 아저씨는 한숨을 내쉬며 눈을 비볐다. 자칫하면 어떤 법적 책임을 지게 될지 생각하는 게 분명했다.

릭 아저씨가 토드에게 말했다.

"내가 해야 할 일은 경찰과 너희 부모님에게 네가 여기 있다는 사실을 알리는 거다."

"네."

토드는 처분을 기다렸다. 나도 기다렸다.

"하아…… 됐다. 둘 다 차에 타."

♩ ♩ ♩

한밤중 차량 사이로 차를 몰아 윌리엄스버그 다리를 건너 맨해튼으로 향하며 릭 아저씨는 어떤 기분이었을까? 짐작도 할 수 없었다. 한마디도 하지 않던 릭 아저씨는 차가 신호등 앞에 서자 전화를 두드리더니 내게 건넸다.

"442호인데 룸서비스 주문한다고 해. 너희 먹고 싶은 거 시키고. 난 햄버거랑 감자튀김. 햄버거는 중간 크기."

난 물속에서 움직이듯 전화를 받아들고 수화기 너머 목소리를 향해 442호인데 룸서비스를 주문하고 싶다고 말했다.

ㅕ　ㅕ　ㅕ

새벽 2시였다. 릭 아저씨와 나는 맨해튼의 한 고급 호텔 스위트룸 탁자에 앉아 햄버거와 감자튀김을 먹었다. 토드의 음식은 손도 안 댄 채 금속 뚜껑 아래 쟁반에 놓여 있었다. 토드는 잠시 눈만 감고 있겠다고 한 뒤 소파에 기절하듯 잠들어 버렸다. 릭 아저씨는 아직 한 마디도 하지 않았다. 딱히 특별한 일은 없다는 듯 편안한 모습으로 앉아서 식사를 하고 있었다.

"어…… 엄마는……"

결국 내가 입을 열었다.

"그래, 엄마. 엄마는 널 찾았다니까 정말 안심하고 있어. 딱 그렇게 말하지는 않았지만. 어쨌든 네 친구 조지핀 만났다."

"네?"

"차가 없어진 걸 발견했을 때쯤 집에 찾아와서 어떻게 된 일인지 얘기해 주더구나."

"조지핀은 저 싫어해요."

"도와주려고 애쓸 만큼은 신경 썼어. 아무튼 가서 널 데리고 오겠다고 너희 엄마한테 말하고는 난 바로 공항으로 출발했지."

"전 아저씨 차를 훔쳤어요."

"물론이지."

"그건 범죄예요."

"그래. 차량 절도. 중범죄지. 게다가 그 차를 타고 주 경계선을 넘었으니 연방 범죄에 해당하고. 그건 법무부 관할로 넘어가는 일이야. 특별 수사관이라고 하는 사람들이 찾아오는 일. 다시 말해 에프비아이(FBI)."

릭 아저씨는 잠시 말을 멈추고 감자튀김을 케첩에 찍었다.

"그러면 곤란해지겠지."

릭 아저씨는 다시 감자튀김을 먹고 물을 조금 마셨다. 아저씨에게 아직 할 말이 더 남은 건가 판단이 잘 서지 않았다.

"아저씨, 죄송해요."

아저씨는 멍하니 고개를 끄떡끄떡했다.

"그래, 뭐."

"그럼 이제……."

"뭐, 널 체포할 거냐고? 그러고 싶어? 내가 널 사법처리라도 할 것 같니? 나는 그쪽 일을 아주 잘 알아. 어떤 결과로 이어지는지 똑똑히 알지."

"엄마가 절 사관학교에 보낼 거예요."

"아닐걸. 나도 최악의 아이디어라고 엄마한테 말했고. 어떤 식으로든 엄마가 벌을 줄 건 확실해. 그런데."

릭 아저씨는 어깨를 으쓱했다.

♪♫♪ 🎧

"그런다고 무슨 소용이 있겠니. 거기서 뭘 배우거나 말거나 넌 계속 멍청한 짓이나 저지르면서 자기 방해나 하고 그럴 텐데. 엄마나 내가 뭘 하든 별 의미가 없지. 하지만 이것만은 확실해. 이제 곧 너도 진짜 어른이 되면 세상이 너를 중심으로 돌아가진 않는다는 걸 깨닫게 될 거다. 네가, 너만이, 자신을 책임져야 한다는 것도. 다른 누구도 책임져 주지 않아."

릭 아저씨는 냅킨으로 손과 입을 닦으며 일어섰다.

"그래. 난 샤워하고 자야겠다."

릭 아저씨는 소파 위의 토드를 힐끗 보더니 말했다.

"넌 바닥에서 자야겠구나."

마지막 벌스♩
내가 저지른 최악의 일과 똑같은 노래.♫♫

    릭 아저씨가 침실에서 코를 고는 사이 나는 어둠 속에서 조용히 내 물건들을 챙겼다. 토드는 뒤척이지도 않았다. 나는 가만히 방을 빠져나와 살짝 문을 닫았다. 새벽 4시였다.

    복도에는 아무도 없었다. 엘리베이터에도 아무도 없었다. 엘리베이터가 도착하자 딩 하는 소리가 텅 빈 복도에 커다랗고 외롭게 울렸다. 안내 데스크 뒤의 야간 근무자 한 명을 제외하곤 로비에도 사람이 없었다.

    "체크아웃하십니까?"

    내 가방에 눈길을 주며 야간 근무자가 물었다.

    "아니요, 그냥……."

    나는 출구 쪽을 가리키고는 양쪽으로 여는 문을 열고 맨해튼의 밤거리로 걸어 나왔다.

眷　眷　眷

눈을 뜨자 환한 햇빛이 눈을 찔렀다. 사람들이 이야기를 하고 있었다. 나는 눈이 부셔서 눈을 감고 대화에 귀를 기울였다. 잠시 뒤에야 그것이 티브이, 시엔엔(CNN) 뉴스라는 걸 알아차렸다.

"일어나. 토드 공항에 데려다줘야지."

릭 아저씨가 말했다.

眷　眷　眷

호텔을 걸어 나왔을 때 나는 잠시 인도에 서 있었다. 한밤중 뉴욕의 소리를 들으며 어디로 가야 하나 생각했다.

몸의 중심을 앞뒤로 까딱까딱 움직이며 서 있는데 뒷주머니에 뭔가가 있는 게 생각났다. 셰인의 편지였다.

편지 봉투를 꺼낸 뒤 펼치지 않고 쳐다보았다. 10미터쯤 앞에 쓰레기통이 있었다. 그래, 가야 할 방향을 알려 주는구나. 나는 쓰레기통을 향해 걸어가 편지 봉투를 떨어뜨릴 준비를 했다.

하지만 넣지 않았다. 대신 봉투를 열었다.

내 예상처럼 **오스틴에게** 어쩌고 하는 긴 편지는 이니었다. 그냥 이렇게만 적혀 있었다.

너도 절대 늦지 않았어.

그 네 단어를 읽고 또 읽으며 얼마나 그렇게 서 있었는지 모르겠다. 그러다 편지를 접어서 다시 주머니에 넣었다.

"돌아오신 걸 환영합니다."

내가 들어가자 야간 근무자가 표정 없이 말했다. 나는 아무 대꾸 없이 엘리베이터로 터덜터덜 걸어가 위로 올라갔다.

♩ ♩ ♩

라과디아 공항에 도착하자 토드가 말했다.

"그냥 길가에 내려 주세요."

릭 아저씨가 대꾸했다.

"그래⋯⋯ 아니, 안 돼."

우리는 주차장에 차를 세우고 토드와 함께 들어갔다. 릭 아저씨는 발매기에서 탑승권 출력하는 것을 도와주고는 보안 검색 줄까지 토드를 데려다주었다. 줄을 서기 전에 토드는 나를 보며 고개를 까딱했다. 나도 같이 까딱했다. 토드가 손을 내밀어 우리는 악수를 했다.

"잘했어, 메순."

"너도, 멀로이."

그때 릭 아저씨가 어젯밤처럼 토드 앞에 떡 버티고 섰다.

"토드? 언젠가 너희 부모님이 카드 명세서를 보게 되면 난처한 질문을 하실 거다. 그런데 내가 여기 왔던 일은 말이지, 그런 일은 없었던 거다."

"네."

"여기서 무슨 일이 있었나?"

"없습니다."

"여기서 나 본 적 있나?"

"없습니다."

"조심해서 가라."

"네. 고맙습니다."

우리는 토드가 금속 탐지기를 통과할 때까지 기다렸다.

"됐다. 우린 갈 길이 멀구나."

릭 아저씨가 말했다.

ㅂ ㅂ ㅂ

먼 길을 달리는 동안 둘 다 아무 말이 없었다. 서쪽으로 달려 뉴욕 주변에 흉물스럽게 이리저리 엉킨 산업적 풍광을 지난 다음 계속 서쪽으로 달려 펜실베이니아주로 들어갔다. 휴게소 맥도날드에서 점심을 먹었다. 그날 밤은 어느 인터체인지 주변 별 특징 없는 홀리데이 인 호텔에 묵었다. 릭 아저씨는 나란히 연결된 방 두 개 값을 치렀다.

그날 밤 방문을 닫기 전 아저씨기 말했다

"어젯밤처럼 도망치면 그냥 두고 간다."

다음 날 아침, 아침을 먹으러 내려가자 아저씨는 이미 탁자에 앉아 먹고 있었다. 신문을 보다 슬쩍 고개를 들더니 말했다.

"조식 뷔페 돈 냈다."

나는 가서 접시 가득 음식을 담은 뒤 아저씨 앞에 앉았다.

잠시 그냥 앉아 있었다. 달걀이 점점 식어 고무처럼 변했다. 식당에는 사람들이 몇 명밖에 없었다. 릭 아저씨는 신문을 읽으며 커피를 마셨다.

"아저씨."

신문에서 눈을 떼지 않으며 아저씨가 대꾸했다.

"응?"

"왜 그래요?"

"뭘 왜 그래?"

"왜 이러시는 거예요? 왜 저 때문에 여기까지 왔어요?"

"내 차 무사한지 보려고."

난 아무 말도 하지 않았다.

아저씨는 한숨을 푹 내쉬더니 신문을 내려놓았다.

"오스틴…… 일단 넌 진짜 아무 생각 없는 멍청한 놈이다. 네가 한 짓은 누가 봐도 어처구니없고 한심한 짓이야. 너한테 나쁜 마음이 단 1그램도 없다는 건 안다. 검사 사무실에서 정말 사악한 애들 다뤄 봐서 잘 알아. 그렇지만 네 행동은 여전히 용서하기 힘들다. 특히 네 엄마를 너무 아프게 하니까."

릭 아저씨는 커피를 들이켰다. 난 얼굴이 벌겋게 달아올랐다.

"하지만 당연히 와야지. 넌 켈리 아들이니까. 난 켈리를 사랑하고 켈리는 널 사랑하니까. 당연히 와야지. 와야만 하지. 내가 네 아버지는 아니지만 나한텐 널 찾아올 책임이 있어."

아저씨가 신문을 집어 들기에 끝났나 생각했다. 그런데 다시 신문을 내려놓았다.

"그리고 그게 다는 아니다. 내 의견이 너한테 별 영향 없다는 거 안다. 그런데 오스틴, 네 안엔 진짜 빛이 있어. 난 네가 그 빛을, 오스틴 너를 세상 밖으로 꺼내길 바란다. 세상이 그 빛을 쓸 수 있도록. 어떻게 꺼낼지는 모르겠다. 음악을 통해서 할지 예술을 통해서 할지 아니면 세계 제일의 변호사가 될지, 이건 농담이고. 아무튼 뭐가 됐든 열심히 노력해야 할 거야. 그냥 재능에만 의지하는 게 아니라. 그래도 난 믿는다, 오스틴, 넌 해낼 거야. 너의 길을 찾을 거야. 그러면 그 덕분에 세상이 더 좋아질 거야. 그게 내가 여기 온 이유다, 오스틴."

릭 아저씨는 신문을 집어 들었다.

"달걀 먹어라."

ㅕ ㅕ ㅕ

우리는 각자 방으로 올라가 가방을 챙겼다. 주차장에서 다시 만났을 때 내가 말했다.

"아저씨……."

"어?"

"감사합니다."

"그래."

아저씨는 내게 열쇠를 툭 던졌다.

"네가 운전해."

그래서 내가 운전을 했다. 릭 아저씨는 심지어 잠깐 잠이 들었다. 그러더니 일어나서 위성 라디오를 틀고 얼터너티브 록 채널에 고정한 채 음악을 들었다. 릭 아저씨는 이따금 지금 나오는 노래가 누구 노래냐고 물었다. 그것 말고는 아무 말 없이 오랜 시간을 달렸다. 주유소에 들른 다음에는 릭 아저씨가 운전대를 잡았다.

그러다 라디오에서 무슨 노래가 나왔을까. 〈안전거리를 유지하면 재미있는 사람〉이 흘러나왔다.

나는 채널을 돌렸다.

잠시 뒤 릭 아저씨가 말했다.

"이상하게 들리겠지만."

"네?"

"오해하지 말고 들어."

"음…… 일단 들어 보고 결정하면 안 될까요?"

"물론이지. 그럴 권리 있어. 사실은 나 네 아빠 음악 정말 좋아한다."

"뭐라고요?"

"앨범 둘 다 가지고 있어. 예전에 늘 듣곤 했지. 라이브 공연도 한 번 봤고."

난 생각에 잠겼다.

"무슨 생각 하니?"

"무슨 생각을 하냐면, 네, 정말 이상하다는 생각이요."

"맞아. 그런데 사실이야. 내 생각에 네 아빠는, 음, 천재 같아. 아니, 천재야."

아저씨는 사이드미러를 살피며 차선을 바꿨다.

"나는 내가 만나 본 사람 중에서 제일 창의력 없는 사람이야. 아마 그래서 남들보다 더 그런 걸 존경하고 경외심을 갖는지도 모르지. 난 가끔 그런 생각을 한다. 진정한 예술가는, 너희 아빠처럼, 그 사람들의 일은 저 끝까지 가 본 다음에 우리 같은 나머지 사람들한테 다시 알려 주는 게 아닐까 하는 생각. 니체가 심연에 대해 한 말 알잖아."

"제가요?"

"니체가 이런 말을 했어. 우리가 심연을 오래 바라보면 곧 심연도 우리를 바라본다고."

난 셰인이 했던 말을 떠올렸다. 악마와 친하게 지내되 친구가 되진 말라는 말.

"그래, 맞아, 내 생각에 너희 아빠는 천재야."

"그 사람 만나서 죄송해요."

내가 조그맣게 말했다.

릭 아저씨는 대답이 없었다.

150킬로미터는 더 달린 후에야 아저씨는 입을 열었다.

"나랑 너희 엄마 관계를 네가 정확히 어떻게 생각하는지는 모르겠다."

예전처럼 딱딱한 목소리였다.

"네가 좀 심한 말을 하긴 했지만 그건 화가 나서 그런 거라고 생각한다."

"죄송해요. 제가 나쁜 놈이었어요."

"물론 그렇지. 그런데 그것도 나는 이해한다. 우리가 결혼할 계획이란 거 알지?"

"허락을 받으려는 거예요?"

"아니. 그렇지만 그 일이 너에게 기쁜 일은 아니더라도 최소한 받아들일 수 있는 일이기를 바란다."

1킬로미터쯤 간 다음 나는 입을 열었다.

"네, 괜찮아요. 잘된 일인 것 같아요."

아저씨는 고개를 끄덕이더니 내게 손을 내밀었다. 나는 아저씨와 악수를 했다.

그러고는 집에 도착할 때까지 우리는 아무 말도 하지 않았다. 차가 진입로로 들어서자 엄마가 밖으로 뛰어나와 우리를 맞았다.

🎼 졸업식

우리 모습이 더 잘 보여요. 이젠 모두 과거형이니까요. ♩
다 재미있는 일이었어요. ♪ 안전거리를 유지하면 ♫

나는 12학년이 되었다. 간신히 올라갔다. 마지막 수학 시험에서 67점을 받았다. 릭 아저씨가 공부를 봐 줬고 빽도 써서 시험을 다시 봤다.

조지핀은 여름 내내 나와 말을 섞지 않았다. 전화를 하고, 문자를 하고, 이메일을 보내고, 집 앞에도 찾아갔다. 재클린이 문을 열고 그 예쁜 얼굴에서 나오리라곤 상상도 할 수 없는 말을 뱉으며 가라고 했다.

"그냥 얘기할 게 있어."

"너랑 얘기하기 싫대. 돌아가."

"안 돼. 제발 조지핀 좀 데려다주면 안 돼?"

재클린은 전화기를 꺼냈다.

"당장 안 가면 비디오로 찍어서 인터넷에 올릴 거야."

나는 발길을 돌렸다.

그 후로도 전화를 걸고, 문자를 하고, 이메일을 보냈다. 답은 없었다. 데번과는 다시 그럭저럭 친하게 됐다. 조지핀에게 보낼 이메일을 데번에게 다

보여 주며 조언을 구했다. 마침내 데번이 말했다.

"오스틴, 현실을 받아들여. 조지핀은 떠났어. 안됐지만 넌 조지핀한테 못 돌아가."

조지핀과 나는 개학하고 2주가 지난 어느 날 결국 복도에서 마주쳤다. 그래, 정찰 활동을 좀 해서 조지핀의 일정을 알아낸 다음 나타날 장소에 잠복하고 있었다. 그렇게 우리는 대화를 했다.

"안녕."

"안녕."

"잘 지내?"

"응."

"잘됐네."

"응."

난 발을 바닥에 뭉개며 목소리를 가다듬었다.

조지핀이 말문을 열었다.

"난 아직 너한테 너무 화가 나."

"미안해. 난 그냥…… 친구라도 되고 싶어."

"아니. 아직은 아니야. 아마 영원히 안 될 거야."

"그거 한 번 때문에?"

"한 번이면 충분해."

"그래."

또다시 바닥에 발을 뭉갰다.

"매일 네 생각했어."

내 말에 조지핀은 한숨을 내쉬었다.

"그런다고 내 마음이 나아지진 않아."

조지핀은 가 버렸다. 나는 멀어지는 조지핀을 바라보았다.

몇 주가 지났다. 복도에서 조지핀이 게리 아이튼과 함께 있는 모습이 눈에 띄기 시작했다. 깃 달린 셔츠와 깔끔한 스웨터 차림에 아마도 아이비리그에 진학할 그런 아이였다. 가끔 마주칠 때면 조지핀은 내게 미소를 짓거나 살짝 손을 흔들기도 했다. 하지만 우리 사이에 있었던 일들은 모두 꽁꽁 싸인 채 저 깊은 곳으로 치워졌다.

나는 그 일을, 조지핀을, 우리에게 있었던 모든 일을 평생 생각할 거다. 언젠가는 기분이 좋은 날도 올 거다. 그럼 왜 그럴까 궁금해하다 내가 서서히 조지핀을 잊고 있기 때문이란 걸 깨닫게 되겠지. 그러자 기억이 떠오르며 다시 마음이 아팠다.

나는 진실하다고 말했잖아. 조지핀이 말했다. 조지핀은 진실하다고 말했고 나도 그렇게 말했다. 그러곤……. 그건 내 인생에서 가장 형편없는 짓이었다. 술 때문이라고, 셰인 때문이라고, 조지핀 때문이라고 탓을 했다. 하지만 나 때문이었다. 내가 한 짓과 그걸 발견했을 때 조지핀의 눈에 어리던 고통이 떠오를 때마다 나는 길을 달리다 수치심의 벽에 쾅 부딪힌 것처럼 그 자리에 딱 멈춰 섰다.

앨리슨에게는 새 애인이 생겼다. 토드보다도 덩치가 큰 풋볼 선수였다. 복도에서 만날 때면 앨리슨은 내게 윙크를 날리곤 했다. 됐거든요.

뉴욕 일에 대해서 엄마는 벌을 주지 않았다. 도망칠 때는 어떤 오스틴이 있었는지 몰라도 돌아온 건 전혀 다른 오스틴이란 사실을 엄마가 나보다 더 잘 아는 것 같았다. 엄마가 한 말이라곤 "무사해서 다행이다."가 전부였다.

엄마와 릭 아저씨는 9월 말에 해리엇 호수 로즈 가든에서 결혼했다. 양쪽 친구 몇 명만 모인 조촐한 결혼식이었다. 난 파트너를 데려가지 않았다. 데번이 기타를 빌려줘서 두 사람을 위해 〈사랑의 책(the Book of Love)〉을 연주하며 노래했다. 엄마가 엉엉 울었다. 나 역시 엄마만큼이나 감정을 다스릴 수 없었다. 윗입술로 콧물이 줄줄 흘러내려 노래하기가 힘들었다.

그리고 만돌린. 꼭 갚아드리겠다고 내가 릭 아저씨에게 또 이야기하자 아저씨는 어깨를 으쓱해 보이며 말했다.

"난 별 상관없는데. 그래도 일자리는 있어야겠지."

그리하여 릭 아저씨의 다운타운 그릴 식당에는 몹시 헌신적인 식기세척기가 새로 생겼다. 역시나 팀 회의가 있었다. 난 한 번도 빠지지 않았다.

마리화나를 끊었다. 사실 끊은 건 아니었다. 한 달에 한 번 하는 아주 특별한 일이 되었다. 술도 안 마셨다. 내 옆에 있을 때마다 데번은 나를 말렸다.

"오스틴, 생각해 봐. 너희 엄마하고 아빠 사이에서 태어났으면 넌 중독 유전자 당첨 확정이야. 아직 남아 있는 뇌세포가 있으면 그냥 좀 내버려둬."

그래도 담배는 많이 피웠다. 담배만큼은 끊기가 어려웠다.

그리고 음악.

얼마간 끊었다가 다시 듣기 시작했다. 여전히 음악을 따라잡지는 못했다.

하지만 가끔 앞질러 가기도 한다. 시작, 중간, 끝이 있는 완성된 곡을 써내고 있기 때문이다. 대부분 가슴이 짓이겨지는 이야기, 사랑하는 사람의 미움을 받는 이야기였다. 그리고 내 잘못이니까 날 미워하는 게 당연하다는 이야기도 있었다. 노래는 대체로 쓰레기였다. 하지만 이제 밤에 음악이 들려올 때면 나는 알아챈다. 왜냐면 내가 만든 노래니까. 그리고 말한다. **아하! 잡았다. 내가 먼저야!**

아마도 제일 희한한 건 토드일 거다. 우리는 이제 일종의 친구가 되었다. 거의 말이 없는 사람과 친구로 지낼 수 있는 최대치였다. 토드는 싸구려 드럼 세트를 사서 우리 집 지하실에 설치했다. 토드는 뻔질나게 드나들었고 우리는 함께 연주했다. 내가 없을 때 와서 혼자 두드리는 적도 있었다. 무슨 일인지는 몰라도 집에서 일어나는 끔찍한 일을 피해서 온 건 아닌가 짐작했다. 그리고 갑자기 하키팀을 그만둔 다음 친구를 많이 잃은 것 같았다.

"왜 관뒀어?"

"아빠 엿 먹이려고."

뉴욕에서 있었던 일은 거의 꺼내지 않았다. 셰인을 입에 올리는 일도 없었다. 언젠가 셰인 이름이 나오자 나는 천하의 개자식이라고 중얼거렸다.

그러자 토드가 말했다.

"그래, 근데, 더 나쁜 놈도 있어."

앨리슨과 나 사이의 일에 대해선 토드가 모른다고 생각했다. 아직 내 이빨이 멀쩡하게 남아 있는 걸 보면. 그런데 어느 날 곡을 연주하다 말고 느닷없이 토드가 말했다.

"이해할 수 없는 게 있어."

"뭘?"

"넌 조지핀이 있었잖아. 도대체 왜 앨리슨 같은 애랑 잔 거야?"

한 방 얻어맞는 것보다 더 아픈 말이었다.

♩　♩　♩

그래미상 시상식에는 에이미의 공연이 있었다. '에이미 아들러 남자 친구'라고 검색해 보면 에이미가 유명한 가수와 함께 있는 사진들이 떴다. 물론 셰인은 아니었다. 에이미는 내게 다정한 이메일을 보내왔다. 계속 연락하면서 지내자. 에이미는 언제나 셰인을 고마워할 거라고 썼다. 하지만 셰인은 꼭 자기 노래 같아, 안 그래? 셰인은 안전거리를 유지해야만 재미있는 사람이야.

♩　♩　♩

셰인에 대해서라면, 아무 소식이 없었다.

전혀.

이메일도 문자도 전화도 편지도 아무것도 없었다.

뭘 기대한 거야? 엄마가 말했다.

12월 초에 셰인의 새 앨범이 나왔다.

피치포트 사이트와 《롤링 스톤》 잡지에 관련 내용이 있는 걸 보았다. 《롤링 스톤》지는 별 다섯 개 만점에 다섯 개를 주었다. 회사에서는 온라인으로 판을 발매했지만 동시에 오디오 힙스터들과 나이 든 허세쟁이들을 위해 몇십 년 전에 하던 대로 옛날식 엘피판도 냈다. 음반 해설집 같은 것도 다 넣어서. 기사 제목만 슬쩍 보고는 앨범에 대한 다른 내용은 눈길조차 주지 않았다. 그것만으로도 심장이 쿵 내려앉고 속이 울렁거렸다.

음반이 나오고 며칠 뒤, 나는 지하실에서 심연의 끝을 향해 다가가며 경험했던 일들로 그저 그런 음악을 만들고 있었다. 흠흠 예의 바른 헛기침 소리가 들렸다.

"방해해서 미안한데."

릭 아저씨가 문 앞에 서 있었다.

"내 생각엔…… 내 생각에는 네가 이걸 봐야 할 것 같아서."

셰인의 엘피판이었다. 앨범 재킷은 우울하고 대비가 강렬한 셰인의 콘서트 사진으로 푸른 조명이 내리쬐고 있었다.

"그걸 왜 가져왔어요?"

"레코드 가게에 갔다가 이것저것 둘러보는데."

릭 아저씨도 집에 턴테이블이 있는 나이 든 허세쟁이 중 한 명이다.

"이게 보이더구나. 음, 너도 한 번 봐야 할 것 같다."

"안 볼래요."

"그래."

릭 아저씨는 대꾸만 그렇게 할 뿐 그대로 서 있었다.

나는 한숨을 쉬었다.

"휴, 알았어요."

아저씨가 내게 판을 건넸다.

"엄마한테는 내가 줬다는 말, 하지 마라."

나는 판을 받아들고 한 번 쓱 훑어본 다음 다시 돌려주려고 했다.

"아니, 반대편도 읽어 봐."

나는 판을 뒤집었다. 평범한 내용이었다. 수록곡 목록, 참여한 사람 이름, 세부 조항 따위가 적혀 있었다. 어느 것 하나 제대로 보지 않았다.

"축하한다."

"네?"

릭 아저씨가 곡 목록을 가리켰다.

제목 가운데 '로잘리'가 있었다.

공동 작사, 작곡 : 오스틴 메순

잠시 말문이 막혔다.

"아."

"그래. 그리고 여기도 봐."

앨범 오른쪽 아래 구석에 작은 글씨로 이렇게 적혀 있었다. 이 앨범을 나의 아들, 오스틴 메순에게 바칩니다. 얼마나 큰 도움이 되었는지 아마 모를 겁니다.

"아."

"그래."

ᵞ ᵞ ᵞ

앨범은 제법 잘됐고 '로잘리'가 가장 인기 있는 곡이었다. 그날 우리하고 녹음한 버전은 아니었다. 다른 누군가가 화음을 넣었고 프로듀싱이 많이 돼 있었다. 괜찮은 팟캐스트나 라디오 방송을 듣다 보면 심심찮게 들을 수 있었다. 셰인은 엔피알(NPR) 라디오의 타이니 데스크 콘서트(Tiny Desk Concert)에도 나왔다. 인터뷰도 했다. 자기 고백적 새 앨범에 관한 얘기, 헤로인을 끊어서 열여섯 살 이후 처음으로 깨끗이 생활을 하고 있다는 얘기 그리고 그가 준 상처 때문에 아마도 다시는 그와 말하지 않을 모든 사람 얘기도 했다. 그중에 몇 명은 나도 아는 이들 같았다.

1월에는 우편으로 레코드 레이블에서 보낸 수표를 받았다. 인쇄된 쪽지에는 라디오와 인터넷과 라이브 연주를 합친 저작권료라고 적혀 있었다. 엄청난 금액은 아니었지만 제법 큰 돈이었다. 이전까지 음악 하면서 벌었던 수입 0달러에 비하면 훨씬 큰 액수인 건 확실했다.

수표는 2월에도 왔고 3월, 4월에도 왔다. 그래서 릭 아저씨의 생일이 다가오자 그 돈에 엄마 돈을 좀 합쳐서 1919년 깁슨 A2 만돌린을 샀다. 정말 멋진 최고급품이었다.

케이스를 열며 릭 아저씨는 진지하게 고개를 끄덕이며 내게 고맙다고 했다. 그러곤 말했다.

"너에게 이 만돌린의 양육 책임을 맡기겠다. 다시 말해 잘 관리하고 자주 연주하라는 뜻이다. 수락하겠니?"

난 수락했다.

당신께 할 말이 바다만큼 있어요.♪
하지만 모두 빠져나가 버렸죠.♫ 그리고 이제 나는 그 안을 흘러가요.♪

나는 게으르지도 않고 겁쟁이도 아니다.

흠, 그래, 전적으로 맞는 말은 아니다. 아직도 얼마간은 게으르고 겁도 난다. 그래도 이제는 게으름과 소심함이 오스틴 메순이라는 어릿광대 오케스트라에서 훨씬 작은 역할을 하게 되었다고 말할 수 있다. 이를테면 뭐, 제3바순이나 트라이앵글 같은 것들이겠지.

하지만 여전히 여자가 보고 있으면 무슨 짓이든 얼마든지 할 거다.

그렇다고 지금 내가 이런 짓을 하는 게 그 이유 때문은 아니다. 등에 만돌린, 엄밀히 말해서 변호사 릭 아저씨 소유의 만돌린을 메고 오토바이를 타는 그런 일 말이다. 주변에 쳐다보는 여자는 없다. 이번에도 토드 멀로이를 만나러 가는 길일 뿐이다.

나는 오늘 졸업을 했다. 이번에도 가까스로 했지만 어쨌든 했다. 단상에 올라 교장 선생님과 악수하고 사람들을 향해 손을 흔들자 엄마는 열광하며 나를 쪽팔리게 했다. 게다가 나는 진짜 대학에 들어갔다. 미네소타 대학교 음악 장학생으로. 존경받는 프로듀서 에드 베르나가 추천서를 써 주었다.

졸업식이 끝나고 모두가 이리저리 돌아다니고 있을 때 조지핀이 가족과 함께 있는 모습이 보였다. 초선 상원의원 제럴드 린달도 함께였다. 조지핀은 예일 대학교에 입학했다. 며칠 있으면 여름 프로그램을 들으러 파리로 떠날 거라 들었다. 이제 다시는 조지핀을 볼 수 없을 거다.

눈이 마주치자 조지핀이 내게로 달려와 나를 꼭 안아 주었다.

"해낼 줄 알았어."

조지핀이 말했다.

그러자 내가 말했다.

"난 아직도 널 사랑해. 그리고 언제나 사랑할 거야. 이게 날 너무 슬프게 해."

그러자 조지핀이 대꾸했다.

"아."

아름답지만 고통스러운 무언가를 얘기할 때 하는 말투였다. 그러더니 다시 한 번 나를 안았다. 그러곤 내 팔을 꼭 쥐며 나를 향해 미소 지었다. 가슴이 찢어질 것 같은 미소였다. 이젠 다 괜찮은데 상대는 아직 안 괜찮을 때 보내는 그런 미소. 그리고 말했다.

"연락한다고 약속할 거지?"

나는 무슨 말인가를 웅얼거렸다. 그래, 물론, 당연하지, 뭐 그런 말. 그러자 조지핀은 "좋아."라고 하며 세 번째로 안아 주고는 사라졌다. 눈에 눈물이 차올라 멀어져 가는 조지핀의 모습이 점점 뿌옇게 흐려졌다.

젠슨 선생님이 보였다. 선생님은 진짜로 내 머리를 툭 치며 말했다.

"잘했다. 똑똑머저리."

앨릭스가 보였다. 곁엔 부모님이 있었다. 앨릭스의 부모님이 말했다.

"정말 자랑스럽다, 오스틴!"

데번이 보였다. 곁엔 부모님이 있었다. 데번의 부모님이 말했다.

"정말 자랑스럽다, 오스틴!"

데번네 부모님은 엄마랑 릭 아저씨와 이야기를 나누고 있었다. 릭 아저씨도 말했다.

"정말 자랑스럽다, 오스틴!"

그래요, 네, 잘 알았다고요. 이 유별난 특수 학급 학생이 졸업을 하리라고 누가 상상이나 했겠어요. 그러니 제발 그만들 하시라고요.

그리고 토드가 보였다. 곁엔…… 아무도 없었다.

토드네 집에서 무슨 일이 일어나고 있는지 정확히 알 수 없지만 토드가 더욱더 자주 우리 집으로 와서 미친 듯이 드럼을 두드려 댄다는 건 알고 있었다. 그리고 한 학년 내내 끔찍한 일들이 갈수록 잦아지더니 결국 토드의 아버지는 집을 나갔다. 아니면 쫓겨났든지. **그것도 어제. 졸업식 하루 전날.** 그리고 어찌 된 일인지는 아무도 모르지만 토드의 엄마 역시 졸업식에 오지 않았다. 그래서 모두가 서로 부둥켜안고 축하를 나누는 가운데 토드는 침울하게 외로이 혼자였다. 그리고 오늘 밤 네빈네 집에서 엄청난 파티를 할 건데 오지 않겠냐고 물으려던 참이었는데 토드는 사라져 버렸다.

몇 번이나 전화하고 문자도 보냈지만 토드는 답이 없었다. 그래서 저녁을 먹은 뒤 데번네 집으로 가야 할 시간에 나는 대신 만돌린을 쥐고 토드네 집으로 향했다. 그리고 지금 집 앞에 와 있다.

초인종을 눌렀지만 아무런 대답이 없었다. 세 번째 눌렀을 때야 마침내 문이 열렸다. 토드의 엄마는 처음 보았다. 혼이 나간 듯한 얼굴이었다. 마치 몇 년은 내리 운 것 같은 그런 얼굴.

"안녕하세요. 전 오스틴 메순인데요. 토드 친구예요. 토드 집에 있나요?"

토드의 엄마는 잠시 나를 물끄러미 바라보았다.

"방에 있단다."

토드 엄마가 뒤로 물러나자 나는 안으로 들어갔다. 토드 엄마는 힘없이 복도를 가리켰다.

문에 아이스하키 선수 웨인 그레츠키의 포스터가 큼지막하게 붙은 방이 토드 방인 것 같았다. 똑똑 노크를 했다.

"토드, 오스틴이야."

대답이 없었다.

"토드?"

"원하는 게 뭐야?"

"괜찮아?"

"어."

"얘기 좀 할래?"

"아니."

"진짜?"

"그래."

웨인 그레츠키와 나는 서로를 바라보았다. 나는 만돌린을 케이스에서 꺼냈다.

"제발, 토드, 제발 나와 줘, 방 안에 앉아 삐쭉대지 말고."

나는 노래를 불렀다.

웨인도 토드도 반응이 없었다.

"저녁 공기는 따뜻하고 하늘은 맑아. 빨리 방에서 나와. 너랑 나랑 가서 마셔 버리자. 무알코올 매애애액주를……"

"메순, 얼른 꺼져."

"화내지 마, 슬퍼하지 마, 나랑 같이 놀면 기분이 좋아질 거야."

쿵쿵 발소리가 났다. 토드는 와락 문을 열어젖히고 나를 쏘아봤다.

"메순, 그 빌어먹을 만돌린 들고 당장 안 꺼지면……"

"안 꺼지면 뭐?"

토드는 망설였다. 그러더니 전설의 괴롭힘 대장이자 한때 에디나 공립 학군의 대재앙이 한숨을 푹 내쉬며 어깨를 떨어뜨렸다. 토드는 고개를 절레절레 흔들었다.

"됐어. 아무것도 아니야."

토드는 운 것 같은 얼굴이었다.

"얼른. 파티 같이 가자."

"가기 싫어."

"방에만 앉아 있으면 안 돼."

"왜 안 돼."

"왜냐면 우리는 졸업을 했고 파티가 열렸고 여자애들도 다른 것도 다 있으니까."

"말했잖아. 파티 가기 싫다고."

토드는 문을 닫으려고 했다.

"잠깐만."

"왜."

"그럼 그렇게 혼자 앉아 있지 말고. 같이 놀자."

"뭘 할 건데."

"몰라. 내가 거지 같은 노래를 다섯 개쯤 만들었는데 같이 해 보자."

토드는 생각에 잠겼다.

"그럴까?"

"그래. 가자, 토드. 가서 연주나 하자."